Zu diesem Buch

Der elternlos aufgewachsene Asel hat so lange allein in der Wildnis von Maine gelebt, daß ihm sogar der Vietnamkrieg entgangen ist. Aber eines Tages verschwand sein Bruder Averell, und sein Freund Beecher – außer Averell sein einziger Kontakt zur Außenwelt – wurde brutal ermordet. Asel floh in die Zivilisation und lernte die Liebe kennen, doch er hütet ein gefährliches Geheimnis, und er hat eine Schuld auf sich geladen, die nach Rache schreit.
«‹Jagdsaison› ist ein bemerkenswerter Roman, der die prekäre Balance zwischen spannendem Thriller und lyrischer Fabel hält. Man hat Robert Olmstead wegen seines lakonischen Stils mit Hemingway verglichen. Was hier jedoch vor allem an Hemingway erinnert, ist seine raffinierte Art, noch die verborgensten Handlungsantriebe seiner Figuren sichtbar zu machen. Davon abgesehen ist Olmstead mit niemandem zu vergleichen, er hat eine ganz eigene, eigenwillige Stimme.» («The New York Times Book Review»)

Robert Olmstead, geboren 1954, wuchs in New Hampshire/ USA auf. Für sein schriftstellerisches Werk erhielt er bereits mehrere Preise. In der Reihe der rororo-Taschenbücher liegt ferner vor sein Roman «Spuren von Herzblut, wohin wir auch gehen» (Nr. 13398), eine «bittersüße Komödie» («Der Tagesspiegel»); im Rowohlt Verlag erschien 1994 sein Roman «Amerika landeinwärts».

Robert Olmstead

JAGDSAISON

Roman

rororo

Aus dem Englischen
von Klaus Modick

Rowohlt

Veröffentlicht im Rowohlt Taschenbuch Verlag GmbH,
Reinbek bei Hamburg, Mai 1994

Die Originalausgabe erschien 1988 unter dem Titel
«Soft Water» bei Vintage Contemporaries,
Random House, New York

Umschlaggestaltung Walter Hellmann
Umschlagillustration Marcus Langer
Gesamtherstellung Clausen & Bosse, Leck
Printed in Germany
1290-ISBN 3 499 13448 9

Meiner Mutter –
und für meinen Vater,
der sie auf seine Weise
liebte

Wie man einen reißenden Wasserlauf durchquert –
Es gibt vier Verfahren, einen gefährlichen Fluß oder Bach zu durchqueren: Durchwaten mit Gepäck oder einem Gewicht; Durchwaten mit einer Stange; Durchwaten an einem Seil oder mit einem Floß. Tiere müssen schwimmen. Der – strapazierfähigen – Kleidung schadet es nicht, wenn sie naß wird; vor allem kommt es darauf an, den Proviant trocken hinüberzuschaffen (das ist unerläßlich) . . . Doch sollte man bei jeder Gewässer-Durchquerung bedenken, daß nur der Dummkopf niemals umkehrt. Wenn das Wasser einem zu mächtig erscheint, kehrt man um, solange man noch kann, denn ein Gletscherbach kennt keine Gnade.

Francis H. Buzzacott,

THE COMPLETE AMERICAN & CANADIAN SPORTSMAN'S ENCYCLOPEDIA OF VALUABLE INSTRUCTION

TEIL EINS
BÄCHE

Eine indianische Methode, im Winter Wild, Wölfe, Bären etc. zu erlegen: Man nimmt ein biegsames Stück Stahl oder Walknochen, biegt es zu einem kleinen Kreis, fixiert ihn mit Sehne, führt ihn in einen Klumpen aus Muskelfleisch, Fett und Blut ein und wartet, bis er gefroren ist. Diese Klumpen legen die Indianer dann im Schnee oder Eis an Stellen aus, wo Tiere wechseln; wenn diese vorbeikommen, finden sie sie, und da sie hungrig sind, verschlingen sie sie gierig. Die Magenwärme bringt die gefrorenen Teile bald zum Schmelzen, die zusammengewickelte Spitze springt auf und durchbohrt den Magen, was tödliche Qualen verursacht, die bald das Ende herbeiführen ... Ich habe oft bei der Herstellung dieser tödlichen Kugeln geholfen und ihre schrecklichen Auswirkungen beobachtet.

Buzzacott

I

An Samstagabenden sieht Asel sich Catchen an. Ihm gefällt es, wenn Verne Gagne den Schläfer-Griff ansetzt. Asel springt aus seinem Sessel und schlägt sich mit beiden Händen auf die Schenkel. Dann verdreht er die Arme, wirft den einen quer über die Brust und stößt den anderen senkrecht nach oben, mit gerundeter Hand, als ob sie auf dem Schädel eines anderen läge, als wäre er selbst am Zug. Er stellt sich vor, daß er es ist, der Jerry Blackwell ins Reich der Träume schickt, und daß sein Partner, Mad Dog Vachon, außerhalb des Rings liegt; Blut läuft ihm über das Gesicht und sammelt sich auf dem Beton, schwarz und schimmernd.

«Phoebe, komm mal her», sagt Asel. «Verne setzt grade den Schläfer an.»

Aber Phoebe kann ihn nicht hören. Sie ist in der Küche und hat ihren Kopfhörer auf. Es ist einer von denen, die sich dem Kopf anschmiegen, mit winzigen Lautsprechern, die in die Ohren passen. Sie hat da einen Song, den sie immer wieder spielt. Einen Song von Emmylou Harris. Jedesmal wenn sie ihn abspielt, hört sie etwas Neues. Sie hört etwas Neues darüber, wie schwer es ist, den Geist eines bösen Mannes zu töten. Bei bestimmten Stellen des Songs preßt sie die Finger in die Handflächen, und bei anderen spreizt sie sie weit und wirft den Kopf zurück; ihr Zopf ist so lang, daß er sich um ihre Füße windet, die sicher und warm auf dem Boden ruhen.

Verne Gagne lockert seinen Griff und stößt Jerry Blackwell in die Seile. Im Hartford Civic Center sind alle aufgesprungen. Asel kann sie hören. Er wäre jetzt auch gern dort, um mit den anderen vereint zu brüllen und Verne zum Sieg zu drängen. Verne kriegt den Stuhl zu fassen, mit dem Blackwell Mad Dog ein Loch in den Kopf geschlagen hat. Er hebt ihn in die Luft und dreht sich im Kreis. Es ist ein Klappstuhl aus Stahl und Holz. Der dürfte eine ganz nette Beule in Jerrys Birne machen, wenn er krachend runterkommt. Aber Verne ist nicht so ein Typ.

«Zerbrich ihn», flüstert Asel, und Verne tut es. Er zerbricht ihn über dem Knie und läßt die Teile rechts und links runterfallen, so daß sie auf dem Beton neben Mad Dogs Kopf landen. Das ist Vernes Art, Mad Dog zu sagen, daß er jemanden am Arsch kriegen wird.

Verne macht kehrt, um Blackwell zu bearbeiten. Er packt ihn am Arm. Es ist der Arm, den Blackwell sich vor zwei Jahren in Atlanta gebrochen hat. Verne weiß das. Er verdreht den Arm, als ob er Wäsche auswränge, immer fester. Der Ringreporter sagt, daß er keinen Spiralbruch davontrage, zeuge von Blackwells Übung und Erfahrung. Inzwischen klettert Blackwells Partner, Ted Grizzly, auf die Spannschraube des Seils. Er hat vor, sich durch die Luft zu katapultieren und auf Verne zu landen, ihm vielleicht einen Ellbogen oder ein Knie in den Rücken zu rammen. Ihm vielleicht eine üble Verletzung zu verpassen. Eine Verletzung, die seine Karriere beenden könnte. Ihn ein bißchen lähmen.

«Verne, paß auf», schreit Asel. Er weiß, daß Verne ihn nicht hören kann, weil Verne in Hartford ist, der Kampf Donnerstag abend vor zwei Wochen vor ausverkauftem Haus stattfand und das Publikum schon seit Tagen wieder zu Hause ist, aber er schreit trotzdem.

Mad Dogs Gesicht füllt den Bildschirm. Einen Augenblick glaubt Asel, daß Mad Dog ihn gehört haben muß, daß seine Worte ihn aus seiner Bewußtlosigkeit gerissen haben. Er glaubt, daß Mad Dog ins Zimmer kommt. Aus einem Rasierklingenschnitt läuft ihm Blut über die Stirn nach rechts. Es ist ein so sauberer Schnitt, daß man sich fragen könnte, wo er den her hat, wenn man nicht mit eigenen Augen den Stuhl auf seinen Kopf hätte niedersausen sehen. Mad Dog kriecht über den Ringboden und greift nach Ted Grizzlys Fußgelenk. Das reicht, ihn aus dem Gleichgewicht zu bringen, wo er doch gerade versucht, von den Seilen zu springen. Ted Grizzly schlägt einen Purzelbaum mit halber Drehung, verpaßt Verne nur knapp und mäht mit seiner Ellbogenspitze den Ringrichter wie einen Grashalm um.

«Phoebe, das mußt du sehen», schreit Asel, als alle vier Catcher sich von den Seilen abstoßen und ihre riesigen Körper in der Ringmitte aneinander vorbeischießen, um Haaresbreite aneinander vorbei.

Asel tritt zurück und schaut den Flur entlang.

Er sieht, daß Phoebe sich immer noch die Kassette anhört. Ihre Augen sind geschlossen. Ihr schwarzes Haar ist straffgezogen und glänzt im Licht über ihrem Kopf. Asel schaut wieder auf den Bildschirm, rechtzeitig, um zu sehen, wie Verne und Mad Dog abstoppen, woraufhin Ted Grizzly und Jerry Blackwell in der Ringmitte ineinanderkrachen. Verne nimmt Grizzly in den Schläfer-Griff, während Mad Dog Blackwell einen Atomschlag verpaßt, indem er ihm die Wirbel des Rückgrats zusammenquetscht. Der Ringrichter erwacht noch rechtzeitig, um bis drei zu zählen. Das Hartford Civic Center verwandelt sich in ein Tollhaus. Mad Dog beißt ein Stück aus Blackwells Ohr.

Asel freut sich für sie. Er stellt den Fernseher leise und geht in die Küche, um sich einen Kaffee zu machen. Phoebes Schulkram liegt vor ihr auf dem Tisch. Sie muß einen Stapel Hefte korrigieren, hat aber noch nicht damit angefangen. Ihr blauer Stift liegt noch zugedreht neben dem Stapel.

Asel stellt Wasser zum Kochen auf und setzt sich neben sie. So sitzen sie da, bis Phoebe nach einer Weile den Kopfhörer abnimmt. Asel bewegt den Mund, wie um zu sprechen, sagt aber nichts. Sie sieht ihn einen Augenblick an und bewegt dann den Mund. Er ist sich nicht sicher, aber er glaubt, sie sagt, er solle zum Teufel gehen. Der Kessel beginnt Dampf auszustoßen.

Asel macht seinen Kaffee und setzt sich wieder an den Tisch. Den ganzen Tag und die ganze Nacht trinkt er Kaffee, er schläft nur hier und da mal eine Stunde. Das hat er sich als Junge in Maine angewöhnt. Manchmal bekommt er Sodbrennen davon, aber nur, wenn er andere Dinge im Kopf hat.

Nun bleibt er jeden Abend wach, bis Phoebe eingeschlafen ist, und wenn er überhaupt schläft, dann steht er vor ihr auf. Dafür sorgt er schon. Er hat das so gemacht, seitdem sie zusammenleben. Anfangs hat es sie gestört, und sie versuchte, mit ihm wach zu bleiben, aber sie schaffte es nicht. Während der ersten paar Monate führte sie Tagebuch und versuchte, seine Gewohnheiten zu erfassen, um zu sehen, ob sie einem Schema folgten, aber sie konnte nicht wach bleiben, und er wollte es ihr so oder so nicht sagen; also gab sie es auf.

Sie erinnert sich aber noch, daß sie sich am frühen Morgen liebten, so früh, daß sie meinte, es wäre noch der Tag zuvor. Sie wachte dann von seinen Berührungen auf, aber nach einer Weile bekam sie auch das nicht mehr mit, und es wurde zu einem langen Traum, den sie jede Nacht hatte, ob er nun zu ihr kam oder nicht.

Als sie noch in der Verfassung war, daß sie die Wahrheit wissen mußte, gelang es ihr, sich an kleinen Dingen zu orientieren, am Geruch der Laken und der Form der Kissen. Sie suchte danach, mußte Bescheid wissen, bevor sie ihren Tag begann. Ganz sicher war sie, wenn sie erwachte und die Feuchtigkeit zwischen den Beinen spürte. Dann schloß sie die Augen und versuchte sich zu erinnern, wie es gewesen war, berührte sich dort, wo sie sich vorstellte, daß er sie berührt hatte, und stellte sich vor, es sei schön gewesen; dann hatte sie keine Lust, aufzustehen und zu duschen. Sie wollte den Tag nicht beginnen lassen.

An solchen Morgen rief sie ihn, und wenn er dann ins Schlafzimmer kam, sagte sie: «Du hast mich heute nacht geliebt», aber er sah sie bloß an, bewegte sich nicht, gab kein Zeichen. So verharrten sie dann, Asel im Türrahmen, so dicht am Bett, daß er ihr Gesicht berühren konnte, und Phoebe, halb unterm Laken, wünschte, er täte es. Sie streckte dann die Hand aus, ergriff seinen Hemdzipfel und zog ihn zu sich.

«Du warst sehr gut, weißt du», sagte sie, und dann gestattete er sich endlich, sie zu berühren. Sie liebten einander sehr und tun es immer noch.

«Es gibt noch Kuchen im Schrank», sagt sie.

Asel sieht sie an. Es ist ein Geburtstagskuchen für jemanden, der Benjamin heißt. Ein Napfkuchen mit weißer Glasur. Die verrät, wie alt Benjamin ist: vier. Und in jeder Ecke ist ein Pferd, und sie sind alle mit Lassos verbunden. Vor einem Monat hat sie einen Kuchen für ein Mädchen namens Mary mit nach Haus gebracht. Phoebe kauft die Kuchen in Jeanne's Pastry Shoppe, wo sie morgens auf dem Weg zur Schule anhält und Kaffee trinkt. Es waren bestellte Kuchen, die keiner abgeholt hatte. Jeanne setzt sie im Preis runter, sie sind günstig zu haben.

«Worum geht's in den Arbeiten?» fragt Asel.

Phoebe schaut auf die Wand vor sich. Sie ist müde. Sie möchte zu Bett gehen, aber sie mag an den Wochenenden nicht schlafen. Sie bleibt gern so lang wie möglich auf und genießt die Stunden, die sie schließlich in den Montag führen werden. Sie bewundert Asel dafür, daß er so lebt, wie er lebt. Seit sie nach New Hampshire gezogen sind, weiß er selten, welcher Wochentag gerade ist. Er hat keinen festen Job, aber nur, weil sie ihn gern zu Hause hat, und außerdem haben sie, was sie brauchen.

«Das sind Aufsätze, die die Schüler über eine Geschichte geschrieben haben. Sie heißt ‹Das Geschenk der Weisen›. Es ist eine Geschichte über einen Mann, der seine Uhr verkauft, um seiner Frau eine Haarspange kaufen zu können, und sie verkauft ihr Haar, um ihm eine Uhrkette kaufen zu können. Eigentlich sind beide Narren, aber irgendwie mag ich die Geschichte trotzdem.»

«Sollte ich die Geschichte mal lesen?» fragt Asel.

«Nur wenn du willst. Wie gesagt, die beiden sind Narren, und der Autor hat anscheinend das Bedürfnis zu zeigen, wie närrisch Verliebte sein können.»

Asel denkt nach über das, was sie gesagt hat. Er versucht, einen Sinn darin zu finden, aber es gelingt ihm nicht. Er denkt über die Geschichte nach. Es kommt ihm traurig vor, daß die Leute so etwas tun. Daran, wie sie spricht und vor sich hinstarrt, merkt er, daß sie müde ist. Bald wird er sie zu Bett schicken, und dann wird er jeden Aufsatz nach einem Großbuchstaben und einem Punkt absuchen, und dann wird er ein fröhliches Mondgesicht hineinmalen und das Wort *gut* mit einem Ausrufezeichen dahinter schreiben, so wie er sie es oft tun sieht.

«Weshalb magst du die Geschichte denn?» fragt er.

«Weil ich, sobald ich sie ihnen vorgelesen habe, immer mein Haar aufmache und lose fallen lasse. Die Kinder können die Hände ausstrecken und es von ihren Plätzen aus berühren. Sie geben es im Kreis herum weiter, bis jedes es in der Hand gehalten hat. Das wird sehr wichtig für sie. Sie verpflichten sich, nicht so närrisch zu sein, wenn sie mal groß sind. Manchmal weinen sie. Das ist eine gute Lehre für sie. Dann laß ich sie ihre Aufsätze schreiben. Sie geben sich große Mühe, gute zu schreiben.»

Asel beschließt, die Geschichte zu lesen. Er kann nun schon seit einiger Zeit lesen; Phoebe hat es ihm beigebracht, als sie zusammenzogen. Lesen ist zu einer der Beschäftigungen geworden, mit denen er sich am liebsten die Zeit vertreibt. Überall im Haus hat er Stapel von Zeitschriften und Zeitungen, damit immer etwas zu lesen zur Hand ist.

«Geh ins Bett», sagt er zu ihr. «Du kannst ja die Augen nicht mehr offenhalten.»

«Ich weiß. Ich bin müde. Ich gehe, wenn du dich neben mich setzt, bis ich einschlafe.»

Asel nimmt sie bei der Hand, und sie stehen beide auf. Sie folgt ihm durch den Flur ins Schlafzimmer. Er zieht sie aus, läßt die Kleider zu Boden fallen, und dann legt sie sich zwischen die kühlen weißen Laken. Asel setzt sich neben sie in den Schaukelstuhl und faltet die Hände.

«Ich habe einen neuen Schüler», sagt sie. «Auf den muß ich aufpassen wie ein Luchs. Der ißt alles mögliche, Münzen und Büroklammern. Reißt dir einen Knopf vom Pullover und ißt ihn auf. Aber meistens Metall. Auf Metall steht er.»

Asel schaukelt ruhig im Stuhl neben dem Bett. Sie nimmt seine Hand und legt sie sich auf den Kopf. Sie mag es, wenn er die Hand dort liegenläßt, bis sie einschläft. Sie versucht ihn zu sich zu locken, will ihn dazu bringen zu schlafen, wenn alle Welt schläft, aber es gelingt ihr nicht.

«So ist es besser», sagt er zu ihr. «Ich kann so nicht schlafen. Ich lieg flach auf dem Rücken und bin zu nichts zu gebrauchen. Ich bin schlimmer als eine Schildkröte. Ich brauche noch länger, um mich in die richtige Lage zu bringen. Darin bin ich einfach nicht gut.»

Er fühlt, wie ihr Kopf unter seiner Hand nickt, und er weiß, daß sie versteht. Er streichelt ihren Kopf und tastet nach dem Scheitel in ihrem Haar.

«Man muß ihn einmal die Woche röntgen», sagt sie;

ihre Worte klingen sanft und deutlich, während sie in den Schlaf hinüberzuschwimmen beginnt. «Es könnte schlimmer sein. Ich hab schon von Kindern gelesen, die sich selbst aufessen. Es fängt damit an, daß sie an ihren Fingern und Armen rumkauen. Sie können sich nicht beherrschen. Sie müssen dauernd an ihrem Körper kauen und knabbern.»

Asel denkt an Biber und Ratten, die das gleiche tun müssen, um ihre Zähne kurz zu halten, nur daß sie es mit Holz machen. Er fragt sich, ob schon mal jemand auf die Idee gekommen ist, dem Jungen ein Stück Fichtenholz zu geben.

Asel nimmt ihre Hand, und ihr Schlaf scheint auch über ihn zu kommen. Er fühlt, wie er aus einem Wald kommt; die Bäume stehen lichter, und die kleinen Tiere springen zur Seite, um ihn durchzulassen. Sie sagt noch ein paar Sätze, aber dann verstummt sie, und er ist mit ihr allein. Er zieht sich eine Decke bis in Brusthöhe, über den Nußbaumgriff des Revolvers, den er unter dem linken Arm trägt, legt die Füße aufs Bett und läßt den Kopf an die Stuhllehne zurücksinken. Er wird ein bißchen schlafen, und dann wird er aufwachen, im Haus herumgehen, die Schlösser an den Fenstern und Türen kontrollieren. Er wird Mondgesichter auf die Aufsätze der Kinder malen und das Wort *gut* mit einem Ausrufezeichen dahinter schreiben.

Aber noch träumt er, daß seine Mutter und sein Vater herabsteigen, um ihm den Kopf zu tätscheln. Sein Vater krault ihn unterm Kinn, und seine Mutter fährt ihm mit ihren rauhen roten Fingern über die Wange. Alle vier sind sie im Zimmer zusammen.

Draußen senkt sich Nebel ins Tal. Er schlägt sich feucht auf den Böden und Wänden und Möbeln nieder. Wenn der Morgen kommt, wird Sonntag sein, und Asel wird das Frühstück fertig haben, wenn Phoebe aufwacht. Sie werden die Tür aufschließen und auf der vorderen Veranda Kaffee trinken; von dort können sie die letzten Blätter des Jahres auf den Hügeln sehen, die sich jenseits des Flusses erheben, von dort kann Asel die Wiese überblicken, die das Haus umgibt, und jeden erkennen, der die Straße entlangkommt, lange bevor der ihn sieht. Wenn er dort sitzt und Geburtstagskuchen ißt, wird er es wieder verschieben, sie zu verlassen, obwohl er weiß, daß er gehen muß. Er weiß, daß er diesen Ort verlassen muß, um sie vor dem zu bewahren, was kommen wird. Wenn er daran denkt, fühlt er sich an den Mann und die Frau aus der Geschichte erinnert und findet sie eigentlich gar nicht so närrisch.

2

In einer Woge, die so gewaltig ist, daß sie dir den Atem nehmen kann, dich tot oder wahnsinnig zurückläßt, wenn du nachgibst, kommt der Winter über das Weideland. Er stürmt gegen die Fenster an und hämmert gegen die Heuballen, die das Fundament schützen. Dort vor dem Haus bleibt er, eigensinnig hält er den Tag über still, bleibt glatt und gleichmäßig, tut sich mit dem Land zusammen, das er bedeckt, und braust dann auf, wenn die Sonne verschwunden ist. Asel ist dankbar dafür, daß Phoebe zu Hause ist und in dem Bett neben seinem Stuhl schläft. Heute nacht denkt er wieder an seinen Vater, daß sein Vater ihn, als Asel noch ein kleiner Junge war, immer auf den Fußboden setzte und an den Füßen kitzelte, wenn er von der Arbeit nach Hause kam. Er ließ sich dann auf Hände und Füße nieder und rieb sein Gesicht an Asels Bauch, brummte wie ein Bär und tat so, als wollte er ihn fressen. Er öffnete den Mund und zwickte Asel mit den Zähnen, bis er lachte. Averell stürmte dann aus dem anderen Zimmer herein und sprang dem Vater auf den Rücken. Ihre Schwestern kamen ins Haus und riefen, sie sollten aufhören, bevor etwas zu Bruch ginge, egal was, weil sie nicht viel hatten.

Später – Asel war noch ein Junge und Averell schon ein Mann – verließ Asel die Kartoffelfelder in Caribou, wo er gearbeitet hatte, um bei Averell in Jackman zu wohnen. Averell war Ausrüster, Überlandführer und Tierpräparator geworden. Er organisierte Jagd- und Angeltouren ins

Hinterland. Er brauchte Asels Hilfe, weil sich an seinen Knien arthritische Knoten zu bilden begannen und er sich eine schwere Kehlkopfdiphtherie zugezogen hatte. Das kam vom zu vielen Herumwaten im Schmelzwasser des Frühlings, eine Angelrute in der einen Hand, die andere am Arm eines Sportsfreunds, der jeden Moment stürzen konnte und verloren wäre, falls seine Schwimmweste nicht tat, was sie laut dem aufgedruckten Testergebnis der Küstenwache eigentlich tun sollte. Wasserstiefel laufen schnell voll, wenn sie erst mal unter Wasser sind, und es ist eine verdammt üble Sache, wegen Forellen zu ersaufen. Auf diese Weise Kunden zu verlieren war außerdem nicht gerade gut für das Geschäft.

DRAUSSEN spielt der Schnee wieder verrückt. Er spielt im Wind, staubt gegen das Haus, als würden Ladungen von Sand aus einer Kanone abgefeuert. Die Fenstergewichte klappern und schlagen dumpf in den Rahmen. Das Haus stöhnt und kracht bei jedem Windstoß. Asel träumt, daß sein Vater ihn wieder frißt, und ihm gefällt das. Die Kinder lachen, während Averell auf dem Rücken des Vaters reitet, dessen Hemdkragen mit einer Hand packt, die andere hoch in die Luft reißt und wild mit den Füßen wippt wie Zureiter das machen.

So geht es weiter, bis Asels Mutter sie in die Arme nimmt und an die Brust drückt. Sie gibt Koselaute von sich, für jedes Kind, sogar für den Vater, der in ihrer Armbeuge liegt und zu ihrem Gesicht emporstarrt. Dann wird es Tag, und die Kinder stehen am Ufer des Saint John; der Himmel hinter ihnen wird flammend rot, als die Sonne über dem Ozean aufgeht. Sie winken ihrer Mutter und ihrem Vater zu, die in einem Kanu vom Land abstoßen und mit kräftigen Schlägen in die Strömung hinaussteuern, die sie mit sich fortträgt. Sie sehen schön aus auf dem Wasser, wie etwas, das versteckt bleiben muß, weil es derlei auf dieser oder einer anderen Welt eigentlich nicht geben sollte.

Sie werden immer kleiner, doch sie verschwinden nie. Sie bleiben auf der breiten Schnittlinie zwischen Nebel und Fluß, die jetzt immer noch da ist, nach so langer Zeit und in so weiter Ferne von dem Schlafzimmer, wo Asel im Stuhl träumt und Phoebe im Bett neben ihm schläft.

Eine Weile nachdem sie das Land verlassen haben, erwacht Asel vom Geräusch eines neuen, starken Windes. Seit er eingeschlafen ist, ist frischer Schnee gefallen. Der Wind schüttelt das Haus und hinterläßt es dann stiller, als es je war. Asel nimmt die Decke von seinem Schoß und breitet sie über das Bett, damit sie es wärmer hat. Er steigt in seine Stiefel und geht durchs Haus, bewegt die Hände, um die Zugluft zu spüren, die durch die Öffnungen für die elektrischen Leitungen und durch die Fensterritzen kommt. Die Vorhänge heben und senken sich, wenn der Wind vorbeistreicht.

Gelegentlich hat die kalte Luft einen solchen Druck, daß er ihr beinahe genügend Kraft entgegenhalten kann, um sie wieder nach draußen zu stoßen, wo sie hingehört. Er bewegt sich auf die Küche zu, geht langsam durch die dunklen Zimmer, hebt und senkt die immer noch ausgestreckten Hände von den Knien bis in Schulterhöhe auf und ab durch die steigenden Luftströmungen.

Und die Zugluft kommt immer noch an seinen Körper, weiße Schichten auf bestimmten Höhen. Sie teilt sich an seinem Knie oder Schenkel oder Gürtel, und dann schnalzt sie hinter ihm zusammen, um noch ein letztes Mal seinen Rücken hinaufzufahren, bis sie ein warmes Loch findet, in das sie hineintanzt, oder sie heult den Kamin hinauf und durch den Rauchfang hinaus.

Er macht Kaffee und legt ein Scheit in den Ofen. Er steht an der Küchentür und sieht aus dem Fenster darin.

Rauhreifschwaden verwehen im Wind, lange Federn, die fortschweben und in die Dunkelheit hinaustaumeln. Er trägt seinen Kaffee ins Schlafzimmer und setzt sich neben sie. Er schiebt eine Hand unter die Decken und findet ihre Hand, hält sie und fühlt sie in seiner erstarken, als wolle sie ihm antworten.

Er denkt angestrengt nach, und wieder kommen sie zu ihm. Sie kommen in das Zimmer, in dem er sitzt. Er kann sich nur an weniges erinnern, weil sie im Saint John ums Leben kamen, als er noch ein Junge war. Seine Mutter konnte nicht schwimmen, und sein Vater liebte sie zu sehr, als daß er sie allein hätte untergehen lassen; also fand man sie eng umschlungen, ein noch im Tod so schöner Anblick, daß alle, die sie sahen, still und nachdenklich wurden.

Und er weiß noch sicher, daß er in die Körbe seines Vaters kletterte und daß sein Vater ihn da fand und ihn dann mit einer Hand am Hemd oder an der Ferse herauszog. Seine Mutter kochte auf einem gußeisernen Herd, dessen Nickel und Porzellan im heißen roten Licht glomm, das aus den Ritzen zwischen den Teilen kam, aus denen der Herd zusammengesetzt war. Im Winter ließ sie immer einen Eintopf in einem schwarzen Kessel vor sich hin kochen. Bratfisch, Kaninchen und Wild, für das es nicht die Jahreszeit war, wurden täglich hinzugefügt, und zwar von Averell, bevor er eigene Wege ging. Der Geschmack und die Farbe veränderten sich auf schwer beschreibliche Weise: jeden Abend ein neuer Eintopf.

Asels Aufgabe war es, für Feuerholz in der Kiste zu sorgen. Er trug es Stück für Stück hinein, und er mochte das dumpfe Geräusch, wenn er es fallen ließ. Er erinnert sich, daß er eine Schwester hatte und daß sie ohnmächtig umfiel, als die Nachricht kam, und daß ihr Haar, als sie dann auseinandergerissen und in verschiedene Familien verpflanzt wurden, weiß wie Schneegansgefieder geworden war und ausging. Danach sah er sie nie wieder, und er ist sich sicher, daß er sie nie wiedersehen wird, weil er schon als Junge wußte, daß sie es nicht überleben würde.

Asel wurde nach Caribou geschickt, um bei einem Mann namens Borst zu wohnen, einem U-Boot-Fahrer, der 1944 aus der Nordsee gefischt worden war, nachdem eine Wasserbombe sein U-Boot hochgeblasen hatte. Borst und seine Mannschaft hingen drei Tage an den Pumpen und lebten von ungekochtem Essen. Als man sie endlich fand, waren seine Finger so verkrampft, daß er sie nie wieder strecken konnte. Er beendete den Krieg als Gefangener, fuhr einen Bulldozer auf der Baustelle der Air Force Base in Loring, sparte seinen Lohn und lernte Englisch.

Nachdem das Dritte Reich zusammengebrochen war, ließ er sich einbürgern und wurde Kartoffelfarmer, der Kennebecs und Katahdins anbaute. Seine Frau kam rüber, ließ sich ebenfalls einbürgern, und sie gründeten eine Familie und nahmen auf ihrer Farm Staatsmündel als Arbeitskräfte auf, Waisen und Idioten, Jungen, die kastriert worden waren, damit sie nicht neue von ihrer Sorte zeugen konnten. Sie kosteten Borst lediglich Unterkunft und Verpflegung.

Asel entging dem Messer und wurde geradewegs in Borsts Haus geschickt, von einem Nachbarn, der selbst schon zu viele Mäuler zu stopfen hatte. Er machte sich auf den Weg, mit einem Kleiderkorb und seines Vaters Exemplar der Ausgabe von Francis H. Buzzacotts *The Complete American & Canadian Sportsman's Encyclopedia of Valuable Instruction* von 1910, das er nicht lesen konnte, aber unbedingt haben wollte.

Borst war ein knausriger Mann mit langer Nase und glänzender Stirn. Er ließ seine Zöglinge auf den Feldern und in den Kartoffelhäusern das ganze Jahr über hart arbeiten. Sie säten, pflügten, pflanzten und pflegten. Im Herbst liefen sie dann hinter dem Kartoffelroder her und sammelten die Kartoffeln ein, die aus dem Boden geschleudert wurden. Wenn die Ernte eingebracht war, vermietete Borst seine Jungen an andere Farmer und behielt das Geld für sich.

Asel haßte den Mann, konnte aber wenig machen. Aufsässigkeit und Dummheit wurden mit einem raschen Schlag der gekrümmten Hand gegen den Kopf bestraft, was die älteren Jungen bereits mit einem Nachlassen ihres Gehörs bezahlten.

Als Asel das erste Mal von Borsts rechter Hand niedergestreckt wurde, war er zehn und versuchte zusammen mit Borsts ältestem Sohn Reinhold, ein Stinktier zu fangen. Reinhold war sechs, und Dirk, sein Bruder, war drei. Beide waren alt genug, Spaß an den Streichen zu finden, die Asel und die idiotischen Jungen ausheckten, petzten aber ihrem Vater gegenüber, wenn etwas schiefging.

Asel und Reinhold trieben ein Muttertier mit Jungen, die aus dem Keller kamen, in die Enge. Der Plan war, Pferdedecken über sie zu werfen, um sie so einsammeln zu können, denn Stinktiere waren als Spielzeug bei Jungen begehrt wie eh und je. Als die beiden zuschlugen, fiel Reinhold hin und kam mit dem Gesicht voll Stinktierflüssigkeit wieder hoch; seine Augen brannten und tränten, und er stank von Kopf bis Fuß. Die anderen Jungen lachten, und auch Asel lachte, aber als Reinhold zu seinem Vater lief und petzte, hörte das Lachen auf. Asel wurde niedergeschlagen, kam hoch und wurde wieder niedergeschlagen. Borst beschimpfte ihn auf deutsch und ließ ihn auf dem Boden liegen. Reinhold wurde am Ohr ins Haus gezogen und den Tag über in Tomatensaft eingeweicht.

Asel versuchte sich später zu revanchieren, indem er ein Stinktier in das Klosetthaus warf, und zwar ein paar Minuten bevor Borst, wie alle wußten, dort scheißen würde, aber einer der idiotischen Jungen ging vorher mit dem Kalkeimer hinein, so daß die Rache ihn traf, was ihn freute, weil er auch einmal an etwas beteiligt war. Lachend sah Borst von der Veranda aus zu, wie die Jungen den Morgen damit verbrachten, das Klosetthaus umzusetzen, die Grube aufzufüllen und einen Apfelbaum hineinzupflanzen, während der Junge, der von dem Stinktier angesprüht worden war, mit wedelnden Armen umherrannte. Als sie fertig waren, wurde Asel noch einmal zusammengeschlagen und lernte, daß Rache ihre Zeit braucht.

An diesem Abend versuchten die idiotischen Jungen ihn zu trösten. Sie schauten schon längst zu ihm auf, denn mit zehn war er bereits der zähste Arbeiter und hatte immer ein freundliches Wort für sie. Während sie sich unterhielten, fand einer der Jungen Buzzacotts Buch in Asels Korb. Er schlug es bei den Zeichnungen auf Seite sechs auf, Szenen und Ereignisse aus der Laufbahn des Autors. Er zeigte mit dem Finger darauf und las die Worte unter jedem einzelnen Bild: Fallenstellen, antarktische Expedition, arktische Expedition, Seehundjagd, Infanterie, Südafrikanischer Zulukrieg, Kavallerie, Walfang, Zeltlager mit Indianern, Spanisch-amerikanischer Krieg, Entenjagd und Fischen. Die anderen Jungen rückten näher, der größte hielt die Laterne über ihre Köpfe, damit sie sehen konnten. Der Junge, der vorgelesen hatte, schien über die Wörter, die da aus seinem Mund kamen, ebenso überrascht zu sein wie alle anderen.

Wenn Asel an Buzzacott dachte, dachte er an seinen Vater, einen Mann, der gewiß all diese Dinge hätte unternehmen können. Und das erzählte er den anderen. Er erzählte ihnen, Buzzacott sei sein Vater gewesen und habe das Buch geschrieben, bevor er gestorben sei.

Der Junge blätterte um und las weiter. Auf der Seite war das größte zivile Zeltlager abgebildet, das je errichtet worden war, mit Platz für achtzigtausend Gäste. Es gab riesige Zelte zum Ausruhen, Essen, Kochen, Schlafen, zum Haareschneiden, zum Rauchen, zur Versorgung von Wunden und zum Scheißen. Offenbar war Buzzacott eine gute

Verdauung besonders wichtig, und Asel erzählte den Jungen, so sei es gewesen.

Danach lauschten er und die Jungen jeden Abend auf die Worte des Buchs. An manchen Abenden ließen sie den Jungen noch einmal die Liste von künstlichen Fliegen, Federfüßen und Ruten vorlesen, die sich zum Fangen von Forellen und Lachs eignen. Sie betrachteten die Fotos von Wyoming und den Tetons. Der größte Junge sagte gern: «Ich wette, der alte Buzzacott würde sich von Borst keinen Furz gefallen lassen.» Asel erklärte ihnen, daß sein Vater sich mit Sicherheit nichts gefallen ließe, und das stimmte sie froh.

Im Lauf der Zeit wurde es Asels Aufgabe, das Belgier-Gespann zu führen, Lion, einen Fuchswallach, und Sal, eine braune Stute, beide mit flachsblonden Mähnen, Schwänzen und Fesseln. Borst ärgerte sich, weil sie nicht mehr mit ihm, sondern nur noch mit Asel arbeiteten. Wenn Borst vorbeikam, wurden sie ängstlich und wild, stampften auf den Boden, aber für Asel griffen sie tüchtig aus, legten ihre anderthalb Tonnen ins Joch und zogen gleichmäßig vorwärts.

Er gewann die beiden Pferde lieb, und sie erwiderten die Zuneigung. Die Sommerarbeit ging schneller voran, und die Abende, an denen er sie zum Bach hinunterführte und sie im kühlenden Wasser stehen ließ, wurden die friedlichsten Momente, die es bisher in seinem Leben gegeben hatte. Lion und Sal retteten ihn in jeder Hinsicht vor Borst.

In jenem letzten Herbst ging der Kartoffelpreis um sechzehn Cent in die Höhe. Borst trieb die Jungen härter denn je an. Sie konnten es aushalten, aber nicht Lion und Sal. Ihre Hufe bekamen Risse und Sprünge. Asel blieb nächtelang wach, um sie mit Terpineol zu behandeln – Pinienöl und Lanolin. Er untersuchte Gabel und Huf auf Löcher, und wenn er welche fand, tränkte er sie mit Jod. Schließlich hatten beide Pferde überdehnte Sehnen und konnten auf lange Zeit nicht mehr arbeiten, würden es vielleicht nie mehr können.

An jenem Abend arbeitete Asel lange, aber diesmal nur, um sie davor zu bewahren, erschossen oder verkauft zu werden. Er hielt Eispackungen an ihre Läufe und behandelte sie dann mit einer glühenden Eisenspitze, um durch Hitze die Blutzirkulation zu verbessern. Er arbeitete langsam, weil er die Behandlung nicht überstürzen und den Kontakt zu den Pferden nicht verlieren wollte.

Borsts jüngerer Sohn Dirk kam in die Scheune. Er sprach erst deutsch und dann englisch und sagte Asel, sein Vater wolle ihn im Haus sprechen. Asel ging vom Stall über den Hof zur Veranda. Der Boden unter seinen Füßen wurde härter, und in den Feldern lagen noch Kartoffeln, bedroht vom Frost, einem schwarzen Frost, der sie dunkel und weich machen würde.

Borst sagte Asel, er habe noch nicht entschieden, was er mit Lion und Sal machen wolle, aber Asel solle sich am Morgen ein Gespann Percherons ansehen, die ein Mann unten an der Straße zu verkaufen versuchte. Asel hatte von dem Gespann gehört. Ein Pferd war schwach und das andere widerspenstig. Er war erleichtert, daß Borst daran dachte, ein neues Gespann zu kaufen. Er wußte, daß die Percheron-Pferde billig zu haben waren und lange genug durchalten würden, um Lion und Sal eine Chance zu geben, gesund zu werden. Er ging zum Stall zurück, atmete tief die kalte Luft ein und blickte in den vollen Ernte-Mond hoch am Himmel. Als er aber wieder im Stall war, wußte er mit Gewißheit, daß Lion und Sal den nächsten Morgen nicht erleben würden. Dirk lag ausgestreckt hinter ihnen, mit eingeschlagenem Kopf; der Abdruck der Nägel und Stollen eines Hufeisens zeichnete sich untilgbar dort ab, wo sein Nasenbein gewesen war.

DAS WAR zu der Zeit, als Averells Knie ihren Dienst versagten und seine Kehlkopfdiphtherie so schlimm wurde, daß er glaubte, Krebs zu haben und das Rauchen aufgab. Er forderte seinen Bruder auf, die Führungen zu übernehmen; Averell selbst wollte sich weiter um das Ausrüstungsgeschäft und die Tierpräparationen kümmern, mit denen er schon zwei Jahre im Rückstand war. Borst drohte, er werde Asel als Ausreißer melden, wenn er weggehe, aber Asel ging trotzdem; eine Woche nachdem Lion und Sal an eine abgelegene Stelle gezerrt und mit einem Bulldozer verscharrt worden waren, fuhr er per Anhalter davon.

So lange es dauerte, war es eine gute Sache, für Averell zu arbeiten, und es dauerte lange. Asel blieb das ganze Jahr über in den Wäldern, streifte von Jackman bis Millinocket und im Norden bis nach Quebec umher, wobei er nie wußte, wie oft er das Land verließ, denn auf dem Waldboden gab es keine gestrichelten oder gepunkteten Linien, nur die Anhöhe, von der an die Berge sich in langen Wellen erstrecken und die Flüsse nordwärts zum Fleuve Saint Laurent zu fließen beginnen.

Sein Gebiet war Eigentum der Great Northern Paper Company, Land, das nur in Einheiten von hunderttausend Hektar zu messen ist, Land, in dem man leicht umkommen kann, wenn man dort nichts zu suchen hat.

Asel erfuhr es nie, aber Averell erklärte den Jägern und Fischern, er sei in Fragen des Lebens einfältig, ein Waisenjunge, und sie sollten ihn nicht provozieren, indem sie mit ihm über die Welt dort draußen sprächen. Averell erklärte ihnen, er wolle Asel den Militärdienst ersparen, und falls sie ihn beunruhigen würden, indem sie versuchten, ihn darüber aufzuklären, werde er sie aufspüren und umbringen. Nachdem er das gesagt hatte, lächelte er immer und nickte vor sich hin, als gefalle ihm die Vorstellung, jemanden aufzuspüren und fertigzumachen, als wäre er durchaus närrisch genug, Wort zu halten.

Diese Bedingungen machten einen Ausflug mit dem Jungen nur noch anziehender, besonders deshalb, weil Averell seinen Bruder nicht so genau über die Fisch- und Jagdgesetze aufklärte, was Beutebegrenzungen und die Möglichkeit anging, eine Jagdzeit unmittelbar in die nächste übergehen zu lassen.

Umgekehrt erzählte er Asel, daß man den Sportsfreunden nicht trauen könne und daß er gerade dann, wenn er das Gefühl habe, mit einem zusammenzusein, dem man trauen könne, besonders auf der Hut sein müsse. Averell erklärte ihm, es seien Kleinkinder, die einfach losmarschieren, sich verlaufen und sich verletzen konnten, sich womöglich gegenseitig erschießen, oder, noch schlimmer, ihn erschießen mochten. In den Wäldern seien sie Kleinkinder, und wenn eines dieser Kleinkinder sich je verletzen, geschweige denn umkommen würde, dann bedeute das für Asel den elektrischen Stuhl – Worte, die auf einen Jungen schon allerhand Eindruck machen.

Also nahm Asel sie sich zu Herzen. Er beschloß, sich das Schlafen abzugewöhnen, um sie im Auge zu behalten. Er blieb wach, versorgte das Feuer und trank Kaffee. Wenn sie wach waren, unterhielt er sich mit ihnen, und wenn sie schliefen, unterhielt er sich mit sich selbst. Er sprach in die Nacht hinein, um sich den möglichen Tod vom Leib zu halten, seinen eigenen und ihren, um den Lebenskreis fest geschlossen zu halten. Wenn sie abgereist waren, schlief er tagelang und träumte von Lion und Sal, von seiner Mutter und seinem Vater.

Für die Sportsfreunde war die Erfahrung so wertvoll, daß sie von Zeit zu Zeit wiederkamen. Sie betrachteten Asel als den letzten seines Schlages, als unvergleichlichen Mann der Wälder, der oft Buzzacott zitierte zu allem, was beim Campen, Jagen und Fischen zu vermeiden oder zu beachten war. Er sagte ihnen, wie sich Durchfall und Verstopfung kurieren ließen. Aus dem Gedächtnis konnte er das Angeln betreffende Abschnitte aufsagen, wie «Der alte Barschgrund», «Der Lachssprung», «Wenn der Katzenwels beißt» und jedermanns Lieblingsstück, «Die Forelle».

Eine Woche mit ihm in den Wäldern gab ihnen genügend Kraft, wieder in die Welt zu gehen, Gewerkschaften zu zerschlagen, die Konkurrenz auszuschalten und die Miete zu verdienen. Sie bezahlten Averell anständig und überschütteten Asel mit Ausrüstungsstücken von Abercrombie & Fitch, Orvis und L. L. Bean. Aber je mehr Gewehre, Kompasse, Angelruten, Messer und Hudson Bay-Decken er bekam, desto mehr mißtraute er ihnen in den Wäldern. Am Ende öffnete er die Bündel und Pakete, die sie anschleppten, gar nicht mehr, sondern stapelte sie an der Wand der Hütte.

Schließlich ging etwas schief. Die Jäger kamen nicht mehr, und Averell verpaßte das Herbsttreffen vor der Hirschsaison. Asel wartete, so lange er konnte, bis ihm schließlich der Proviant knapp wurde. Er verrammelte die Hütte, stopfte, was ihm wichtig war – viel war es nicht –, unter die Dielen und in hohle Baumstämme. Er packte seinen Korb, schnallte seine .44er um und machte sich auf den Dreitagemarsch runter zur Route 201.

Von dort nahm ihn ein Mann namens MacDougall in einem Erzlaster bis nach Jackman mit. Er fand den Laden seines Bruders, aber der war mit Brettern vernagelt. In einem Haus unten an der Straße erkundigte er sich, und man sagte ihm, der Laden sei wegen Steuerrückständen dichtgemacht worden, und Averell sei mitten in der Nacht ausgezogen und verschwunden. Also machte Asel kehrt und ging zurück in die Wälder, wo er drei Jahre lang allein blieb.

«Du hast geschlafen», sagt sie. «Ich war wach, während du geschlafen hast. Komm doch ein bißchen zu mir ins Bett. Du mußt ja nicht schlafen. Du mußt auch nicht lange bleiben. Aber komm ein bißchen her.»

Im Zimmer ist es noch dunkel, aber die Dämmerung ist nah. Der Schnee draußen vorm Haus ist noch zugange, wirbelt und heult über das Weideland.

«Ich muß meinen Kaffee austrinken.»

«Und dann kommst du», sagt sie. «Wenn du deinen Kaffee getrunken hast.»

Asel stellt seine Tasse auf den Boden, streift die Stiefel ab und schlüpft neben sie. Sie schiebt eine Hand in sein Hemd und legt sie auf seine Brust.

«Dein Herz hämmert. Es fühlt sich an, als ob es gleich durch deine Brust kommt.»

«Nachts um diese Zeit passiert immer was in mir.»

Sie knöpft sein Hemd auf und streichelt ihn dort, wo sein Herz ist, ihre Finger fahren an der Schlinge des Halfters entlang. Sie führt die Hand zu seinem Gesicht und läßt sie an seinem Bart entlangstreichen.

«Das ist ein Sturm», sagt er zu ihr. «Ein ganz schwerer. Du mußt heut morgen vielleicht gar nicht in die Schule.»

«Dann bleib ich hier bei dir. Ich mach dir Frühstück und mäste dich. Was hättest du denn gern?»

«Eier, Speck und Apfelkuchen.»

«Dann gibt es genau das», sagt sie sanft und schiebt sich an seinen Körper heran. «Bleib bis zum Morgen bei mir. Bleib hier neben mir.»

«Weißt du, manchmal versuch ich, mir über alles klarzuwerden, aber ich schaff's nicht.»

«So ist das eben», sagt sie. «Manchmal will man eine Nadel mit Faden weit durchschieben und dann alles gefältelt zusammenziehen, aber so geht es nicht. Ich glaube, es ist eher wie bei einer Zwiebel. Haut über Haut. Schicht über Schicht.»

«Wenn man Zwiebeln kocht, sind sie süß.»

«Ja, sind sie», sagt sie und zieht sein Hemd auf, bis sie das Gesicht auf seine Rippen legen kann.

«Wenn man aber ganz in eine reinkommt, dann ist gar nichts da. Vielleicht eine enge Falte oder zwei.»

«Das ist doch auch was», sagt sie. «Mehr braucht man nicht», und dann ist sie still.

Asel bleibt bei ihr liegen, bis sie wieder einschläft, und dann steht er auf. Er setzt sich in den Schaukelstuhl, legt die Füße aufs Bett und den Kopf zurück und versucht, so wie vorher zu schlafen, versucht, seine Mutter und seinen Vater zu sich zurückzuholen, aber er schafft es nicht. Er macht sich aber keine Sorgen, denn er weiß, daß sie in einer anderen Nacht wieder zu ihm kommen werden. Wenn sie es nicht tun, soll es ihm auch recht sein, weil er weiß, daß er eines Tages zu ihnen gehen wird.

3

ALS ASEL zur Hütte zurückkam, war seine Kleidung steifgefroren. Er war erst drei Monate wieder in den Wäldern, seit Averell verschwunden war, und schon hätte er es fast fertiggebracht, sich umzubringen, als er versuchte, auf dünnem Eis einen Teich zu überqueren. Bis zur Brust im Wasser stehend mußte er sich eine Bresche durchs Eis schlagen, bis er das Ufer erreichte.

Seine Kleidung gab an den Knien und Ellbogen und ein bißchen an der Hüfte noch nach, aber sonst nirgends. Er stellte sich dicht an den Holzofen und lehnte den Körper dagegen; es zischte, und eine Dampfwolke stieg auf. Er bückte sich und legte seine wollenen Fausthandschuhe mit den Handflächen auf das heiße schwarze Eisen, und noch mehr Dampf und der Gestank nasser Wolle stiegen auf. Vor zwei Stunden, noch bei Tageslicht, war er im Eis eingebrochen. Er hatte nicht einen Moment lang ans Sterben gedacht, nur daran, nach Haus zu kommen und den Ofen zu umarmen. Erst jetzt wurde ihm die Todesgefahr bewußt, und er verfluchte sich, weil er so dumm gewesen war, den Teich nicht einfach zu umgehen, um auf die andere Seite zu kommen, wo er hinwollte.

Als er sich wieder bewegen konnte, streifte er seine Kleidung ab und hängte sie zum Trocknen auf. Er zog sich um und sorgte für mehr Hitze im Ofen. Heute abend würde er sich etwas von dem kostbaren Kerosin genehmigen, um im weichen, goldenen Licht einer Lampe seine Waffen zu reinigen und seine Entscheidung zu überdenken, den Rest seines Lebens in den Wäldern zu verbringen; eine Entscheidung, das begriff er nun, die plötzliche und schmerzhafte Folgen haben konnte.

Er ging zum Tisch und breitete ein Tuch über die Platte. Er nahm die .44er auseinander, trocknete die Teile erst und ölte sie dann ein. Der Geruch von Gewehröl aus der Spritzkanne stieg ihm zu Kopf, klärte seine Gedanken und machte ihn zugleich noch wütender auf sich selbst. Nachdem er die Pistole wieder zusammengesetzt hatte, lud er sie und legte sie beiseite. Dann machte er sich an sein Gewehr.

Eine Weile fragte er sich, wo Averell wohl hingegangen war und warum er keine Nachricht hinterlassen hatte. Er wußte, daß er schon einmal verlassen worden war, und er haßte das Gefühl und wollte es nicht noch einmal durchstehen müssen. Er verfluchte seine Dummheit, und dann verfluchte er seinen Bruder, weil der ihn einfach so hatte hängenlassen. Er dachte daran, wie fein es wäre, Borst aufzusuchen und ihm das anzutun, was er Lion und Sal angetan hatte, aber er wußte, er würde es nicht tun. Er glaubte nicht, daß es seine Sache war, die Länge und Breite eines anderen Lebens zu bestimmen. Mit solchen Sachen wollte er nichts zu tun haben, und die Leere, die sein Rachedurst hinterließ, machte ihn traurig.

Aus der äußersten Ecke der Hütte drang ein kratzendes Geräusch. In seiner Speisekammer waren Mäuse, und sie arbeiteten sich zu dem kleinen Vorrat an Lebensmitteln vor, den er mitgebracht hatte; Lebensmittel, die Asel in den Wäldern und Gewässern, in denen er jetzt lebte, nicht finden konnte. Er schob die Hand über den Tisch und ballte sie um den Nußbaumgriff des Revolvers.

Die erste Maus verschwand, bevor noch der Knall von den Wänden zurückpeitschte. Die zweite und dritte verschwanden ebenfalls, als Knall und Echo ineinander übergingen und ihm im Kopf dröhnten. Dann tauchte ein neues

Geräusch innerhalb des anderen auf, eins, das er nicht gleich erkannte; etwas hämmerte gegen die Tür, dann war es still. Asel schrie, wer immer da sei, solle reinkommen, aber er rührte sich nicht fort von da, wo er saß. Er drehte nur die Lampe herunter und schob sie weg, damit er nicht in ihrem Lichtkegel war.

«Herein, hab ich gesagt», schrie er noch mal.

Die Tür sprang auf, aber es war niemand da. Er wartete bewegungslos auf seinem Platz, umklammerte aber mit einer Hand den Revolver und mit der anderen einen Schnellader mit sechs Patronen, in der Hoffnung, sie nicht gebrauchen zu müssen, aber für alle Fälle gerüstet.

«Ich komm rein. Nicht schießen, um Himmels willen.»

Mit ausgestreckten Händen und erhobenen Handflächen trat ein alter Mann in den Türrahmen. Er grinste Asel an, mit rosa glänzendem Zahnfleisch. Kein einziger Zahn war mehr im Mund des alten Mannes. Asel lächelte zurück, fast lachte er. Der alte Mann ließ die Hände sinken, grinste aber immer noch und fixierte mit seinen milchigblauen Augen die ganze Zeit Asels rechte Hand.

«Ich komm doch nicht etwa ungelegen?» sagte er. «Ich meine, du hast doch nicht etwa grad beschlossen durchzudrehen, oder? Dann belästige ich dich nämlich lieber nicht.»

«Nein. Komm rein. Wenn ich am Durchdrehen war, bin ich's nicht mehr.»

«Gut. Gut. Ich bin heut abend etwas zu weit gewandert und brauchte einen Platz, wo ich bleiben kann.»

Asel stieß gegen den Tisch, als er aufstand. Er zog noch einen Stuhl an den Tisch, seinem Platz gegenüber, und deutete darauf. Der alte Mann trat über die Schwelle und schloß die Tür. Aber statt sich zu setzen, ging er direkt auf den Ofen zu, stellte sich mit dem Rücken davor und wiegte sich leicht auf den Hacken vor und zurück, wie von der Hitze betrunken.

«Kann ich dir was zu essen holen?» fragte Asel.

«Nein, das ist nicht nötig. Nur ein bißchen Wärme.»

Der Alte hielt die Hände hinter sich verschränkt. Er ließ den Kopf zurücksinken und schloß die Augen.

«*Ich* will mein Abendessen mit *dir* teilen. Dein Schrank sieht etwas kahl aus, und die Jägerei im Haus bringt nach meiner Erfahrung nicht sonderlich viel.»

Asel lächelte, als er wieder das rosa Zahnfleisch sah. Der Mund des alten Mannes war wie der eines Babys.

«Oh, die Jagd läuft ziemlich gut. Es ist bloß nicht mehr viel zu kochen da», sagte Asel, schob den Revolver in den Halfter zurück und schnallte ihn sich um.

«Nein, Asel, das glaub ich dir.»

«Du weißt also, wie ich heiß?»

«Ja, weiß ich. Ich hab mit deinem Bruder gehandelt, bevor er aus dem Ort vertrieben wurde.»

«Du kennst meinen Bruder?»

«Ja, den kenn ich. Er hatte bei einem Mann namens Weinberg ziemlich hohe Schulden. Der alte Weinberg ist in mehr als einer Hinsicht Jude. Er wollte sein Geld mit dem Sheriff eintreiben, da ging dein Bruder mitten in der Nacht auf und davon.»

Asel setzte sich an den Tisch. Ein bißchen tat es ihm gut, Einzelheiten über Averells Abgang zu erfahren, aber nicht genug, um den Schmerz aufzuwiegen, den er wegen dem Mißgeschick seines Bruders und seinem eigenen empfand. Der alte Mann ging nach draußen und kam dann mit einem Rucksack und einer Winchester zurück. Aus dem Rucksack zog er Brot, Gurken, Tomaten, Salami und Folienpackungen mit Mayonnaise und Senf. Er richtete für sie beide Sandwiches her und machte dabei Bemerkungen darüber, wie praktisch die Folienverpackungen seien. Asel aß das Sandwich langsam und mit Genuß. Seit langer Zeit hatte er kein Gemüse mehr gegessen, obwohl es ihm während der Saison an Löwenzahn, Petersilie und Farnkraut nicht gefehlt hatte. Als der alte Mann sein zweites Sandwich gegessen hatte, kramte er erneut in seinem Rucksack und zog Äpfel, Schokoladenriegel und ein Gebiß heraus, das in eine Plastiktüte gewickelt war. Er schob es sich in den Mund, schnitt sich dann Apfelstücke zurecht und aß sie.

«Hat er den Staat verlassen?» fragte Asel.

«Tja, vielleicht, oder vielleicht ist er auch einfach ein Stück die Straße runtergezogen. Viel mitgenommen hat er nicht. Ich stell mir vor, er mußte einen Job annehmen, damit er leben kann.»

Asel nahm einen Apfel und biß hinein. Er versuchte sich zu erinnern, wann er zuletzt einen gegessen hatte, schaffte es aber nicht.

«Irgendwie schwer vorstellbar, daß du hier hochgewandert bist», sagte Asel.

«Ja, stimmt wohl. Na ja, die Wahrheit ist, ich bin gar nicht gewandert. Ich bin mit einem Schneemobil gekommen. Ich hab es unten am Pfad gelassen. Ich wußte ja nicht, was du von diesen Dingern hältst. Manche Leute können die nicht leiden. Naturburschen wie du und so. Du bist aber gar kein Naturbursche, was?»

«Weshalb bist du denn eigentlich gekommen?»

«Geschäfte. Ich handle mit Fellen, und ich bin gekommen, um dir einen kleinen Vorschlag zu machen.»

«Ich höre.»

«Also gut. Ich komm gleich auf den Punkt. Ich rüste dich aus, und du verkaufst an mich. So einfach ist das. Du mußt nie runterkommen, außer natürlich, du willst es. Aber ich komme mit dem vorbei, was du brauchst, geb dir in bar, was dir darüber hinaus zusteht und nehm deine Felle ab. Du hast hier ein gutes Gebiet. Seit du hier bist, sind keine Fallen mehr aufgestellt worden. Das wird gut laufen für dich. Besser als bei den anderen Jungs, die ich über den Staat verteilt hab.»

«Ich weiß nicht», sagte Asel. «Ich muß drüber nachdenken.»

Es fesselte ihn, daß es in der Welt noch andere geben könnte, die waren wie er. Der alte Mann streckte ihm die Hand entgegen und lächelte mit weitgeöffnetem Mund. Seine Zähne klickten.

«Irgendeinem muß man trauen, und sei's nur ein bißchen und für kurze Zeit», flüsterte er, nahm Asels Hand und hielt sie mit einem Griff, der kräftiger war, als man ihm zugetraut hätte.

Asel schüttelte den Kopf, ließ seine Hand in der des alten Mannes steif werden und lächelte auch.

«Ich wußte, du würdest es sehen wie ich», sagte der alte Mann.

Den Rest des Abends erzählte er Asel, was in der Welt passiert war. Er erzählte ihm, daß sich LBJ den Schwanz in der Tür eingeklemmt hätte und daß ein Mann auf dem Mond spazierengegangen wäre, was Asel davon überzeugte, daß der Alte ein Lügner war, aber er gefiel ihm trotzdem. Später, bevor sie einschliefen, kam der alte Mann noch einmal auf das Fallenstellen zu sprechen.

«Du verstehst was vom Fallenstellen, oder?» sagte er.

«Ich hab's noch nie in großem Stil gemacht», sagte Asel, «aber ich hab studiert, was Buzzacott darüber zu sagen hatte.»

«Buzzacott? Den kannte ich, als ich ein Kind war. Wenn du mich fragst, der alte Sack war nie in einem Wald», sagte er, und dann schlief er ein.

Asel blieb die ganze Nacht wach und sah zu, wie der alte Mann schlief. Am Morgen stiegen sie hinunter, um das Schneemobil zu holen. Als sie zurückkamen, briet der alte Mann Eier und Speck für sie beide. Er hatte Vorräte für einen Monat mitgebracht, ein Sortiment Fallen und Glasflaschen mit Lockduft. In den nächsten drei Tagen weihte er Asel in die Geheimnisse des Pelztierfangs ein, indem er ihm half, eine Fallenreihe aufzustellen, die er in einem Zeitraum von zwei Tagen abgehen konnte.

Im Morgengrauen des vierten Tages machte er sich zur Abreise fertig und sagte Asel, er wäre in einem Monat wieder da, um Vorräte zu bringen und Felle abzuholen.

«Häng sie an der Dachrinne auf, falls du nicht da bist, und ich mach das gleiche mit dem Zeug für dich. Manche Leute finden das besser so. Ob sie nun im Lager sind oder nicht, sie mögen nicht gestört werden.»

«Wir werden sehen.»

«Ja, genau. Und nebenbei, diese Angewohnheit von dir, nicht zu schlafen. Das ist gut. Das solltest du beibehalten.»

Asel verpaßte die ersten drei Treffen, weil er auf seiner Fallenstrecke arbeitete. Er hatte eine ganze Menge Fangeisen, die er am Ende von Otterfährten auslegte und dort, wo die Ufer vom Wasser unterspült waren. Er versteckte sie tief im Sumpf und Morast, der die Wasserwege auf ihrem Lauf zum Fluß nährte. Er bestückte Höhlen, Wechsel und Pfade mit Newhouse-Standard-Drahtfallen Nummer 1 bis Nummer 4, in die erstklassige Nerze, Füchse, Ottern, Waschbären und Biber gingen.

Als es Zeit für das vierte Treffen wurde, war er da und hörte das Schneemobil des alten Mannes; der Motor jaulte den Pfad herauf.

«Lange nicht gesehen», sagte der alte Mann. «Riecht so, als hättest du kürzlich Bekanntschaft mit 'nem Stinktier gemacht. Außer natürlich, du hast hier irgendwo 'ne Frau versteckt.»

«Keine Frau. Das war ein Stinktier.»

«Die verdammten Viecher. Wenn doch nur die erstklassigen Pelztiere auch so dumm wären. He, hör mal, ich hab Nachrichten für dich. Wir haben einen neuen Zwischenhändler. Sein Name ist Beecher. Er hat den Laden deines Bruders übernommen. Das ist ein guter Mann. Ziemlich neugierig auf dich.»

«Kein Grund zur Neugier.»

«Nein, du verstehst mich nicht. Er glaubt, daß er dir ein bißchen was schuldet, weil die Dinge mit dir und deinem Bruder so schiefgelaufen sind. Er glaubt, man hat dich im Stich gelassen. Vernachlässigt. In der Scheiße sitzenlassen.»

«Das geht ihn nichts an», sagte Asel. «Ich glaub, mir gefiel's besser, als ich noch keine Nachrichten kriegte.»

«Geht klar», sagte der alte Mann. «Ich bin gleich wieder fort. Ich wollte dir nur sagen, daß mein Einsatz abgegolten ist und du jetzt Geld verdienst. Gutes Geld. Was soll damit gemacht werden?»

«Gib es dem Mann, diesem Beecher. Sag ihm, er soll das Geld für mich aufbewahren.»

Der alte Mann blickte auf. Er konnte etwas in Asels Augen erkennen. Etwas, das er in den Augen der Männer gesehen hatte, die lange Jahre in den Wäldern lebten. Es entsteht in einem Mann, der weiß, wie man ein Lebewesen unter dem Stiefel festhält und totschlägt, in einem Mann mit alten Wunden, die in der Einsamkeit nur schlimmer werden. Augen, die wie Vorhänge werden, die nur Licht durchlassen und sonst nichts und, nach einiger Zeit, nicht einmal mehr Licht. Weil er das an Asel sah, war es ihm recht, daß sich ihre Wege nicht zu oft kreuzten, obwohl es ihn schmerzte.

«Dieser Beecher ist in Ordnung», sagte der alte Mann. Mehr fiel ihm nicht ein.

Drei Jahre in den Wäldern können einem Mann zusetzen, und einem heranwachsenden Mann noch übler. Buzzacott hatte viel zu sagen über Brunstzeit und Lockduft, aber stets im Hinblick darauf, wie man sie zum Töten nutzt. Er sprach niemals darüber, was zu tun ist, wenn für einen Mann diese Zeit kommt.

Es überkam Asel an jenem Morgen, da er die Tür nicht

aufstoßen konnte, um seine Fallenstrecke abzugehen. Der Schnee war zu tief. Nicht loszugehen war eine Entscheidung, über die er sich ärgerte. Er wußte, daß er die Scharniere abschrauben und die Tür herausnehmen konnte, oder noch einfacher hätte er aus dem Fenster klettern können. Er sagte sich, daß er Patronen füllen sollte, daß er sich dann besser fühlen würde.

Er nahm seinen Werkzeugkasten aus dem Regal und machte den Tisch zur Werkstatt. Hitze strahlte aus dem Holzofen, machte den Raum warm und trocken, zu einer Zuflucht im Schoß von Kälte und Schnee. Asel saß da, die Füße unter sich in die Streben des Stuhls gehakt. Er zählte zweihundert Patronenhülsen ab, je hundert für sein Gewehr und die .44er. Dann schraubte er die Zündbolzen ab und paßte die Größe an, indem er das Schneideeisen wechselte, als er an die .44er ging. Patronenfüllen war eine Arbeit, die er gern tat, und so nahm er sich Zeit, mehr Zeit, als er eigentlich brauchte. Er machte die Hülsen zündfertig, achtete darauf, die Zündmasse am unteren Rand des Mantels zu plazieren und polierte jedes einzelne Geschoß, wenn es fertig war.

Als er mit dem Füllen und Polieren fertig war, stand er auf und ging zum Fenster. Es war ein dunkler Tag, schwer und grau, mit Wolken, die ineinander verschmolzen dahinrollten. Keine Sonne würde durch die hohen Kiefern zu seiner Lichtung durchsickern, kein Licht, keine Wärme, die den Winter leichter gemacht hätten. Es war ihm egal, weil ihn das Füllen der Hülsen beruhigte. Er würde die Arbeit in die Länge ziehen, vielleicht eine Weile Pause machen und sich Essen kochen, irgendwas mit Makkaroni und Tomatensauce.

Asel ging in die Ecke der Hütte, die am weitesten vom Holzofen entfernt war, und öffnete die Kiste, in der die Dosen mit Hercules 2400 rauchlosem Pulver verstaut waren. Er nahm die letzte Dose mit an den Tisch und begann wieder. Diesmal mußte er die Ladung richten, die Kugel plazieren und die Ränder anwürgen, indem er sie einen halben Millimeter enger zog als der Durchmesser der Kugel. Als er mit den .44ern fertig war, ging ihm das Pulver aus. Er ging wieder in die Ecke und fand nur noch ein paar Körner auf dem Kistenboden. Er mußte dafür sorgen, daß ihm der alte Mann das nächste Mal mehr Pulver brachte. Er betrachtete die Ausrüstung, die an der Wand gestapelt war. Er wollte sich ansehen, was die Sportsfreunde ihm damals, als sie noch gekommen waren, dagelassen hatten, damals, als Averell noch im Geschäft gewesen war. Vielleicht hatte einer eine Dose Pulver mitgebracht, zur Abwechslung mal etwas Nützliches.

Er nahm die Pakete herunter und schlitzte sie auf; dabei fand er mehr Ausrüstungsgegenstände, als ein einzelner Mann je gebrauchen konnte. Es gab Angelfliegen-Bestecke in Chenille-Verpackungen, Weichenfedern, bronzene Truthahnschwanzfedern und verschnürte Kropfstörche. Es gab künstliche Angelfliegen, Fellstücke und -köder und sieben Arten Fell. Und alles in vierzehn Farben. Er fand Filetier-Messer, Ferngläser, Schleifsteine und Lockenten. Es gab Ruten und Fäden und jede Menge Tarnbekleidung, Bogenschützenausrüstung, Handschuhe, Angelstiefel, entspiegelte Sonnenbrillen und ein Multifunktionswerkzeug für die Hosentasche, das sieben verschiedene Dinge sein konnte, aber es gab kein Hercules 2400.

Asel nahm sich einen anderen Stapel vor. Diesmal stieß er auf ein Bündel Zeitschriften. Er konnte sie nicht lesen, aber er dachte, er könnte sich ja wenigstens die Bilder ansehen, und so zerschnitt er das Band, das das erste Bündel zusammenhielt. Oben im Stapel waren Illustrierte, *Look* und *Life*, die Ränder von Mäusen angenagt. Weiter unten stieß er auf *Sports Afield* und *Popular Mechanics*. Darunter kamen neue Genüsse zum Vorschein, Magazine voll mit Bildern nackter Damen.

Die Seiten strotzten vor sich räkelnden, neckischen Frauen. Sie lagen auf Betten und Bärenfellteppichen – Schwarzbär, Polarbär und Grizzly. Einige waren in der Wüste und einige im Schnee. Es gab schwarze Frauen und weiße Frauen, dicke und dünne, alte und junge. Es gab eine, die er für schwanger hielt, und sogar eine ohne Beine. Asel riß die Bilder heraus und warf sie sofort ins Feuer. Er meinte, eine Frau ohne Beine sollte nicht in so einem Magazin sein. Er beschloß, daß es nicht ihre eigene Idee gewesen sein konnte.

Asel ging zu den anderen Bündeln und schnitt sie ebenfalls auf. Jedesmal wenn er den Fellschlitzer an das Band setzte, das die Bündel zusammenhielt, wuchs sein persönlicher Stapel. Einige Bündel hatten die Mäuse durchnagt und mitten hinein Nester gebaut. Und die Seiten drumherum klebten zusammen, verschmiert von Mäuseködeln, wie sie waren. Er hielt sie über einen dampfenden Wasserkessel und pulte langsam die Seiten mit halbaufgefressenen Frauen auseinander. Nach einem schnellen Blick warf er auch sie in den Ofen, bis er fauchte und das Rohr kirschrot glühte. Bevor er sich's versah, begann der Ofen Luft anzusaugen, wodurch seine Wandung sich ausdehnte und blähte. Er öffnete die Klappe und goß Wasser hinein, bevor die Brennkammer bersten konnte.

Asel ging zu den Stapeln zurück. Es standen sechs Holzkisten da, Eigentum der Charboneau-Brüder Roddy und Blaze. Sie waren das letzte Mal nach Norden gekommen, bevor Averell aus dem Ort verschwunden war, und als sie abreisten, sagten sie, sie würden ein paar Jahre lang nicht zurückkommen, und er solle ein Auge auf ihr Zeug haben. Das war ein ganz gewöhnliches Geschäft für Averell und Asel. Einmal hatten sie einen verheirateten Mann aus New York dagehabt, der seine Geliebte mitbrachte. Er zahlte großzügig, damit Averell keine anderen Gruppen betreute, solange sie da waren. Asel, der jene Woche unter den Sternen schlafend verbrachte, fand heraus, daß die Geliebte des Mannes ein Mann war. Sie waren ein nettes Paar, begeisterte Jäger.

Asel klappte das Multifunktionswerkzeug auf und zerschnitt mit der Drahtschere die Stahlbänder der ersten Charboneau-Kiste. Dann zog er die Keile heraus und nahm den Deckel ab. In der Kiste lagen vierzig .38er PPK Walther-Pistolen mit abgeschliffenen Seriennummern. In den anderen Kisten war das gleiche, außer in der letzten, die bis obenhin voll war mit Munition und Ladestreifen.

Ihm war nicht wohl dabei, so etwas in der Hütte zu haben, aber er konnte es nicht ändern. Er beschloß, später darüber nachzudenken und solange damit zufrieden zu sein, daß er die zusätzliche Munition gefunden hatte. Er wog eine der Pistolen in der Hand und betätigte ihren Mechanismus, bis er ihn beherrschte. Mit der Handfläche schob er ein geladenes Magazin ein und leerte es dann, indem er ein dichtes Muster in die Balken der gegenüberliegenden Wand feuerte; tief atmete er den Pulvergeruch ein und spürte, wie die Schüsse in seinem Kopf widerhallten. Er legte die Deckel wieder auf die Kisten, behielt aber die eine Pistole als Reserve und hundert Schuß Munition. Als das erledigt war, widmete er sich wieder seinen Damen.

Am Ende der Woche war Asel erschöpft. Er befürchtete zu verhungern, wenn er den ganzen Monat so weitermachte. Er hatte Angst, jemand würde im Frühling vorbeikommen und an die Hüttentür klopfen. Wenn drinnen nichts zu hören wäre, würden die Leute einbrechen und nur noch die härteren Teile seines Körpers lebendig vorfinden, noch auf dem Fußboden in Bewegung.

Es wurde ihm klar, daß es ihn umbringen würde, wenn er es weiter mit so vielen Frauen auf einmal trieb. Es entzog ihm die Kraft. Manche dieser Frauen gefielen ihm nicht einmal. Er fühlte, daß er immer stumpfsinniger wurde. Die einzige Lösung bestand darin, die Frauen aufzugeben und zu dem Leben zurückzukehren, das er vorher geführt hatte. Sonst wäre es das Ende. Der alte Mann würde ihn als Idioten wiederfinden, und man würde ihn dem Staat Maine ausliefern müssen; man würde ihm das kleine Stück Gehirn entfernen, das ihn männlich machte, und dann würde man ihn Borst zurückgeben.

Er legte sich eine Strategie zurecht, mit der er sich von den vielen Frauen entwöhnen wollte, die seine Hütte mit ihm teilten. Er begann damit, daß er sich auf viermal am Tag beschränkte und drückte diese Zahl dann jede Woche weiter hinunter. Als er bei zweimal am Tag angekommen war, bemühte er sich, ohne die Magazine auszukommen, um die Versuchung zu solch unzüchtigem Treiben einzudämmen. Die ersten, die verschwinden mußten, waren alle, die von Mäusen auch nur beschmutzt worden waren. Er stapelte sie neben dem Ofen auf, um sie in maßvollen Abständen hineinzuwerfen; einen zweiten Schornsteinbrand sollten sie ihm nicht einbrocken. Der zweite Haufen, den er aussortierte, bestand aus allen ohne Farbfotos auf Hochglanzpapier, aus den schwarzweißen auf billigem Papier. Auf diese Weise konnte er seinen Stapel um zwei Drittel verkleinern. Das letzte Drittel verschwand unter dem Gesichtspunkt, ob es ihnen an Schönheit und Schicklichkeit mangelte – Damen, die er nie heiraten würde.

Als er bei einmal am Tag angekommen war, hatte er nur noch drei Hefte übrig und seltsamerweise seine Kraft wiedergewonnen.

Er begann wieder zu jagen und die Fallen zu versorgen, ging jeden Tag früh hinaus, bewegte sich auf Schneeschuhen durch den tiefen Schnee an den zugefrorenen Bächen entlang und hinunter in die Sumpfgebiete und sammelte Bisamratten, Nerze, Füchse und Ottern ein. Am Nachmittag häutete, schabte, säuberte, trocknete und salzte er, was er gefangen hatte, und bündelte seine Felle für den alten Mann, der am Ende des Monats kommen würde. Er wollte es schaffen.

Eines Abends saß er auf dem Stapel der aussortierten Hefte beim Ofen, wischte Fett von seinen Messern und schärfte sie. Die Magazine, auf denen er saß, hatte er nicht mehr aufgeschlagen, seit er sie auf den Stapel gelegt hatte, der verheizt werden sollte, und das Magazin für diese Nacht lag auf dem Tisch vor ihm.

Er zog die letzte Klinge über dem harten Arkansas-Stein hin und her, um die Wellen abzuschleifen. Schleiföl bedeckte seine Hände. Es war gut, dachte er, daß er bei ganz wenigen angekommen war, denn das Lampenöl wurde ihm knapp. Er beugte sich vor, um auf den Umschlag zu sehen, und versuchte sich daran zu erinnern, wer auf den Seiten für heute nacht auf ihn wartete.

Er rasierte von einer Stelle seines Unterarms die Haare ab, um zu prüfen, ob die Klinge scharf genug war; dann ging er zum Wassereimer und schöpfte vier Tassen in den Kaffeetopf. Er wusch sich Hände und Gesicht. Er strich sich mit den Fingern durchs Haar und stopfte sein Hemd in die Hose.

Er nahm einen Eßlöffel Kaffee pro Tasse Wasser und einen für den Topf. Er setzte ihn auf den Ofen und wartete, bis der Kaffee kochte. Als es soweit war, nahm er ihn vom Ofen und kühlte ihn mit einem Eiszapfen ab, den er draußen von der Dachrinne brach. Er goß sich einen Becher voll und lehnte sich mit einem der letzten Magazine zurück. Es war eins mit einer Doppelseite in der Mitte, und man konnte eine weitere Seite ausklappen. Er begann auf der ersten Seite und blätterte eine nach der anderen um, kam in die Nähe der Mitte und begann dann von hinten, um sich das Ausklappen bis zuletzt aufzusparen.

Beim Blättern führte er die Finger zum Mund, um sie anzufeuchten, damit er leichter die Seiten umschlagen konnte. Er hatte Spaß an den vielen schönen Frauen, die aussahen, als ob sie aus exotischen Ländern kämen, und von teuren Gegenständen umgeben waren. Er fragte sich, ob Buzzacott in seinem abenteuerlichen Leben wohl solchen Frauen begegnet war.

Asel schlug das Magazin zu und schenkte sich noch eine Tasse Kaffee ein. Dann setzte er sich, griff wieder zum Magazin und schlug diesmal gleich die Mitte auf. Sie saß an einem Tisch, als er sie sah, hatte die Füße hochgelegt und ihr Kleid aufgeknöpft. Ihre Augen blickten ihn so durchdringend an, daß er das Blatt knickte, um ihre Nacktheit zu verbergen. Sie lächelte ihm zu, und er glaubte, daß ihr Mund sich bewegte. Er konnte sich nicht dazu durchringen, sie noch einmal aufzuklappen. Er ließ das geschlossene Magazin sinken und gegen seine Brust fallen. In diesem Augenblick beschloß er, bei Einbruch des Frühlings die Ausrüstungsgegenstände, die er nicht wegtragen konnte, zu verstecken und die Wälder zu verlassen. Er würde jemanden für sich finden.

Im März, als der alte Mann seine Felle abholen kam, sagte Asel ihm, das sei die letzte Lieferung. Der alte Mann sagte, es sei ihm recht, weil er wisse, daß er bald sterben werde, und er wolle seine letzten Tage in Mexiko verbringen.

Asel sah sich den alten Mann genau an. Er blickte auf seine Füße, an seinem Körper hinauf und wieder in sein Gesicht. Sein Zahnfleisch war immer noch rosa, und er lächelte immer noch.

«Was soll das heißen, du stirbst?» sagte Asel.

«Sterben. Vor dem Tod stehen. Zu leben aufhören. Finis. Kaputt.»

Asel wußte, was *kaputt* bedeutete. Er hatte gehört, wie Borst das sagte, als er Lion und Sal umlegte.

«Kapier ich nicht», sagte Asel.

«Da gibt's nichts zu kapieren. Nur adios amigo.»

«Soll ich dir was zu essen machen?»

«Das wär gut, mein Sohn. Das wär mir lieb.»

Asel und der alte Mann gingen in die Hütte. Sie aßen Pfannkuchen, Eier, Speck und Kartoffeln. Als der alte Mann satt war, schob er seinen Stuhl zurück und sah sich im Raum um; dann sah er wieder Asel an.

«Das ist Zeug, was andere hiergelassen haben», sagte Asel.

Der alte Mann nickte und griff dann nach Asels letztem Magazin. Er klappte die Mitte auf und schloß sie schnell wieder, so daß nur das Gesicht der Dame sichtbar blieb.

«Sie ist schön», sagte er. «Ich schätze, ich mach dir keine Vorwürfe, daß du fortgehst.»

Asel sah in seine Kaffeetasse. Er hatte noch nie mit jemandem Zeit verbracht, der ihn verließ. Sie waren immer einfach auf und davon gegangen, ohne ihm Bescheid zu sagen.

«Alter Mann», sagte er, «ich wette, in Mexiko gibt's auch so hübsche Frauen.»

«Das möchte ich bezweifeln. Für mich sieht die da ganz einzigartig aus», sagte der alte Mann und blickte zu Asel hoch. Vom Blau seiner Augen war kaum noch eine Spur zu sehen.

Und dann sagte er: «Genau wie du, mein Sohn. Genau wie du.»

Asel brauchte eine Woche, um alles an Ausrüstung, was er nicht mitnehmen würde, in einer Höhle zu verstauen, die eine Meile von der Hütte entfernt lag. Als er damit fertig war, verschloß er den Eingang mit Findlingen, machte sich zum zweitenmal in seinem Leben auf den Dreitagemarsch zur Route 201 und wurde in einem Lieferwagen von zwei Jungen mitgenommen, deren Haare und Bärte so lang wie seine waren. Sie fragten ihn, wo er hinwollte, und er sagte, nach Jackman. Sie sagten, das ginge klar, aber sie seien unterwegs nach Kanada, und wenn er mitwolle, hätten sie nichts dagegen. Er fand es nett, daß sie ihm das anboten, aber er sagte, Jackman wäre genau richtig, und mehr wurde während der ganzen Fahrt nicht gesagt.

Asel stieg vor Averells altem Laden aus. Er war frisch gestrichen, und die Tierpräparatoren-Werkstatt war erweitert worden. Auf der Veranda saß ein Mann. Er hatte einen riesigen Bauch, so dick, daß er ihm über den Gürtel quoll und fast bis zu den Knien reichte. Asel stand auf der Straße und sah zu ihm hinauf.

«Du bist Beecher», sagte er.

«Stimmt. Und du bist Asel. Der alte Mann hat mir gesagt, daß du kommst.»

«Wie geht's ihm?»

«Er ist tot. Er ist nur bis Chicago gekommen. Sie schikken ihn zurück. Schön, daß du zur Beerdigung dasein wirst.»

«Hast du was von meinem Bruder gehört?»

«Nein. Soll ich dir was zu essen oder zu trinken machen?»

«Nein. Ich würd mich aber gern waschen und ein bißchen schlafen.»

«Wir haben ein Zimmer für dich. Es hat keine Fenster, und wir haben innen an der Tür einen Schieberiegel angebracht. Der alte Mann hat gesagt, du wolltest das so.»

Eine Frau und zwei Kinder kamen aus dem Haus auf die Veranda. Asel sah sie an und fühlte sich an seine Mutter erinnert, obwohl die Frau überhaupt nicht wie seine Mutter aussah.

«Du bist ein ziemlich reicher Mann, Asel», sagte Beecher. «Du hast dein Geld für die Felle, und der alte Mann hat dir sein ganzes Geld hinterlassen. Ich hab es auf einem getrennten Konto auf den Namen meiner Frau Ellie liegen.»

Asel schüttelte den Kopf. Er wollte nicht hören, was Beecher ihm da erzählte.

«Heb es für mich auf», sagte er, und dann drehte er ihnen den Rücken zu und setzte sich auf die Veranda; die Kolben seines Gewehrs und seines Revolvers schlugen gegen die Planken.

Beecher redete weiter. Er erzählte die Geschichte des alten Mannes. Er sagte, der alte Mann sei ein Freund von Averell gewesen, und daher habe er gewußt, daß Asel oben in den Wäldern lebte. Seine Söhne hätten sich freiwillig gemeldet und seien dann in Tet gefallen; deshalb habe er seinen Namen aufgegeben, weil er sich schämte, daß er sie hatte gehen lassen.

«Ich verstehe», sagte Asel und nickte mit dem Kopf, verstand aber nicht.

«Er wollte nicht, daß du da auch reingerätst, deshalb hat er dein Geheimnis bewahrt. Er meinte, es sei sein Recht, dich da rauszuhalten. Mit ihrem Tod hörte seine Familie auf zu bestehen, und du warst der einzige, den er noch hatte. Er wollte, daß du alles bekommst, was er geben konnte. Er wußte, daß du noch einen harten Weg vor dir hast.»

Asel mochte die Geschichte, weil er den alten Mann mochte, aber er begriff nicht ganz, worum es eigentlich ging.

Am Ende der Woche kam die Asche des alten Mannes. Asel und Beecher trugen sie auf einen Hügel und begruben sie ohne Grabstein. So hatte der alte Mann es gewollt. Als sie damit fertig waren, legte Beecher Asel beide Hände auf die Schultern.

«Asel», sagte er, «ich bring dich runter nach Skowhegan. Mein Vetter George Gilbus ist dort Bauunternehmer. Er kennt die Lage und wird dich gut behandeln. Du mußt heute fahren, weil die Leute hier anfangen zu fragen, wer du bist. Wir haben Angst, daß die Kinder was verraten könnten. Die Leute sind mißtrauisch, weil hier so viele Hippies auf dem Weg nach Kanada durchkommen. Big George stammt aus New York State. Er ist auch so eine Art Desperado.»

«Der alte Mann. Er hat mir gesagt, sie haben einen Spaziergang auf dem Mond gemacht.»

«Ja, haben sie. Das war schon was.»

«Er sagte, sie sind auf dem Mond gelandet, und das hat das Wetter durcheinandergebracht.»

«Ja, also das wissen wir sicher. Das Wetter hat sich geändert. Es vorherzusagen, wird die Aufgabe der Zukunft sein.»

Asel dachte darüber nach. Meistens schien das Wetter von einem Tag auf den anderen ziemlich gleich zu bleiben. Man riskierte nicht viel, wenn man sagte, das Wetter morgen wird so sein wie heute.

Als es dunkel wurde, stiegen Beecher und Asel in den Impala-Transporter und fuhren nach Skowhegan.

4

Big George Gilbus und sein Kumpan Cutler waren untergetaucht. Man erzählte sich, daß sie eines Nachts betrunken einschliefen, und der Wasserkessel, den Cutler auf dem Ofen stehen hatte, damit die Luft feucht blieb, kochte, bis er trocken war. Er begann zu schmelzen in der Hitze, die aus dem 1932er Hotpoint deluxe-Elektroherd aufstieg, den die Jungs am Morgen neu angeschlossen hatten.

Das entstehende Feuer brannte hundert Hektar von erstklassigem Adirondack State Park-Land nieder. Für die Frau von Big George war endgültig alles zu Ende. Für Cutler war es das Ende seines Aufenthalts im Paradies. Er hatte bereits mehrmals Schwierigkeiten mit der Park-Behörde bekommen. Früher schon hatten solche Dinge wie der Standort seines Wohnwagens, seiner Toilette und seine Unkenntnis der Fisch- und Jagdgesetze Anstoß erregt, insbesondere das Fischen mit hochexplosiven Stoffen und Armeematerial, das er von einem Kumpel in der Nationalgarde bezog.

Cutler wäre wohl auch diesmal noch davongekommen, hätte er nicht einen Antrag eingereicht, um sich die Stunden bezahlen zu lassen, die er und Big George damit verbracht hatten, die Flammen zu bekämpfen, die die Ranger-Station und das Touristencenter umzingelten. Beide Männer waren davon überzeugt, daß Rockefeller persönlich Funkstreifen auf sie gehetzt hatte, die über den New York State Thruway und den Northway hoch und runter brausten, Straßensperren und Kontrollpunkte einrichteten und Suchmeldungen losjagten.

Zuerst hielten sie an Big Georges Haus. Es war leer, mit Ausnahme einer Nachricht, die seine Frau mit einem gewaltigen Nagel an die Wand geheftet hatte. Darauf stand: «Ich hab es in der Zeitung gelesen. Hasta luego.» Sie hatte sogar noch den Fußboden gefegt und die Fenster geputzt.

Big George und Cutler luden soviel Werkzeug wie nur irgend möglich in den Dodge Power-Kombi und verdufteten damit in die Wälder von Maine, wo Big George einen Vetter hatte: Beecher.

Nachdem sie sich in Jackman versteckt gehalten hatten, zogen sie weiter nach Skowhegan, wo sie eine Baufirma auf Barzahlungs- und Tauschbasis eröffneten. Sie zogen in eine verlassene Esso-Tankstelle und richteten einen Haushalt ein. Es gab genug Platz für sie, ihre Ausrüstung, das Fahrzeug und eine kleine Holzwerkstatt. Sie hielten die Fenster geschlossen und versteckten den Laster in der ersten Reparaturgarage.

Cutler baute ein Gestell mit Plattform über den hydraulischen Wagenheber. Darauf legte er seinen Bettrost und die Matratze. Er fuhr den Wagenheber fünfzig Zentimeter über den Betonboden in die Höhe und benutzte das Ganze als Bett. Ihm gefiel das so lange, bis Big George ihn eines Nachts zur Decke hochfuhr und «Feuer» schrie. Cutler rollte über den Rand der Plattform und fiel hinunter auf den Boden. Unterwegs drehte er sich wie eine Katze und landete auf beiden Beinen.

«Du Schwein», sagte er, ballte die Fäuste und tänzelte auf seinen Fußballen herum, die höllisch weh getan haben müssen. «Du Schwein. Dir werd ich's zeigen.»

Big George setzte sich im Bett auf und sah seinen Freund kopfschüttelnd an.

«Meine Güte, Cutler. Das war klasse, wie du das gemacht hast. Ich hab noch nie einen das machen sehen, was du gerade gemacht hast. Ich hab schon Dachdecker vom Himmel fallen sehen, und die waren total platt, aber du nicht. Du bist ja ein richtiger Künstler des freien Falls! Was immer du jetzt mit mir machst, ist billig als Preis für das, was ich gerade zu sehen bekommen hab.»

«Jetzt, wo du's sagst: das war wirklich nicht schlecht, was?» sagte Cutler und ließ die Hände sinken.

«Ich erzähl dir doch keinen Scheiß, alter Kumpel. Hab noch nie einen gesehen, der so was gemacht hat.»

«Schön für dich, George. Freut mich für dich.»

Am nächsten Morgen blockierte Cutler das Handventil des Kompressors mit einem Vorhängeschloß. Dann versteckte er die Blätter der Eisensäge und den Schlüssel zu der Kammer, in der Acetylen und Sauerstoff waren, damit Big George keine Möglichkeit hatte, das Schloß aufzuschweißen. Später fragte Big George ihn, wo er die Sachen versteckt habe, nur für den Fall, daß er sie mal brauche, wenn Cutler nicht da sei, aber Cutler verriet es ihm nicht.

Es war Cutlers Angewohnheit, abends, wenn sie zurückkamen, aus dem noch rollenden Auto zu springen und das Tor hochzuschieben, damit Big George hineinfahren konnte. Big George schloß das Werkzeug weg, und Cutler ließ das Rolltor herunter, das in seinen Schienen ratterte. Dann stieg Big George aus dem Fahrzeug auf den ölfleckigen Betonboden, warf die Tür des Dodge zu und zog die des Kühlschranks auf, der immer mit Bier gefüllt war.

Bald sprach sich herum, auf welche Weise die beiden Männer nach Maine gekommen waren. Big Georges Vetter schwor auf einen ganzen Stapel von Bibeln, er habe keiner Menschenseele etwas erzählt. George wußte, daß er selbst niemandem etwas erzählt hatte, und Cutler schwor, daß auch er kein Sterbenswörtchen gesagt hätte, zu keinem, ob tot oder lebendig. Er sagte, er sei sich ganz sicher, und wenn Cutler sagte, er sei sich ganz sicher, dann konnte man ihm glauben. Es war im Grunde auch ganz egal, weil sich die Leute nicht darum kümmerten, warum die beiden nach Maine gekommen waren. Wenn die Wahrheit herauskäme, würden sie die meisten Leute wahrscheinlich wegen der Umstände bewundern, unter denen sie in den Staat gekommen waren, nämlich nachdem sie dem Staat New York mal etwas Feuer unterm Hintern gemacht hatten.

Was Frauen anging, waren beide Männer aus dem gefährlichen Alter heraus. Sie hatten weder Kraft noch Lust, nach einem harten Arbeitstag rauszugehen und hinter Frauen herzulaufen. Sie sprachen lieber über ihre Mütter, daß sie die mehr hätten lieben sollen, als sie noch die Möglichkeit dazu hatten. Sie planten, eines Tages in den Lastwagen zu springen und eine Fahrt nach Westen zu riskieren, um Blumen auf die Gräber der toten Frauen zu legen. Sie würden durch Quebec nach Montreal fahren und bei der Gelegenheit vielleicht noch ein Spiel der Expos mitnehmen. Sie würden bei einem Mädchen an einer Straßenecke Blumen kaufen und sich dann im Schutz der Dunkelheit in den Staat New York hineinmogeln wie Banditen in der Nacht. Cutler war sich sicher, daß er einen Schleichweg nach Churubusco kannte. Nachdem sie soviel darüber geredet hatten, beschlossen sie schließlich loszufahren.

Am Freitag nachmittag machten sie Feierabend. Sie planten, abends zu ihrer Reise aufzubrechen. Als sie sich der Tankstelle näherten, parkte ein fremder Wagen bei den Zapfsäulen. Big George fuhr zwei- oder dreimal vorbei, bis er dahinterkam, daß es der schwarze Impala seines Vetters Beecher war.

Cutler sprang heraus und ließ das Tor hochgehen, während Big George reinrollte. Asel und Beecher schlüpften hinter dem Lastwagen hinein und bekamen fast das sich schließende Tor auf den Kopf. Big George öffnete den Kühlschrank und gab jedem ein Bier.

«Ich hab was Geschäftliches mit dir zu besprechen, George», sagte Beecher. «Ich möchte, daß du diesem Mann hier dein Handwerk beibringst. Ich zahle die Hälfte seines Lohns. Dafür mußt du ihm alles beibringen, ihn einarbeiten und ihn versteckt halten.»

«Jetzt mal langsam. Ich versteh kein Wort. Du hast noch nicht mal hallo gesagt. Ich sag dir mal was. Du gehst zum Laden, kaufst Futter fürs Wochenende und machst dir's bei uns gemütlich. Dann hast du Zeit genug, alles zu erklären. Ich und Cutler können doch nicht einfach die Katze im Sack kaufen. Wir führen hier ein Geschäft, und wir nehmen keine Sozialfälle auf. Außerdem wollten wir gerade zu 'ner kleinen Urlaubsfahrt aufbrechen.»

«Das stimmt, Beecher. Ich und George, wir sitzen hier so ziemlich auf dem trockenen, wenn du weißt, was ich meine. Bleib das Wochenende hier, wie dein Vetter sagt. Wir bleiben auch.»

«Ich bleibe, aber warum zum Teufel muß ich das ganze Essen kaufen?» sagte Beecher, obwohl er das Gefühl hatte, nicht so leicht um dies Problem herumzukommen.

«Sei doch nicht so», sagte Big George. «Wir essen immer unten an der Straße, wo wir ein paar Stunden Arbeit gegen Essen tauschen. Das ist so 'n Laden, wo alle aus dem gleichen Topf essen, das gleiche Brot. Wir können da nicht mit dir und deinem Freund hier antanzen. Das gäb nur unangenehme Fragen, und du weißt doch, daß weder Cutler noch ich besonders schlagfertig sind. Das ist doch nicht etwa so 'n verdammter Hippie, was?»

«Oder etwa ein Beatnik?» unterbrach ihn Cutler. «Ich will mit keinem Beatnik zusammenleben und auch nicht mit 'nem Hippie. Die sind doch alle nicht ganz dicht.»

«Sag Cutler, daß er kein Beatnik oder Hippie ist, Beecher. Sag ihm, daß er das nicht ist.»

«Großer Gott», sagte Beecher. «Er heißt Asel, und er ist in Schwierigkeiten, die er nicht verschuldet hat. Er ist kein

Beatnik, und er ist auch kein Hippie. Er ist Überlandführer, ein echter Maine-Führer. Halt jetzt dein gottverdammtes Maul, du kleines Würstchen.»

Asel trank das Bier, das Big George ihm gegeben hatte. In der Hand fühlte es sich kalt an, und ihm gefiel, wie es ihm durch die Kehle rann. Er wippte mit den Füßen und dachte, es könnte Ärger geben.

Beecher hob die Schultern und drückte den Brustkorb raus; er versuchte, den Starken zu markieren. Die meisten Leute schreckte das, aber nicht Cutler, weil Cutler sie immer von den Knien her anging. Ihm war es egal, wie groß sie waren. Für ihn war Beecher bloß ein aufgeblasenes Würstchen, selbst wenn er Georges Vetter war.

Cutler beugte sich vor und begann Beecher zu umschleichen. Ihm gefiel es nicht, wie Beecher bei ihnen reingeplatzt war. Er wollte ihm am liebsten eine verpassen, ihm was auf die Augen geben. Die Idee packte ihn und bekam eine ganz eigene Bedeutung. Beecher spürte, daß etwas auf ihn zukam.

Cutler stellte sich auf die Fußballen, spürte aber nur zwei Arme, die ihn umschlossen und seine Schlagkraft lähmten. Etwas Hartes schlug gegen sein linkes Schulterblatt, und er blieb, wo er stand, unfähig, sich zu rühren.

«Laß ihn los, Ace», sagte Big George. «Wir sind doch gute Freunde hier. Du und ich, wir unterhalten uns jetzt mal, während der gute Vetter Beecher einkaufen geht und der gute Freund Cutler sich sein Gesicht wäscht, damit er mitgehen kann.»

Asel ließ Cutler los und trat einen Schritt zurück. Die vier Männer sahen einander an.

«Los, wasch dein Gesicht», sagte Big George, und Cutler ging rüber zum Schlauch. Als er zurückkam, legte ihm Big George den Arm um die Schultern und zog ihn an sich.

«So ist's doch besser, oder?»

«Ich mag's nicht, wenn man mich grob behandelt», sagte Cutler und sah Asel an.

«Du gehst. Du zeigst Beecher, wo der Laden ist.»

«Also los, Beech.»

Beecher und Cutler öffneten das Schiebetor nur so weit, daß sie hinausschlüpfen konnten. Sie stiegen in Beechers Impala und fuhren zum Lebensmittelladen. Beecher wollte aus einer Telefonzelle zu Hause anrufen. Cutler und George hatten kein Telefon. Sie hatten ein Anschlagbrett, auf dem die Leute Nachrichten hinterlassen konnten, wenn sie Arbeitsaufträge hatten.

«Also, was hast du denn da, Kleiner?»

Asel schob seine Jacke zurück. Er zog seinen Revolver aus dem Halfter und gab ihn Big George.

«Nett», sagte Big George, «.44er Blackhawk. Gute Kanone. Jetzt sag ich dir mal was; wenn du schlau bist, dann gibst du Cutler irgendwas, womit er seine gerupften Federn glätten kann. Er mag es nicht, wenn er grob behandelt wird.»

Asel sah an Big George hoch und nickte. Er wußte, daß das richtig war. «Geht klar», sagte er. «Ich kann keine Feinde gebrauchen.»

«Wahrscheinlich hätte Cutler am liebsten ein Stück von deinem Ohr, aber wenn er das nicht kriegt, dann reicht auch irgendwas von deiner Ausrüstung. Der Trick ist, daß du ihn glauben machen mußt, daß es kein Geschenk ist. Du mußt ihm was geben, ohne es ihm zu geben.»

Asel nickte, weniger zustimmend, als um die Unterhaltung voranzubringen.

«Jetzt sag mir mal, was eigentlich los ist», fuhr Big George fort. «Viel muß ich nicht wissen. Beecher ist meistens astrein, wenn es um andere geht. Wenn er will, daß ich mich um dich kümmere, dann geht das klar.»

Asel erzählte Big George, daß er während der letzten Jahre in den Wäldern gewesen sei, daß er hinausgewandert und Averell weg gewesen sei. Er erzählte ihm, daß Beecher den Laden übernommen und sich beim zweitenmal um ihn gekümmert habe, und daß Beecher glaube, er schulde ihm etwas, daß das aber nicht wahr sei.

«So ist Beecher nun mal. Er nimmt gern Streuner auf. Hat er immer gemacht. Es sieht nicht so aus, als ob Beecher dir was schuldet, aber wenn er es sagt, dann muß er davon überzeugt sein, daß es so ist. Beechers Wort reicht mir. Du kannst dich als Teil der Mannschaft betrachten. Denk aber daran, daß wir hier ziemlich maulfaul sind. 'ne Menge Leute sind das von Natur aus, aber ich und Cutler sind mehr oder weniger dazu gezwungen. Macht uns nichts aus.»

Während sie darauf warteten, daß Beecher und Cutler zurückkamen, führte Big George Asel durch die Tankstelle. Er zeigte ihm die Reparaturbuchten und den Altölbehälter. Er nahm ihn mit in das Lager im ersten Stock und ins Büro. Er zeigte ihm die Toilette und schließlich die Reparaturbucht, die sie mit Sperrholz ausgekleidet hatten und als Kombination aus Schlafzimmer und Küche nutzten. Big George nahm Asel mit nach draußen und zeigte ihm das Anschlagbrett. Sie hatten es mit einem kleinen Dach versehen und eine Tür mit Fenster davorgehängt, um es vor dem Wetter zu schützen.

«Die Leute können die Tür aufmachen und Nachrichten hinterlassen», sagte Big George. «Deshalb brauchen wir kein Telefon.»

Big George war zuversichtlich, daß man mit Asel gut auskommen würde. Er hielt ihn für jemanden, der seine Angelegenheiten für sich behielt. Ihm gefiel, wie Asel sich bewegte und daß seine Augen hellwach waren, während er sonst ein bißchen schläfrig wirkte.

«Wir kriegen bald einen großen Auftrag. Da können wir noch einen Mann brauchen. Es geht um das Pfarrhaus, die Kirche und das Haus nebenan. Ein neuer Pfarrer kommt hierher. Das ist 'ne richtige Zündkerze. Die Leute aus der Gemeinde haben das Haus ausgesucht, um es in einen Kindergarten umzubauen. Da soll auch 'ne Frau von der Regierung kommen und die ganze Sache in die Hand nehmen.»

Asel hörte es nicht gern, daß jemand von der Regierung kommen sollte. Das erinnerte ihn an Borst und die idiotischen Jungen. Big George ahnte, daß Asel sich unbehaglich fühlte, und das gefiel ihm.

«Mach dir keine Sorgen. Man hat uns gesagt, die kommt von 'ner Organisation, die VISTA heißt. Meistens College-Studenten. Das ist was für diejenigen, die keine Soldaten oder Hippies werden können. Höchstwahrscheinlich ist sie von irgendso einer Kommune abgehauen und will nicht zugeben, daß sie am liebsten wieder an Papas Brieftasche hängen würde. Wahrscheinlich ist sie's leid, am Tag Sprossen zu kauen und nachts Butterkuchen zu naschen.»

Big George fing zu lachen an. Cutler, wenn er dabeigewesen wäre, hätte auch gelacht. Sie hätten bis in die Nacht hinein gelacht, bis es weh getan hätte.

Die Klingel im Büro schlug an. Big George schaute hinaus und sah Beechers Impala an den Zapfsäulen vorbeifahren. Er und Asel gingen raus, um beim Reintragen der Sachen zu helfen.

«Also Beech», sagte Big George. «Wir sind soweit klar. Du kannst abhauen. Geld brauchst du keins schicken. Wir kriegen das schon hin.»

Beecher wollte etwas sagen, aber Big George hob die Hand, um ihn zum Schweigen zu bringen. Dann lächelte er, ließ die Hand sinken und griff nach der Hand von Beecher.

«Mach dich in Zukunft nicht mehr so rar.»

Beecher war dankbar. Er stieg wieder in seinen Wagen und fuhr zum Highway. Ihm dämmerte, daß Big George ihn mit dem Wochenende auf den Arm genommen hatte. Er wendete den Wagen. Er fand, er sollte nach Old Orchard fahren und sich dort ein paar Tage lang amüsieren.

Am nächsten Morgen begann Asels Ausbildung. Die Reise zu den Gräbern ihrer Mütter, die Big George und Cutler geplant hatten, war vergessen. Cutler zog Stühle an den Bürotisch. Er setzte seine Baseballmütze auf und rollte die Ärmel hoch. Big George stellte die Kaffeekanne und eine Dose mit Zimtröllchen hin. Cutler packte ein Kartenspiel aus und fing an zu mischen.

«Jetzt wollen wir mal sehen, aus was für Holz du bist, Ace. Wir spielen ein bißchen High-Low-Jack. Läuft auch unter Old Sledge, Pitch oder All-Fours. Du hast vielleicht schon mal davon gehört. Es ist ein Kartenspiel für drei. Manchmal kann man es paarweise spielen, aber da wir hier nur zu dritt sind, müßten wir mit wechselnden Partnern loslegen, und für die Spielweise, glaube ich, bist du noch nicht reif. Also, Ziel ist natürlich zu gewinnen. Um zu gewinnen, brauchst du bestimmte Zählpunkte. Den höchsten Trumpf, den niedrigsten Trumpf, den Buben, das As und die Zehn. Also, die können natürlich während eines Spiels, oder solange einer gibt, wechseln. Es gibt bestimmte Handzeichen, und ich *weiß*, daß du dafür noch nicht reif bist. Höchste und niedrigste Punktzahl teilen sich den Einsatz. Also los, fangen wir an.»

Während der Morgen verstrich, mußte Asel immer wieder an sein Gepäck gehen und nach und nach seine Besitztümer auspacken. Cutler stand der Mund offen, und auf Big Georges Stirn zeigten sich tiefe Falten, als sie sahen, wie er mit Messern, Kompassen, Gewehren, Munition, Ladegeräten, Angelgerät, Ruten, Erste-Hilfe-Bedarf, Kerzenlaternen, Kochern, Ferngläsern, Beilen, einer Fleischsäge und einer Machete aufwartete.

Mittags hatte er nichts mehr außer der Ruger und bereits

Schulden auf seinen künftigen Lohn. Big George und Cutler berieten sich in der Altölecke. Sie beschlossen, das Spiel zur Lernerfahrung und für ungültig zu erklären. Sie sagten Asel, er könne seine Ausrüstung zurückhaben, aber von nun an ginge es Zahn um Zahn, gnadenloser und rücksichtsloser Wettbewerb ohne jede Selbstbeschränkung. Asel war damit einverstanden und fühlte sich verpflichtet, noch ein paar Partien mehr zu spielen, damit sie auf legitime Weise dies oder das gewinnen konnten, etwa ein Messer oder die Machete. Asel glaubte, daß sie dann wegen der Freundschaftsdienste, die sie ihm erwiesen hatten, ein besseres Gefühl haben würden.

Asel begann zu gewinnen. Um zwei Uhr gehörte alles ihm und Cutler, das Geschäft und überhaupt alles. Um vier Uhr änderte sich die Lage dahingehend, daß ihm und Big George alles gehörte, und um sieben Uhr war er der alleinige Eigentümer. Big George und Cutler waren ausgereizt. Sie hatten nichts mehr, was sie einsetzen konnten. Sie lehnten sich zurück, sahen über den Tisch hinweg Asel an und warteten auf ein Zeichen.

«Das ist nicht recht», sagte Cutler. «Das ist einfach nicht recht.»

«Tja, es ist aber passiert», sagte Big George zu ihm. «Du mit deinem gottverdammten Kartenspielen. Manchmal kommst du dir wohl besonders schlau vor, Mr. Cutler. Tja, diesmal hast du dir den Schwanz in der Tür eingeklemmt.»

Asel lächelte, und dann fing er lauthals zu lachen an. Er zündete ein Streichholz an und begann damit, die Zettel mit den Punktlisten zu verbrennen. Die anderen beiden Männer stimmten in sein Lachen ein. Cutler holte sein Feuerzeug heraus und half, die Zettel zu verbrennen. Sie sprangen auf und schlugen sich gegenseitig auf den Rükken. Sie schleuderten Dosen über den Fußboden, aus denen schales Bier und Cutlers Zigarettenkippen spritzten.

«Wir werden prima zusammenarbeiten», sagte Big George. «Wir werden saugute Arbeit leisten. Also Ace, morgen gegen elf lassen ein paar Jungs aus dem Ort in Reparaturbucht zwei ein kleines Spielchen steigen. Es kommen Leute aus dem Magistrat und der Wachtmeister, aber keine Bange, das ist bloß so eine Methode von Cutler und mir, die Jungs unter Kontrolle zu halten. Das sind die Besten aus der Stadt, und gespielt wird bloß um Penny-Beträge.»

5

Einen Monat später verliebte sich Cutler auf den ersten Blick in die Frau des Pfarrers. Sie war eine schöne Frau mit weißem Haar. Sie trug Shorts, die ihre Schenkel strafften und die Sehnen hinter ihren Knien parallel, lang und dünn wirken ließen, wenn sie sich aus der Taille vorbeugte, um Tomatenpflanzen in den schwarzen Boden zu setzen.

In ihren Garten pflanzte sie neben den Tomaten Gurken, Karotten, Salat, Zwiebeln, Paprika und Dill. Sie bewegte die Hände langsam, betrachtete sie nach jedem Arbeitsgang und strich mit den Fingern der einen über die Handfläche der anderen. Sie hielt den Hackenstiel, als wäre er der lange, zarte Hals eines Vogels, schob ihn locker in den Boden und zog sanft daran, lockerte und zerkleinerte die Erde, damit perfekte Beete entstünden.

Cutler, Big George und Asel beobachteten sie vom Dach aus. Sie hatten vom Pfarrer den ganzen Auftrag bekommen, den Gesamtkomplex, wie er sich auszudrücken beliebte. Die Gebäude brauchten neue Schindeln und Holzverkleidungen. Fenster mußten ausgewechselt, eine Garage und ein Anbau für das Headstart-Programm errichtet werden, das in ein paar Monaten beginnen sollte.

Wenn sie sich bewegte, bewirkte das in jedem der Männer eine kleine Veränderung. Big George vergaß ein bißchen mehr, wie sehr ihn seine Frau verletzt hatte, indem sie ihn verließ, als er sie am meisten gebraucht hätte, oder zumindest mehr als in allen anderen Lagen. Asel wurde an die

Hände seiner Mutter erinnert und an ihre Art, mit der Seife über seinen Körper zu streichen, als er noch klein gewesen war. Für Asel war das schwer verständlich, da er die einfachen Erklärungen nicht kannte, und wenn doch, traute er ihnen nicht. Und für Cutler war es die große Liebe.

«Big George», flüsterte er. «Was für 'ne Sorte Frauen sorgt sich *so* um ihre Hände?»

Big George zuckte mit den Achseln und sagte, er solle auf das achten, was er mache. Seine Ziegelreihen wichen von der Kreidelinie ab und verdarben alles.

Cutler machte sich wieder an die Arbeit, aber zur Mittagspause stieg er vom Dach und erklärte ihr, sie solle Streichhölzer unter die Paprika-Setzlinge stecken, weil diese die Schwefelspitzen liebten. Dann nahm er die Hacke und fing an, die Pflanzen für sie zu setzen.

«So werden die Paprika ganz scharf», sagte er, nahm seine Mütze ab und rieb sich mit der schmutzigen Hand über die Stirn.

Die Frau des Pfarrers lächelte und nickte. Sie reichte Cutler weitere Streichhölzer, als er wieder anfing, die Pflanzen in die Löcher zu setzen, die er gegraben hatte. Big George und Asel saßen auf dem First des Pfarrhauses, lehnten sich gegen den Schornstein und aßen ihre Sandwiches. Als Cutler mit den Paprika-Pflanzen fertig war, erklärte er ihr, daß die Tomaten, Romas und Beefsteaks besser gedeihen würden, wenn man sie in einen Brei pflanzte, der aus Wasser und Kuhfladen bestand, die wenigstens einen Winter lang auf dem Feld gelegen hatten. Sie lächelte und nickte wieder. Sie hielt ihm die Karottenpackung hin. Cutler schüttete die winzigen Samen auf die Hand und verstreute sie auf einer Fläche mit ringsum aufgehäufelter Erde. Im Scherz sagte er, die Samen müßten unbedingt mit der richtigen Seite nach oben eingepflanzt werden, aber sie lachte nicht; sie lächelte nur und gab ihm die Salatsamen, die er als nächstes einpflanzte.

Big George und Asel beobachteten alles vom Dach aus. Sie beobachteten, wie sie barfuß durch die Abdrücke lief, die Cutler hinterlassen hatte, als er mit seinen Arbeitsschuhen durch die Gartenerde gestapft war. Schließlich drehte sich Big George um und sah Asel an.

«Die Schöne und das Tier», sagte er.

Asel dachte einen Moment lang nach, und dann sagte er, ohne zu George hinzusehen: «Was ist das?»

«Das ist 'ne Geschichte. Eine Geschichte über einen häßlichen Mann und eine schöne Frau.»

Asel sagte nichts mehr. Er konnte ja sehen, daß es eine treffende Beschreibung war, obwohl er nicht wußte, wie die Geschichte ging.

Als die Jungs ihr Mittagessen beendet hatten, war Cutler mit dem Setzen der Pflanzen fertig. Asel und Big George stiegen vom Dach, um sich neue Nägel zu holen, und der Pfarrer fuhr in seinem weißen Brougham vor.

«Wie ich sehe, haben Sie sich schon mit meiner Frau bekannt gemacht», sagte er. «Sie war besorgt wegen des Wetters. Sie ist erst vor ein paar Tagen aus Atlanta eingetroffen, wo sie dabei geholfen hat, die neue Mission einzurichten.»

«Ich hab ihr geholfen, mit dem Gemüsegarten anzufangen», sagte Cutler und drückte dem Pfarrer kräftig die Hand. Der Pfarrer hatte die Angewohnheit, jedem, den er sah, die Hand zu geben.

«Gut», sagte der Pfarrer. «Säen ist gut. Es ist Gottes Wille, daß wir das Land bebauen.»

«Ich hoffe, Gott schaut wohlgefällig auf Dachdecker», sagte Big George, «weil's nämlich gleich regnen wird. Stimmt's, Mr. Cutler?»

«Ja, Big George. Gott liebt Dachdecker. In meinem Herzen spüre ich das.»

«Gott hilft Dachdeckern, die sich selber helfen», sagte Big George und schlug Cutler zwischen die Schulterblätter. «Rauf mit dir, mein kleiner Freund, näher zum Himmel.»

Cutler stieg mit einem Schindelbündel die Leiter hinauf, obwohl Asel bereits genügend Schindeln für den Tag auf das Dach geschafft hatte.

«Herr Pfarrer», sagte Big George, «haben Sie mal 'ne Minute Zeit?»

«Aber nur eine Minute», sagte der Pfarrer, «ich muß dafür sorgen, daß meine Frau ihre Zeichen für die Sonntagspredigt übt. Ich komm sofort.»

Big George stand in der Einfahrt und wartete. Gegen die Sonne konnte er erkennen, wie Cutler und Asel Schindeln auf den First legten. Das dumpfe Klopfen ihrer Hämmer war nicht synchron mit ihren Handbewegungen. Das Geräusch folgte verzögert den Bewegungen ihrer ausschwingenden rechten Arme.

Der Pfarrer kam wieder heraus. In der Hand hatte er eine Rolle Hundert-Dollar-Scheine.

«Ich glaube, es handelt sich hierum», sagte er und gab sie Big George.

«Ja, das stimmt, es war Zeit für einen Abschlag. Ich schreib Ihnen eine Quittung.»

«Nicht nötig jetzt. Wir kümmern uns später darum.»

Der Pfarrer schüttelte Big George die Hand und wandte sich zum Gehen.

«Herr Pfarrer. Wie meinten Sie das mit den Zeichen?»

Der Pfarrer sah Big George an. Er öffnete einige Male den Mund, als ob er sprechen wollte, schwieg aber. Schließlich bedeutete er Big George, ihm zu folgen. Sie gingen auf die Rückseite des Hauses, wo das neue Panoramafenster, aus dem man den Fluß überblicken konnte, eingebaut worden war. Der Pfarrer blieb im Schatten stehen und zeigte auf das Fenster. Big George konnte sehen, wie drinnen die Frau des Pfarrers die Hände in Formen und Mustern bewegte, die Finger spreizte und sie über ihren Körper führte. Immer wieder hielt sie die Hände hoch, machte sie manchmal hohl, legte sie manchmal aneinander und benutzte manchmal nur die Finger.

Big George wollte dem Pfarrer schon sagen, daß seine Frau eine ziemlich gute Hula-Tänzerin sei, aber der Gesichtsausdruck des Pfarrers deutete darauf hin, daß es sich um etwas Ernsthaftes handelte.

«Malvine ist taubstumm», sagte der Pfarrer und schaute weiter durchs Fenster zu ihr hinauf. «In meinem Beruf hat das Probleme geschaffen. Sie ist die Last, die der Herr mir auferlegt hat. Ich habe Lahme gehen gemacht, ich habe Krebs geheilt, und ich habe den Teufel aus den Leibern junger Mädchen vertrieben, aber ich kann diesen schönen Mund nicht zum Sprechen bringen.»

Big George hörte das gar nicht gern. Er hatte das Gefühl, es gehe ihn nichts an. Er wollte schleunigst wieder auf das Dach.

«Herr Pfarrer», sagte er, «so schlimm kann es doch nicht sein, oder?»

«Sie verstehen nicht. Wenn ich sie doch nur hätte zum Sprechen bringen können. Dann wären wir jetzt aus dem Schneider, George. Ich sag Ihnen, das hat ganz schön Probleme geschaffen. Während der letzten Missionsreise hat man darin einen Riß in der Rüstung gesehen, die mir der Herr im Kampf gegen das Böse gab. Es hat Probleme geschaffen, besonders bei den Damen. Meine Heilkräfte wurden angezweifelt, obwohl ich auch sagen muß, daß den Männern der Gemeinde eine Frau, die nicht sprechen kann, allein schon wie ein Wunder vorkam. Das war ein kleiner Scherz, George. Ich finde, Humor stärkt, fast so wie die Frohe Botschaft.»

«Oh, ich mag Humor auch, Herr Pfarrer. Ich finde, er hat es an sich, Leute zum Lachen zu bringen.»

Der Pfarrer wandte sich Big George zu. «O ja», sagte er. «Ich glaube, ich weiß, was Sie meinen.»

Big George griff nach einer Handvoll Dachnägel in seiner Arbeitsschürze und schüttelte sie in der Hand. Er blickte wieder zu der Frau des Pfarrers. Jetzt vollzog ihr ganzer Körper die Bewegungen der Hände mit. Big George fühlte sich einbezogen von diesen Händen, die durch die Luft fuhren und Worte über ihr Gesicht und ihren Nacken webten. Es war, als spräche sie mit ihm, einzig mit ihm.

«Und jetzt sind wir also in Maine, George. Wir haben uns dazu durchgerungen, die Heilarbeit für eine Weile in den Hintergrund zu stellen. Sie etwas herunterzuspielen und dafür den Aspekt ‹geheimnisvolle Wege› zu verstärken. Wir haben einen Fuß im lokalen Fernsehprogramm und bekommen vielleicht auch ein paar Radio-Spots. Die Radio-Sache ist ziemlich neuartig. Sie spricht den Text in Zeichensprache, und ich lese ihn dann vor. Verstehen Sie, worauf ich hinauswill? Das ist mal eine Abwechslung gegenüber dem, was normalerweise gemacht wird.»

Big George nickte und ging, ließ den Pfarrer unter den Bäumen weiter seine Frau beobachten. Er stieg auf die Leiter, packte sich ein Schindelbündel auf die Schultern und kletterte zum Dachfirst, wo er den Rest des Tages blieb.

Als sie am Abend wieder in der Tankstelle waren, nahm Big George Cutler beiseite und erzählte ihm alles, was er vom Pfarrer erfahren hatte. Cutler sah auf den Fußboden und sagte kein Wort. Von der Küche aus sah Asel, wie Big George die Hände in der Luft bewegte, als wolle er Fliegen im Flug fangen. Cutlers Gesicht war verkniffen und wurde immer länger. An verschiedenen Punkten des Gesprächs wiegte er langsam den Kopf vor und zurück.

Als Big George zu reden aufhörte, nahm Cutler das Vorhängeschloß vom Handventil des Kompressors. Er band zwei Seile an den Griff. Das erste ließ er lose hängen, das zweite wickelte er um die Leitung. Er führte sie zu seinem

Bett auf dem Wagenheber. Dann zog er die Schuhe aus und kroch unter die Decke. Er zog an dem ersten Seil und öffnete damit das Ventil. Der Kompressor sprang an und hob sein Bett auf einer Stahlsäule bis zu den Metallstreben der Decke. Das zweite Seil band er um sein Handgelenk. Er würde es benutzen, wenn er wieder herunterkommen wollte.

ASEL gefiel die Bauarbeit immer besser. Seine Zeit in den Wäldern erschien ihm, obwohl sie erst ein paar Monate zurücklag, wie ein anderes Leben, ein Leben, das ein anderer geführt hatte. Ihm gefiel es, daß Big George ihn bis zur Erschöpfung arbeiten ließ, sooft er konnte. Asel mußte einfach schlafen, und dafür war er dankbar. Für Big George bedeutete das, daß er den jungen Mann unter Kontrolle behielt und nicht an Drogen oder miese Frauen verlor. Es bedeutete, daß er gegenüber Beecher Wort hielt, der seinerseits einem Toten gegenüber Wort hielt.

Cutler gewöhnte es sich an, jeden Sonntagnachmittag Radio zu hören, wenn der Pfarrer die Predigt aus der Zeichensprache seiner Frau übersetzte. Cutler stellte sich vor, wie sie da neben ihrem Mann stand: ihre Hände bewegten sich in der Luft und sprachen kluge und hehre Dinge aus, kraftvolle Dinge über das Höllenfeuer und die Sünden, die in den Herzen hausen. Er lag drei Meter über dem Betonboden im Bett, während die Schönheit ihrer Hände in den Worten des Pfarrers lebendig wurde. Eines Sonntags hätte er schwören können, seinen Namen in die Fürbitten eingeschlossen gehört zu haben, aber dann war er sich nicht mehr sicher, ob er sich das nur gewünscht hatte oder ob er einen Augenblick lang eingenickt war und geträumt hatte, daß sie «Cutler» sagte und ihre Hände dicht vor sein Gesicht hielt.

Am vierten Juli kam Beecher mit seiner Frau Ellie und den Kindern aus Jackman. Er umarmte Asel lange und hielt ihn dann auf Armlänge vor sich.

«Du hast dir den Bart gestutzt und die Haare geschnitten», sagte er. «Du siehst gut aus.»

«Ich fühl mich auch gut», sagte Asel.

Beecher klopfte ihm auf den Rücken und drehte ihn dann so, daß Ellie und die Kinder ihn sehen konnten. Sie lächelten Asel an und reichten ihm alle die Hand. Ellie gab ihm einen Kuß auf die Wange und sagte, er sähe aus, als ob er zugenommen hätte. Sie sagte, er sähe wie ein richtiger Draufgänger aus, und Asel wurde rot vor Verlegenheit.

Dann taten sich alle zusammen und holten von der Ladefläche von Beechers Impala einen Hibachi-Grill, eine Tüte Holzkohle, Zündflüssigkeit und Kühltaschen, in denen Bier, Limonade, Hot dogs, Kartoffelsalat, Bohnen und eine Flasche Whiskey waren. Es gab Tüten mit Brötchen, Chips und Brezeln. Gläser mit Senf und Meerrettichsauce und ein Plastikgefäß voll gehackter Zwiebeln. Beecher griff in seine Brusttasche und zog etwas hervor, hielt es aber in der Hand versteckt, bis Cutler lächelte und danach griff. Beecher ließ eine Flasche Selleriesalz in Cutlers Hand fallen.

«Ich wußte, daß du es nicht vergessen würdest, Beech», sagte er. «Das macht den Hot dog erst zum Hot dog. Es bringt das Aroma richtig raus.»

Cutler bedankte sich noch mal bei Beecher und ging dann in die Tankstelle.

Big George öffnete das Schiebetor, griff sich Cutlers Radio und brachte es herein. Er drehte es so laut auf, daß aus dem Lautsprecher nur Lärm kam, aber das reichte ihm. Beecher rief Asel zum Auto. Er zog eine der Taschen heraus, die Asel in Beechers Haus in Jackman zurückgelassen hatte. Wintersachen waren darin, die restlichen Ladegeräte und eine frische Dose mit Hercules-Blue-Dot-2400.

Asel sah ihn an. Beecher schüttelte den Kopf und sagte, er habe nichts von Averell gehört. Asel dankte ihm und trug die Tasche zu seinen anderen Sachen.

Es war kühl in diesem Teil der Garage, kühl und dunkel. Er setzte sich auf sein Lager und dachte daran, wie einsam er sich doch fühlte, obwohl er kein Recht dazu hatte. In der Gemeinschaft seiner Freunde war er sicher. Früher war er so müde gewesen, und jetzt war er ausgeruht und lebte in gewisser Weise wieder in einer Familie. Aber es war nicht seine Familie. Seine Familie war unauffindbar oder tot. Vielleicht sollte er losziehen und herausfinden, ob wirklich alle tot waren.

Die Klingel im Büro schlug an.

Er schaute hinaus und sah den Brougham des Pfarrers dort vorfahren, wo die Zapfsäulen gewesen waren. Der Pfarrer und Malvine stiegen aus. Dann steckte Malvine ihren Kopf wieder hinein und zog den Sitz vor. Jemand reichte ihr eine Kuchenschachtel und stieg dann auch aus. Es war eine junge Frau mit einem langen Zopf, der ihr bis unter die Kniekehlen fiel. Asel atmete tief ein und hielt lange die Luft an. Der Pfarrer hielt die Hand auf ihrer Schulter, während er sie allen vorstellte, die umherstanden. Asel hörte ihn sagen, sie heiße Phoebe und sei die VISTA-Arbeiterin.

«Weiber. Kannst nicht mit ihnen leben. Kannst nicht ohne sie leben. Das ist die Wahrheit, oder?» Cutlers Stimme kam von der Decke, wo er ausgestreckt auf seinem Bett hoch über dem Fußboden lag.

«Weiß ich doch nicht», sagte Asel und reckte den Hals, um aus dem Fenster zu sehen.

«Ich dachte, ich hätte das hinter mir, aber ich sag's dir ehrlich. Du hast es wahrscheinlich nicht gemerkt, aber mit Malvine mein ich's ernst. Sie liegt mir auf der Seele, und ich kann nichts dagegen machen. Ich sag's dir ehrlich, Ace. Mich hat's übel erwischt.» Cutlers Stimme wurde lauter, als die Stahlsäule im Beton verschwand und er dem Fußboden näher kam.

«Nein, hab ich nicht bemerkt», sagte Asel.

Die Kinder kamen in die Reparaturbucht. Sie sagten zu Cutler, Big George habe gesagt, er solle sie mal auf dem Wagenheber fahren lassen. Cutler sagte, sie sollten verschwinden. Sie sagten, Big George habe ihnen schon angekündigt, daß er das sagen würde, aber sie sollten sich nicht abspeisen lassen. Cutler sagte, in Ordnung, er mache es, aber sie dürften nicht rumhampeln. Beechers Kinder anschnauzen zu können schien ihn aufzumuntern. Sie kletterten an Bord, und er übernahm das Kommando, fuhr sie zur Decke und wieder nach unten, immer wieder, und brüllte dabei: «Verdammt noch mal, laßt euch nicht über den Rand hängen, sonst fallt ihr auf den Boden und schlagt euch Löcher in die Köpfe», und dann murmelte er: «Wahrscheinlich auch in den Beton.»

Asel sah sich das eine Zeitlang an und ging dann nach draußen. Die Frauen grillten Hot dogs und deckten den Tisch. Er sah Phoebe zu, bis sie sich umdrehte und ihn anlächelte, und dann verzog er sich hinter die Garage, wo die anderen Männer aus einem stählernen Abflußrohr eine Kanone bastelten. Der Pfarrer saß auf einem Lastwagenreifen und schaut Big George und Beecher bei der Arbeit zu. Sie hatten einen Sechserpack bei sich und die Whiskeyflasche. Asel ging zu ihnen und setzte sich. Er suchte sich einen Platz, von dem aus er ihnen zuschauen und gleichzeitig die Frauen sehen konnte.

«Wir gehören zu einer Vereinigung religiöser Menschen», sagte der Pfarrer, schielte um die Garagenecke und nahm dann einen Schluck aus der Flasche. «Wir haben siebenundvierzig Gemeinden im ganzen Land. Zur Zeit dient in jeder davon einer von uns dem Herrn. Die Beiträge sind hoch. Sie belaufen sich auf fünftausend Dollar pro Jahr. Wir sind eine evangelische Pfingstgemeinschaft, keine

Sekte. Es gibt einen Typ in Arkansas, der ist eine ganz heiße Nummer. Er verteilt grüne Marken, für die man dann wertvolle religiöse Gegenstände einlösen kann. Wie ihr euch vorstellen könnt, gehen Kreuze richtig gut weg. Er hat da so ein Modell mit zwei Glühbirnchen, batteriebetrieben, und wenn man es an die Brust drückt, dann leuchten die Augen unseres Erlösers auf. Wir glauben an so gut wie alles. Wir gehen davon aus, daß das der sicherste Weg ist. Was wir allerdings nicht unterstützen, ist der Umgang mit Vipern und Strychnin-Cocktails.»

Diesmal nahm der Pfarrer einen tieferen Schluck, hielt die Flasche hoch und ließ die Schwerkraft wirken. Dann zog er an seinen Hosenbeinen und setzte sich auf einen Stapel abgefahrener Reifen. Er schlug mit den Fingern gegen seine Hosenbeine und fing wieder an, dickflüssige Sätze abzusondern.

«Die Vereinigung macht es einem leicht. Sie hat eine Rechtsabteilung, medizinische Versorgung, Lebensversicherung und ein Rentenpaket. Die Lebensversicherung sorgt dafür, daß die pensionierten Jungs bei der Stange bleiben. Immer wenn das zur Sprache kommt, geht alles drunter und drüber. Wißt ihr, wie ich das meine? In unserem Geschäft zu sein und noch über Lebensversicherungen zu reden, wo wir doch für das großartigste Versicherungsunternehmen überhaupt arbeiten!

Zur Zeit prüfen wir, ob wir unser Geld in noch ungeborene Rennpferde anlegen sollen. Das bringt ganz hübsche Steuervorteile. Die Jungs im Hauptquartier erzählen uns allerdings, daß Computer und tiefgefrorene Kuh-Embryos das Geschäft der Zukunft sind. In was für einer Branche sind Sie tätig, Mr. Beecher?»

«Felle, Herr Pfarrer. Ich bin im Pelzgeschäft.»

«O wirklich? Meine Frau Malvine liebt Pelze.»

«Wie schön, Herr Pfarrer. Passen Sie auf, daß Ihre weiße Hose nicht ganz schwarz wird von dem Reifen da.»

Der Pfarrer sprang auf und versuchte, einen Blick auf seinen Hintern zu werfen. Er drehte sich in drei engen Kreisen um sich selbst und schlug dabei auf die Sitzfläche seiner Hose. Big George und Beecher fingen an zu lachen. Der Pfarrer hielt inne und sah sie an, und dann lachte er mit.

«Sie sahen aus wie ein Hund, der sich schlafen legen will», sagte Beecher.

Asel sah, wie Malvine zu ihnen herschaute und die Hände bewegte. Ellie wandte sich ebenfalls in seine Richtung. Sie sah auf Malvines Hände und schrie dann lauthals, das Essen sei fertig, und alle machten sich auf zum Picknicktisch.

Als es dunkel wurde, rollte Big George den unteren Teil eines Zweihundert-Liter-Fasses vor die erste Reparaturbucht. Er legte Kleinholz hinein und entzündete ein Feuer. Die Wärme und Helligkeit lockte alle dicht heran. Cutler saß, gegen die Balkenwand der Tankstelle gelehnt, in einer Radfelge und hatte auf jedem Bein ein Kind. Asel half Phoebe, für den Pfarrer, Malvine und Ellie ein Sofa aus dem Wohntrakt zu tragen. Sie selbst setzte sich auf eine Lattenkiste, und Asel kippte eine Schubkarre auf die Griffe und hockte sich in den Kasten. Beecher und Big George standen nebeneinander und überragten alle anderen. Manchmal schwankten sie ein bißchen, stießen zusammen und mußten sich gegenseitig stützen, um nicht übereinander zu purzeln.

«Das ist ja ganz wie früher», sagte der Pfarrer. «Es erinnert mich an die Zeit, als wir mit dem Zelt von Stadt zu Stadt zogen. Wir hatten vielleicht einen Zulauf! Die alten Leute kamen von meilenweit her. Nachts blieben sie einfach da und kampierten. Wir rollten die Zeltwände hoch, und sie standen schon hundert Reihen tief da, soweit man blicken konnte, heiß und dampfend. Manchmal regnete es.

So ein Rollstuhl bleibt schnell im Morast stecken, das könnt ihr mir glauben. Und da hab ich auch das alte Mädchen da kennengelernt», sagte er und drückte Malvines Knie.

Phoebe klopfte mit den Knöcheln gegen die Kiste, um alle auf sich aufmerksam zu machen. Sie begann die Hände durch die Luft zu bewegen, eine Folge von schnellen, sicheren Zeichen. Malvine lächelte, und dann gab sie etwas zur Antwort, wobei sie die ganze Zeit nickte, und die Freude über eine gute Idee war ihr vom Gesicht abzulesen.

«Wir haben beschlossen, euch ein Lied beizubringen», sagte Phoebe. «Es heißt ‹Michael, row the boat ashore›.»

«Das kenn ich», sagte Cutler.

«Aber so, wie wir es euch beibringen wollen, kennt ihr es noch nicht.»

«Phoebe, ich weiß nicht, ob das jetzt angebracht ist», sagte der Pfarrer.

«Und ob», sagte Cutler. «Wir machen mit. Ich und die Kinder werden das schon lernen. Fangt einfach an.»

«Mr. Cutler, mischen Sie sich bitte nicht ein.»

«Immer schön locker bleiben, Herr Pfarrer. Man lebt nur einmal.»

«Ich hoffe doch sehr, daß Sie sich irren», erwiderte der Pfarrer.

«Hab schon verstanden, Herr Pfarrer. Seien Sie doch nicht so miesepetrig. Sie haben 'nen prima Job und 'ne schöne Frau.»

«Freut mich, daß Sie's so sehen, Mr. Cutler.»

Big George bedeutete Asel, er solle die Whiskeyflasche holen und herumgehen lassen. Alle tranken, außer den Kindern, dem Pfarrer und Malvine. Big George nahm einen tiefen Zug und rülpste, und Beecher tat so, als ob sein Drink Mundwasser wäre; er spülte den Whiskey von Wange zu Wange und gurgelte damit, bevor er schluckte.

«Fangen Sie an, Miss Phoebe», sagte Big George. «Da

Beech und ich die Schwerkraft bezwungen haben, wollen wir mal ein bißchen herumwirbeln.»

Malvine erkundigte sich mit einem schnellen Blick bei Phoebe, ob es losgehen solle. Phoebe nickte, und als Malvine aufstand und zum Feuer ging, sagte sie den anderen, daß Malvine im Dunkeln Schwierigkeiten habe, von den Lippen abzulesen, was gesagt werde, und sich oft ein bißchen alleingelassen fühle. Sie bat den Pfarrer, das zu bestätigen, was er mit einem einzigen, ernsten Nicken tat.

Phoebe fing an zu singen, und die Kinder fielen ein. Malvines Hände erschienen im Licht des Feuers, das im Faß loderte, und ihr Brillantring funkelte in den Farben der Flammen. Big George und Beecher sahen über Malvines Schultern hinweg zu; der eine machte die Zeichen mit seiner rechten, der andere mit der linken Hand, und seine Bierdose hielt jeder in der freien Hand. Cutler stand Malvine gegenüber zwischen den Kindern und gab sich die größte Mühe, seine Hände so zu bewegen, wie sie es vormachte. Asel beobachtete den Pfarrer. Seine Augen waren geschlossen und seine Hände wie zum Gebet gefaltet. Dann drehte Asel sich zu Phoebe um und war betroffen von der Schönheit ihrer Haut, von ihrem Gesang und von den Bewegungen ihrer Hände, die den Worten mehr Sinn verliehen, als sie je haben konnten.

«Mannomann», sagte Ellie, und alle drehten sich in die Richtung um, in die sie blickte.

Sechs Meilen südwärts sahen sie über der Stadt lautlose Explosionen in Rot, Grün und Blau, die wie Pilze im Himmel hingen. Einige sahen wie blühende Bäume aus und andere wie Lilien, die aufbrachen und in alle Richtungen auseinanderstoben.

«Das war ein Heuler», sagte Beechers Ältester.

Dann wurden fünf in Abständen nacheinander gezündet, und jede Lichtblüte entfaltete sich größer und bunter als die vorige. Danach kamen welche, die nur hell strahlten und so aussahen, wie man sich Sternschnuppen vorstellen würde, wenn man so dicht an sie herankäme. Schließlich ein Blindgänger. Er stieg steil hoch, drehte sich und schoß zur Erde zurück, wo er eine Gruppe von Kiefern in tausend Farbschattierungen aufleuchten ließ, bevor er verlosch.

«Zurück an den Konstruktionstisch mit dem», sagte Cutler, und alle, die ihn hörten, lachten.

Beecher stolperte auf Big George zu und schlug vor, sie sollten ihre Kanone rausholen und für die noch fehlenden Toneffekte sorgen. Big George sah Malvine an. Sie hielt sich die gefalteten Hände vors Gesicht und berührte mit den Kuppen der Daumen leicht ihre roten Lippen. In ihren Augen nahm er jede einzelne Farbe wahr, die am Himmel aufleuchtete. Dann schaute er zu, wie die anderen den Himmel betrachteten, wandte sich schließlich an Beecher und sagte ihm, er glaube nicht, daß das nötig sei, und Beecher stimmte ihm zu.

Die drei Männer saßen allein auf dem Sofa, Big George in der Mitte. Es war früh am Morgen, aber noch stockdunkel. Rot und heiß glühte die Asche im Faß, als ob man über ihr Stahl schmieden könnte.

Beecher und seine Familie waren auf dem Heimweg, wenn nicht bereits zu Hause angekommen. Der Pfarrer, Malvine und Phoebe waren ins Pfarrhaus zurückgekehrt. An Whiskey und Bier war mittlerweile kaum noch etwas da.

«Hast du gesehen, Big George, wie sie auf diesen hochhackigen Schuhen balanciert ist, mit einem Arsch so hoch wie ein Totempfahl?»

«Hab ich gesehen. Sah aber eher so aus, als ob sie einen Eispickel im Hintern stecken hätte. So mein ich es aber gar nicht. Ich finde, sie ist 'ne prima Frau.»

«Nein, nein, Big George. Das kapierst du nicht. Hör zu, es liegt an ihrer Art, so das Becken vorzuschieben. Das stärkt ihre Muskeln da unten.»

«Du lieber Himmel, Cutler. Du sprichst über die Frau des Pfarrers.»

«Erst mal ist sie 'ne Frau, George. 'ne *Frau.*»

Asel dachte an Phoebe. Sie hatte Sandalen getragen, und wenn sie ging, schien sie sich zurückzulehnen, schritt auf kräftigen Beinen dahin, und ihr Haarseil schwang hinter ihr hin und her.

«Ich sag dir noch was, was mir an ihr gefällt», sagte Cutler. «Sie ist stolz auf ihre Brust. Sie ist 'ne Frau, die stolz auf ihre Brust ist. Sie hat 'nen Körper, der andere Frauen neidisch macht. Sie ist 'ne tolle Puppe.»

Cutler erhob sich rasch und ging in die Garage. Er kam mit dem zurück, was er seine Notfall-Whiskeyflasche nannte, und öffnete sie. Sie tranken auf Cutlers Wohl und auf seine weise Voraussicht, mit allem zu rechnen und eine Whiskeyflasche dafür bereitzuhalten.

«Ich bin doch ein schlauer Bursche», sagte Cutler, sehr mit sich zufrieden. «Wirklich ein schlauer Bursche.»

Big George reichte die Flasche herum und nahm jedesmal einen Schluck, wenn er sie zurückbekam. Asel und Cutler hatten nichts dagegen, da seine Größe und sein Umfang den Extraschluck rechtfertigten.

«Wißt ihr, was ich machen würde, wenn sie mir gehörte? Ich würd sie verwöhnen wie ein Kätzchen, damit sie mir nie wegläuft.»

Big George reichte die Flasche nicht weiter. «Hör mal her, Mr. Cutler. Du bist auf dem falschen Dampfer, und ich weiß das, weil ich selbst schon mal drauf war. Du schminkst dir das am besten ab, und ich mein's ernst.»

«Weiß ich, aber ich hab meine eigenen Ideen. Die sind zwar noch nicht ganz spruchreif, aber ich weiß, daß da noch was kommt.»

Asel stand auf. Cutler und Big George sahen ihn an. Er ging zur Schubkarre, zog sie so dicht wie möglich ans Feuer und stellte die Griffe wieder auf die Erde. Er setzte sich in den Kasten, beugte sich vor und stützte die Ellbogen auf die Knie. Die beiden anderen Männer beugten sich ebenfalls vor, bis ihre Köpfe sich fast berührten. Die Glut unter ihnen wärmte und rötete ihre Gesichter und ihre Hälse über den offenen Kragen. Sie starrten dahin, wo das Feuer gewesen war und wo jetzt nur noch kleine Hitzewellen direkt über der Glut flirrten und tanzten.

Wieder sprach Cutler: «Die erste Frau, die ich je hatte, ließ mich auf Knien rutschen, bevor sie bereit war, mich zu lieben.» Und dann sagte er flüsternd: «Mensch, die konnte vielleicht mit dem Bauch wackeln.»

Big George seufzte. «Ich hatte nur eine einzige Frau», sagte er. «Sie hat mich sitzenlassen, und ich kann nicht mal behaupten, daß ich's ihr übelnehme.»

Cutler sagte: «Ich hätte 'ne Menge Frauen haben können, aber der Typ bin ich nicht.»

Asel hörte den Männern zu und dachte an Phoebe. Im Geist sah er sie über eine Wiese laufen und ihr Haar sanft hinter ihr herwehen. Sie trug eine weiße, ärmellose Bluse und Jeans, die hoch an den Beinen abgeschnitten waren. Ziemlich genau das, was sie heute nacht getragen hatte. Und dann wagte er es, sich daran zu erinnern, daß er sich an diesem Abend manchmal zu ihr umgedreht hatte, während die anderen miteinander sprachen, und sie ihn angesehen und gelächelt hatte.

Wieder ging die Whiskeyflasche herum, und jeder trank seinen Teil, bis die Flasche leer war und der Whiskey seine besondere Form von Schläfrigkeit erzeugte. Als Asel in der Schubkarre eindöste, waren die letzten Worte, an die er sich erinnern konnte: «Heirate 'ne Jungfrau, Junge. Heirate 'ne Jungfrau.»

6

Eine Woche vor Weihnachten hinterließ der Pfarrer am Anschlagbrett eine Nachricht für Cutler, er möge vorbeischauen, sobald er von der Arbeit nach Hause gekommen sei. Es lag tiefer Schnee, aber Cutler hatte mit Big Georges Vierradantrieb keine Probleme durchzukommen. Der Pfarrer saß mit einem Haushaltsbuch am Küchentisch und rechnete bei Kerzenlicht an Zahlenreihen herum. Cutler trat ein und stampfte, während er am Kühlschrank wartete, mit den Füßen auf, so daß der Schnee von seiner Hose rieselte und auf dem Fußboden schmolz. Die Ringe an des Pfarrers kleinen Fingern waren rot und blau, und seine Hände waren weiß wie ein Fischbauch.

«Mr. Cutler, wie gut, daß Sie vorbeikommen», sagte er, klappte das Buch zu und öffnete seine Bibel.

«Guten Abend, Herr Pfarrer. Wie ich sehe, nehmen Sie sich am Abend die Heilige Schrift vor.»

«Ja, ja, ich lese darin, wann immer ich kann. Lesen Sie auch in der Heiligen Schrift, Mr. Cutler?»

«Hab ich gemacht, Herr Pfarrer, so lange, bis George und ich damals in York State ausbrannten. Ich muß sie hundertmal gelesen haben, wenn nicht noch mehr. Das Ende hat mir allerdings nie gefallen. Es war schon ein aufregender Schluß, aber irgendwie kam er mir doch verschenkt vor, wenn Sie wissen, was ich meine.»

«Nun ja. Ich las gerade Hiob, Mr. Cutler. Haben Sie Hiob gelesen?»

«Ich bin mir nicht ganz sicher, Herr Pfarrer. Ist das sein Vor- oder Nachname?»

«Manche Leute würden wohl sagen, Mr. Cutler, daß Hiob ungerecht bestraft wurde. Seine Sünden standen in keinem Verhältnis zu seinem Unglück. Wie denken Sie darüber, Mr. Cutler?»

Cutler ging durch das Zimmer zum Tisch. Er setzte sich dem Pfarrer gegenüber. Er faltete die Hände und hakte seine Stiefel in die Stuhlstreben. Er ahnte, daß der Pfarrer mit allem zufrieden war, was Gott diesem Burschen namens Hiob aufgetischt hatte. Es schien ihm, als sei dem Pfarrer ganz wohl bei dem Wissen, daß dieser Hiob ordentlich was auf den Deckel bekommen hatte.

«Hiob», sagte Cutler. «Könnten Sie mir das bitte mal buchstabieren? Na, ist egal. Also was die Bibel angeht, Herr Pfarrer. Nach einer Weile war ich gezwungen, ein paar Seiten herauszureißen, die ich für weniger wichtig hielt; ich brauchte sie, um Fensterritzen zuzustopfen. Bei Gott, noch jetzt, wo ich hier sitze, weiß ich genau, was ich mit diesen Seiten gemacht habe. Ich hatte damals ein Radio, das das gottloseste Brummen von sich gab, das man sich vorstellen kann. Da habe ich also mehrere von den Seiten zerknüllt und sie zwischen die Röhren geschoben. Da wackelten sie nicht mehr so. Und danach klang das Radio glasklar.»

Der Pfarrer preßte die Hände zusammen. Blut strömte in seine weißen Knöchel und Fingernägel, so daß sie sich erst rosa, dann rot färbten. Cutler angelte eine Zigarette aus seiner Brusttasche und steckte sie an. Er zog den Rauch tief in die Lungen und schnippte dann die Asche in die Aufschläge seiner Hose.

«Macht's Ihnen was aus, wenn ich rauche, Herr Pfarrer?» fragte er.

«Mr. Cutler, Sie wissen doch genau, daß man mit der Heiligen Schrift nicht so umgehen darf, wie Sie das getan haben», sagte der Pfarrer und wischte sich mit einem langen weißen Taschentuch über die Stirn.

«Verdammt richtig, Herr Pfarrer. Sie sagen es. Keine Woche später ging der ganze Laden in Flammen auf. Erst nach einem Monat wuchsen mir die Augenbrauen wieder nach. War aber egal, weil wir zu der Zeit schon über die Staatsgrenze waren.»

«Mr. Cutler, was die Logik von Sünde und Sühne angeht: War Gott in dem, was er von Hiob forderte, gerecht?»

Phoebe kam ins Zimmer. Cutler sprang auf und nahm die Mütze ab. Sie lächelte ihm zu und öffnete dann den Kühlschrank.

«Hallo, Cutler», sagte sie. «Läßt der Sturm nach, oder wird's noch schlimmer?»

«Na, ich schätze, Sie würden sagen, es wird noch schlimmer, aber für mich macht das keinen Unterschied. Ich komm bei jedem Wetter klar.»

«Das ist ja gut», sagte Phoebe. Sie machte den Kühlschrank wieder zu und stellte sich neben den Pfarrer. Mit einer Gurkengabel tippte sie ihn auf die Schulter, wobei sie die Zinken dicht an seinem Ohr vorbeistreichen ließ.

«Sie ist gleich fertig, soll ich Ihnen sagen.»

«Setzen Sie sich zu uns, Phoebe. Setzen Sie sich zu Mr. Cutler und mir.»

«Nein, ich gehe wieder in meine Wohnung. Ich muß das Gewehr reinigen, das Asel mir geschenkt hat. Vor meinem Fenster hat ein Tier Spuren hinterlassen. Ich habe beschlossen, es zu erlegen.»

«Tun Sie das», sagte Cutler. «Verpassen Sie ihm was direkt zwischen die Augen. Ich oder Ace häuten es dann und kochen es für Sie.»

Phoebe lachte. In langen Wellen bewegte sich ihr Haar hinter ihr, fast bis zum Boden. Sie drückte Cutler kurz an sich.

«Sagen Sie Asel, daß nächste Woche Gottesdienst bei Kerzenschein ist, und ich hätte es gern, wenn er mit mir hinginge.»

«Klar, mach ich. Wird nicht vergessen.»

Phoebe umarmte ihn noch einmal und ging dann durch den Flur in den hinteren Teil des Hauses, schloß Türen hinter sich und schob Riegel vor.

«Mr. Cutler, ich versuche mir in Sachen Hiob klarzuwerden. Tief in meinem Herzen kämpfe ich mit dem, was auf der Erde besteht, was im Himmel ist und was geschrieben steht. Verstehen Sie mich nicht falsch. Im Herzen und in der Seele weiß ich, wessen Partei ich ergreifen werde, aber ich bin gefordert, mich zu engagieren. Ich bin gefordert, diese Dinge durchzukämpfen, damit es anderen erspart bleibt.»

«Alles schön und gut, Pfarrer. Dazu kann ich auch einen Beitrag leisten. Bevor ich und Big George uns zusammentaten, bevor ich allein in den Wäldern hauste, und zwar freiwillig, müssen Sie wissen, war ich oben in Anchorage beim Militär. Man könnte sagen, ich hab meine Kriege 1955 in Alaska geführt, als es noch ein Territorium war. Es war ganz normal, einen Mann rumlaufen zu sehen, der sich eine Pistole oder ein Bowiemesser ans Bein geschnallt hatte. Ich hab selbst eine Waffe getragen, eine Ruger Blackhawk, fast so eine wie die von Asel, bloß daß meine eine .357er war. Aber verstehen Sie mich nicht falsch. Die könnte einen immer noch ganz schön übel zurichten. Jetzt hören Sie mal genau zu, Herr Pfarrer. Das ist eine komplizierte Geschichte, und ich möchte nicht, daß Sie den Faden verlieren.»

Cutler steckte sich eine weitere Zigarette an. Die gelben Lichter eines Schneepflugs schienen durchs Fenster und streiften durchs Zimmer. Der Fahrer schaltete herunter, bevor er den Hügel hinauffuhr, und dann verschwanden Lichter und Geräusch im Blizzard.

«Eines Nachts gingen ich und so ein Typ aus Baton Rouge in die Stadt. Ich sprech das gern aus, Baton Rouge. Aber Sie hätten ihn mal hören müssen! Mein Gott, das klang hübsch, wenn er das aussprach. Los, sagen Sie's mal.»

Der Pfarrer sprach die Wörter Baton Rouge aus. Cutler war etwas überrascht. In der Stimme des Pfarrers hörte er etwas, was er zuvor nicht gehört hatte. Der Pfarrer klang wie der Junge aus Baton Rouge. Er sprach es ganz genauso aus.

«Es war sein Geburtstag, und obendrein war er fast fertig mit der Dienstzeit. Er mußte nur noch ein paar Wochen abreißen. Also fahren ich und er nach Anchorage rein, und das war damals 'ne wilde Stadt, kann ich Ihnen sagen.»

«Sodom und Gomorrha», sagte der Pfarrer.

«Nein, Anchorage», sagte Cutler. «Am Cook Inlet, gegenüber von Fort Richardson.»

Der Pfarrer schüttelte den Kopf und trommelte mit einem Finger auf die Bibel. Er wollte etwas sagen, aber Cutler unterbrach ihn, bevor er dazu ansetzen konnte.

«Verstehe. Sie wollen sagen, daß Sie auch schon mal an solchen Orten waren. Ich wette, das war auf Ihren Missionsreisen. Wie auch immer, die hatten vielleicht Mädchen hinter der Bar! Man mußte nur 'nen Silberdollar in die Dose schmeißen, und schon fingen die zu singen an. Später dann zogen sie ihre Klamotten aus, aber das ist 'ne andere Geschichte. Haben Sie vielleicht ein Kühles, Herr Pfarrer? Das viele Reden trocknet mich ganz aus.»

Der Pfarrer ging zum Kühlschrank und nahm ein Bier heraus.

«Holen Sie doch gleich drei oder vier, Herr Pfarrer, dann müssen Sie nicht so oft laufen», sagte Cutler.

«Ich und dieser Junge sitzen also mit so 'n paar Miezen aus Seattle zusammen. Sie versuchen mich zu überreden, 'ne Runde auszugeben, mach ich aber nicht. Die Arie kannte der alte Cutler schon, das kann ich Ihnen flüstern. Aber wissen Sie, der Junge aus Baton Rouge hatte null Ahnung. Der wußte nicht, was abging. Ich sagte zu den Mädchen, ich würd 'ne Runde schmeißen, aber nur unter der Bedingung, daß sie dasselbe trinken wie ich, aber das wollten die nicht. Sie wissen schon, was ich meine, Sie waren ja selbst lange genug in Sodom und Gomorrha. Diese Mädchen tranken immer bloß Wasser.

Na ja. ‹Was soll's›, sag ich mir, ‹wenn der Kleine beschissen werden will, kann ich ihm auch nicht helfen.› Sie wissen, was ich meine, Herr Pfarrer, oder?

Im gleichen Moment fängt ein anderer Typ an, den ‹Reenlistment Blues› zu singen. Ich kann Ihnen sagen, bis auf den heutigen Tag haut das Lied mich um und bringt Sachen hoch, die machen mir höllisch angst. Ich sagte zu dem Typ, er soll damit aufhören, was er aber nicht tat, also sah ich mich gezwungen, rüberzugehen und ihm eins in die Schnauze zu hauen. Und da war die Hölle los.

Der Barmann zieht 'ne Pistole. Es war 'ne kleine, kurze .38er, und er geht damit auf mich los. Kriegen Sie mit, was ich da sage, Herr Pfarrer? Er geht damit auf mich los, der verdammte Idiot, weil er wohl meinte, das wär wirksamer als ein Polizeiknüppel. Ich kann Ihnen sagen, die Welt ist voller Dummköpfe.

Ich zog die Blackhawk und setzte sie ihm direkt auf die Stirn. Ich sagte: ‹Wenn Sie mir so kommen, Mister, dann mal los, ich hab nämlich grad Bärenmunition geladen›, und dann zog ich ihm mit der Trommel einen über die Rübe. Er kippte um wie ein toter Thunfisch.»

Cutler sank in seinem Stuhl zurück und schüttelte den Kopf. Er trank sein Bier leer und dachte an den Barmann, der auf dem Boden lag und über dessen Auge bereits eine Beule erschien.

«Mr. Cutler, warten Sie bitte einen Moment. Ich muß

kurz mit meiner Frau sprechen», sagte der Pfarrer. «Ich bin gleich wieder da.» Der Pfarrer erhob sich vom Tisch, ging nach oben und ließ Cutler allein. Cutler erzählte seine Geschichte weiter.

«Und da etwa erschienen die Bullen. Sie hießen Territoriumspolizei. Mein lieber Mann», sagte Cutler und zeigte mit dem Finger dorthin, wo der Pfarrer gesessen hatte, «in der Abteilung gab's keine kleinen Scheißer. Kleine Männer hatten da keine Chance, das sag ich Ihnen. Sie packten mich am Hosenboden und schmissen mich in die Zelle. Ich mußte ihnen meinen Gürtel und meine Schnürsenkel geben. Sie sagten, es gäb Typen, die würden versuchen, sich umzubringen. Können Sie sich das vorstellen? Ich schon.»

Cutler ging zum Kühlschrank. Im Gemüsefach fand er noch ein paar Bierdosen. Er setzte sich wieder und riß eine Lasche auf.

«Am nächsten Tag kam ich zum Stützpunkt zurück. Dieser Junge aus Baton Rouge lag auf seinem Bett. Sein Gesicht sah aus wie Hackfleisch. Seine Backen waren aufgeplatzt und seine Augenhöhlen schwarz. Er sah aus wie 'ne aufgewärmte Leiche. Es war nämlich folgendes passiert: Diese Mädchen hatten ihm eins über die Rübe gezogen und sich dann mit ihren Schuhen über ihn hergemacht. Und anschließend nahmen Sie ihm sein Geld weg.»

Cutler lehnte sich zurück. Es ermüdete ihn, nach so vielen Jahren nach Alaska zurückzukehren. Er hatte mal einen Film über einen Lachs besessen, den er dort oben gefangen hatte. Der Film war im Wohnwagen verbrannt. Sein Projektor und sein Film waren zu einem klebrigen Klumpen zusammengeschmolzen. Cutler hatte sich den Film immer gern angesehen, wenn er allein war. Er hörte gern das Klicken, mit dem die Zahnräder die kleinen Bilder durch die Eingeweide der Maschine zogen.

«Sie können sich ja gar nicht vorstellen, was Frauenschuhe einem Mann alles antun können», flüsterte er.

Der Pfarrer kam in die Küche zurück.

«Mr. Cutler, ich möchte Sie um einen Gefallen bitten. Meine Frau würde heute abend gern nach Freeport fahren, um dort Besorgungen zu machen. Sie hat unseren Verwandten Weihnachtsgeschenke aus dem L. L. Bean-Laden versprochen. Sie findet, das wäre passend, da wir ja jetzt in Maine wohnen. Das Problem ist nur, Mr. Cutler, daß ich bei Schnee ein schlechter Fahrer bin. Unser Wagen ist zwar mit Spikereifen ausgerüstet, aber um ehrlich zu sein, beherrsche ich bislang noch nicht die Kunst, einen schleudernden Wagen unter Kontrolle zu bringen.»

«Das kann ich verstehen, Herr Pfarrer», sagte Cutler, der jetzt aufgestanden war und seine Mütze vor der Brust hielt.

«Ich mag Ihnen das zwar nicht aufhalsen, aber ich hoffe, Sie verstehen, in welcher Lage ich bin», sagte der Pfarrer, klappte die Bibel zu und schob sie beiseite. «Ich möchte Sie bitten, sie nach Freeport zu fahren. Sie scheinen ja mit Schnee recht gut umgehen zu können.»

«Kann ich, Herr Pfarrer. Ich bin mein ganzes Leben lang Schleuderstrecken gefahren. Der Trick dabei ist das Zeitgefühl. Man muß sofort reagieren, und dann muß man darauf achten, nicht zu übersteuern. Man muß auch wissen, wann man in Deckung gehen sollte.»

«Ja, also, falls Sie verfügbar sind, dann würden wir Sie sehr darum bitten. Ich gehe meine Frau holen.»

Cutler ging zum Kühlschrank. Er füllte sich die Manteltaschen mit Bierdosen. Nach Freeport würde er im Schnee gut drei Stunden brauchen. Er würde an der Tankstelle anhalten und eine Nachricht ans Anschlagbrett heften, daß er vor dem Morgen nicht zurück wäre. Cutler sah vom Kühlschrank hoch. Er hörte das Geräusch von Absätzen auf den Holzdielen. Der Pfarrer und seine Frau kamen herein. Sie hatte einen weißen Zobelmantel und weiße Schuhe an. Sie trug eine hohe weiße Pelzmütze auf dem Kopf und weiße Perlenohrringe. Ihre Hände steckten in einem weißen Muff. Einen Augenblick lang fiel es Cutler schwer, die Balance zu halten.

«Sie sehen ja prachtvoll aus in Ihren Pelzen, Ma'am.»

Die Frau des Pfarrers beobachtete Cutlers Lippen, während er redete. Sie schaute verwirrt drein, und dann kam Phoebe in die Küche.

«Sie sagt, Sie sollen sie Malvine nennen», sagte Phoebe. «Sie brauchen nicht so förmlich zu sein. Sie möchte auch, daß Sie Ihre Lippen deutlicher bewegen und sie ansehen, wenn Sie reden.»

«Malvine, also, tja denn», sagte Cutler, blickte sie dabei an und bewegte bei jedem Wort deutlich die Lippen.

Der Pfarrer gab Cutler seine Wagenschlüssel. Der Wagen stand in der Garage, die er und Big George im September gebaut hatten. Alle vier traten sie auf die Veranda hinaus. Es waren dreißig Zentimeter Schnee gefallen, und es schneite immer noch. Der Wagen mit dem Allradantrieb stand in der Einfahrt, aber Cutler beschloß, ihn nicht zur Kenntnis zu nehmen. Er würde Big George aufschreiben, wo er ihn abgestellt hatte. Cutler wandte sich an den Pfarrer.

«Die Pointe, auf die ich mit meiner Geschichte hinauswollte, ist die, daß der Name des Jungen Valentine war. Der Junge aus Baton Rouge hieß Valentine.»

Im Licht der geöffneten Tür stand der Pfarrer auf der Veranda. Er sah zu, wie der Brougham an Big Georges allradgetriebenem Wagen vorbei rückwärts aus der Einfahrt setzte.

«Valentine», flüsterte er vor sich hin, während die roten Lichter am breiten Heck des Wagens sich den Hügel hinauf entfernten und außer Sicht gerieten. «Valentine, was zum Teufel bedeutet das?»

«Wie Valentinstag?» schlug Phoebe vor, klopfte ihm auf den Rücken, ging hinein und schloß hinter sich die Tür.

HEILIGABEND gingen Asel und Phoebe zur lutheranischen Trinity-Kirche, um am Gottesdienst bei Kerzenschein teilzunehmen. Der Pfarrer hatte seinen eigenen Gottesdienst abgesagt. Cutler und Malvine waren noch nicht aus Freeport zurück. Sie hatten erst Probleme mit dem Wagen, und dann näherte sich eine neue Schlechtwetterfront. Big George war zu den Beechers nach Jackman gefahren.

Der Mond war von einem Lichthof umgeben, der auf sie herabschien und den Schnee zu ihren Füßen und die hohen Schneewälle, von denen die Fußwege gesäumt waren, blau tönte. Beim Gehen ließ sie die Hand leicht in seiner Armbeuge ruhen. Asel atmete tief, blies Wölkchen in die Nacht und ging dann hindurch. Das erinnerte ihn daran, wie Lion und Sal an einem Herbstabend über den tiefen schwarzen Boden getrottet waren, schweißbedeckt und zu spät zum Abendessen. Er fühlte Phoebes Hand auf seinem Arm und ging langsamer, denn er wünschte, daß dieser Gang so lange dauerte wie nur möglich.

«Du siehst gut aus heute abend», sagte sie.

«Danke.» Er wollte ihr sagen, wie schön sie sei, aber er konnte sich nicht dazu durchringen, und dann sprach sie wieder.

«Seh ich schön aus?» sagte sie.

«Ja, sehr. Du siehst schön aus.»

«Dann ist es gut. Ich wünsche mir so sehr, schön auszusehen. Ich bin es leid, häßliche Sachen zu tragen. Die hier hab ich mir heute neu gekauft. Sie waren runtergesetzt, aber ich hätte sie in jedem Fall gekauft.»

Asel und Phoebe kamen bei der Kirche an. Auf den Eingangsstufen stand ein Stall. Darin waren Jesus, seine

Mutter und sein Vater. Eine Stufe höher standen die Heiligen Drei Könige mit Geschenken für das Kind. Auf den oberen Stufen gaben die Leute einander die Hand, bevor sie durch die Tür gingen.

«Unter meinem Rock hab ich einen neuen Petticoat, und darunter Strumpfhosen, und darunter ein Trikot», sagte Phoebe.

Sie hielt Asel zurück, damit sie sich den Stall ansehen konnte. Andere Leute gingen an ihnen vorbei, lächelten und nickten ihnen zu. Sie wandte sich wieder ihm zu und sah ihn an.

«Unter meinem Rock hab ich einen neuen Petticoat, und darunter Strumpfhosen, und darunter ein Trikot», sagte sie noch einmal.

«Dann hast du es ja schön warm», sagte Asel lächelnd.

«Stimmt», sagte sie, zog sein Gesicht zu sich herab und küßte ihn; dann stiegen sie die Treppe hinauf ins weiche Licht der Kerzen im Kirchenschiff; während des Gottesdienstes saßen sie Hand in Hand nebeneinander. Hinterher gingen sie zusammen zur Tankstelle zurück.

Später in dieser Nacht, eher schon gegen Morgen, lag Phoebe ruhig und eng an Asel geschmiegt da. Sie begann leise zu weinen, und als er sie fragte, warum, sagte sie, es sei nichts. Sie sagte, es gehe ihr gut. Sie habe nur an etwas gedacht, und jetzt sei es in Ordnung. Sie rückte näher an ihn heran, mit forderndem Körper, ihre Schultern nackt an seiner Haut.

Die beiden blieben zusammen bis nach Neujahr, als Big George von den Beechers zurückkam und auch Cutler und Malvine es schafften, mit Geschenken von L. L. Bean für jeden zurückzukehren.

7

IM FRÜHLING fuhr Phoebe nach Süden. Sie fuhr zu einem Vorstellungsgespräch, da ihr befristeter Job bei VISTA zu Ende ging. Es würde ihr erster richtiger Job nach dem Universitätsstudium sein. Sie war es leid, mit Kindern zu arbeiten, die ständig krank waren, mit Kindern, die mit Ausschlägen und Grippeanfällen zu kämpfen hatten. Sie wollte für eine Weile da raus. Sie wollte mit Kindern arbeiten, die täglich drei volle Mahlzeiten bekamen und deren Haut nicht immer blaß und schmutzig war.

Ein paar Abende später hing eine Nachricht von ihr am Anschlagbrett, als die Männer zur Tankstelle zurückkamen. Sie war für Asel. Sie ließ ihn wissen, daß sie wieder da war, und sie wollte, daß er vorbeikäme, damit sie sich unterhalten könnten. Teile der Nachricht waren unterstrichen. Die Männer studierten sie und stellten abwechselnd Vermutungen darüber an, was das zu bedeuten habe.

«Du mußt dich waschen, bevor du hingehst», sagte Big George.

«Ich werde mich nicht waschen. Das war früher auch nicht wichtig.»

«Jetzt ist das anders», sagte Cutler. «Sieh mal, wie sie die Wörter da unterstrichen hat. Du hörst auf Big George und wäschst dich.»

Asel ging in die zweite Reparaturbucht und zog Hose und Hemd aus. Cutler setzte sich auf den Kühler des

Lasters und zielte mit dem Schlauch auf Asel. Big George warf ihm ein Stück Seife zu und holte Bier aus dem Kühlschrank. Er stützte die Ellbogen auf die Motorhaube und trank, während Cutler Asel naß spritzte und dann aufhörte, damit Asel sich einseifen konnte.

«Achte darauf, daß du den Zementstaub aus den Haaren kriegst», sagte Cutler, «und paß auf, daß kein Sägemehl im Bauchnabel bleibt. Wasch dich auch unten rum.»

Asel seifte sich den Körper ein, bis die schwarzen Haare auf Brust und Bauch ganz verfilzt waren. Er fuhr mit den Händen an Armen und Beinen entlang und dachte an Otter, die ein Flußufer hinunterrutschen in schwarzes Wasser unter den Schatten langnadeliger Kiefern. Er trank von seinem Bier und schmeckte die Seife, die von seinem Schnurrbart auf seine Lippen geraten war.

Big George und Cutler beobachteten alles genau. Aus der Tülle des Schlauchs tropfte Wasser über Cutlers Hosenbein in seinen Schuh, aber er schien es nicht zu bemerken. Big George schaute auf Asel und dann auf seine Hände. Ein Daumen, auf den er sich gestern geschlagen hatte, begann zu pochen. Der Nagel war schwarz, und er überlegte, ob es schon länger so weh tat, und wenn ja, warum er es dann nicht bemerkt hatte.

Asel seifte seine Hände ein und massierte dann den Schaum in seine Haare. Er sah zu den Stahlträgern empor, die das Dach hielten. Er spürte, wie sich sein Haar vom Hinterkopf hob, als er es zu einem Pferdeschwanz zusammenzog und in der Faust hielt. Dann hörte er damit auf und sah seine Freunde an. Er sah Cutler auf der Motorhaube hocken; zwischen die Beine hatte er eine Bierdose geklemmt, sein Hosenbein und sein Schuh waren jetzt schwarz vom Wasser, das aus dem Schlauch tropfte. Big George barg seinen Daumen in der Hand und drückte ihn gegen die kühle Bierdose.

Cutler hob den Arm und besprühte Asels Brust. Üppiger weißer Schaum floß von seinem Körper. Er breitete die Arme aus und legte sie dann wieder an. Er kreuzte sie, preßte sie eng gegen seine Brust, drückte die Fäuste gegen den Bizeps, die Ellbogen gegen die Rippen. Er drehte sich langsam unter dem Strahl, bis die Seife abgewaschen war.

«Ich kann nicht hingehen», sagte er. «Ich weiß nicht warum, aber ich kann nicht.»

«Du gehst», sagte Big George mit sanfter, schmeichelnder Stimme und starrte auf die Windschutzscheibe. «Du gehst und hörst dir an, was sie zu sagen hat.»

ALS ASEL zum Haus des Pfarrers kam, saß Phoebe auf der Veranda. Als er die Stufen hinaufging, stand sie auf, und er konnte sehen, wie sich ihr Körper unter dem Kleid abzeichnete. Sie umarmten sich, und gegen seinen Körper schien sie klein zu werden.

«Setz dich», sagte sie. «Ich muß dir so viel erzählen. Ab September hab ich einen Job an der Robbins-Schule in Keene, New Hampshire. Ich soll die sechste Klasse übernehmen. Ganz in der Nähe bin ich aufgewachsen. Ich hab auch ein Haus gekauft. Es liegt an einem Feldweg, in der Nähe eines Flusses westlich von Keene. Es ist billig. Der Besitzer gibt mir Kredit. Ich kann es mir mit dem leisten, was ich verdienen werde. Ich werde mir auch ein Auto leisten können, aber sehr viel mehr ist dann nicht mehr drin.»

«Falls du Geld brauchst», sagte Asel, «ich hab 'ne Menge. Beecher bewahrt es für mich auf.»

«Nein, darum geht's nicht. Ich komm zurecht. Hast du Durst? Ich hol uns mal was zu trinken.»

Sie stand auf und ging ins Haus. Asel lehnte sich gegen das Verandageländer und stützte das Kinn in die Hand; ihr Duft war auf seinen Händen und seinem Gesicht. Phoebe kam mit Limonade wieder heraus. Sie gab ihm ein Glas, setzte sich dann auf die oberste Geländerstange über seinen Kopf und lehnte sich mit dem Rücken gegen den Pfeiler. Schweigend saßen sie da und starrten in verschiedene Richtungen. Das letzte Licht der Sonne leuchtete in der schweren Frühlingsluft.

Asel zupfte vorn an seinem T-Shirt, um die Feuchtigkeit von seiner Brust zu bekommen. Er zog die Knie an und legte die Arme darauf. Er würde sie vermissen, wenn sie fortging. Sie war der Mensch, den er am meisten auf der Welt liebte, und nun ging sie fort. Der Gedanke mitzukommen, schien ihm zu riskant. Er hatte es doch gut hier. Big George kannte seine mißliche Lage, und Asel vertraute ihm. Er hätte Phoebe ebenso vertraut, wenn sie ein Mann gewesen wäre, aber sie war keiner. Vertrauen und Liebe waren zwei verschiedene Dinge.

Er würde nicht mitgehen. Er zog den Bauch ein und atmete langsamer. Er begann sich auf seinen Entschluß zu versteifen, fing schon an, alle weiteren Gedanken abzuwehren. Phoebe drehte sich um und setzte ihre Füße auf seinen Kopf.

«Als ich ein kleines Mädchen war, hat meine Mutter mir gesagt, ich solle nie um etwas bitten, was ich will, weil ich es manchmal nicht kriegen kann.»

Darüber dachte Asel nach. Es klang wie eine kluge Art, einem Kind zu sagen, es solle einen in Ruhe lassen. Er versuchte sich an etwas zu erinnern, was seine Mutter ihm gesagt hatte, bevor sie starb, aber er schaffte es nicht. Buzzacott empfahl, in solchen Situationen Hebräer XII zu lesen, aber dem war er nie nachgegangen. Er würde, wenn es sich ergab, den Pfarrer danach fragen.

Asel dachte wieder an seine Mutter. Er versuchte sich ihr Gesicht vorzustellen, um vielleicht ihren Mund zum Sprechen zu bringen. Er versuchte sich an den Klang ihrer Stimme zu erinnern, schaffte es aber nicht.

Phoebe trommelte leicht mit den Zehen an seinen Kopf.

«Das bedeutet, daß der Wunsch wichtiger wird als das, was du willst. Es ist eigentlich ganz einfach.»

Sie stellte den Fuß auf seinen Schoß. Asel legte die Arme um ihre Wade und zog ihr Knie an sein Gesicht.

«Du kommst mit», flüsterte sie, und dann spürte sie, wie er nickte, spürte seinen Bart weich und voll an ihrer Haut.

DEN REST dieses Sommers über gingen sie spät abends an den Fluß, wenn dort keine Menschenseele mehr war. Sie zogen sich aus und wateten ins Wasser. Wenn es für Phoebe zu tief wurde, kletterte sie auf seinen Rücken, und er ging weiter, einen ihrer Arme um seinen Hals und den anderen über seiner Brust, während ihr langes Haar hinter ihnen im schwarzen Wasser trieb. Sie legte ihm ihr Kinn auf die Schulter, ihren Mund dicht an sein Ohr. Er fühlte, wie klein sie war, so leicht und warm auf seinem Rücken.

Wortlos bückte er sich, und sie tauchten unter, um den Mond durchs glasige Wasser hindurch zu betrachten und dann wiederaufzutauchen, die dunkle Luft einzuziehen und laut zu lachen. Dann drehte sich Asel auf der Stelle, bis Phoebes Haar sie in der schwachen Strömung beide umschloß.

Sie schwamm vor ihn und legte ihre Beine um seine Hüften, ihre Hände auf seine Schultern, und sie waren still und lauschten. Bald erklang das Sausen von Fledermäusen auf nächtlicher Jagd; der Ruf der Nachtvögel und das Klatschen schwerer Fische, die aus dem Wasser sprangen, hallten über den Fluß.

So verharrten sie, bis ihre Körper bleich wurden und das Lächeln auf ihren Gesichtern steif. Dann trug Asel sie ans Ufer zurück, wo sie die Kleider über ihre nassen Körper streiften, und sie gingen ohne zu reden nach Hause.

PHOEBE gab Asel einen Briefumschlag.

«Da ist ein Busticket drin und eine Telefonnummer. Ruf da an, wenn du in Keene bist. Man wird mir ausrichten, daß du angekommen bist. Ich hol dich dann ab.»

Asel nahm den Briefumschlag. Er faltete ihn einmal zusammen und schob ihn in die hintere Tasche seiner Arbeitshose. Er wäre gern sofort mitgekommen, aber er hatte das Gefühl, daß er das Herbsttreffen noch ein letztes Mal mitmachen sollte, in der Hoffnung, etwas von Averell zu hören. Vielleicht hatte einer der Sportsfreunde eine Nachricht, vielleicht ein Angler oder ein Vogeljäger.

«Komm, sobald du kannst», sagte sie und stellte sich auf die Zehenspitzen, um die Arme um seinen Hals zu legen. Asel nahm ihren Zopf in die Hand. Er wickelte ihn sechsmal um sein Handgelenk, und dann hob er sie an der Taille in die Luft.

«Wenn du es dir anders überlegtest», flüsterte sie, «würde ich es verstehen.»

Asel hatte bisher nicht daran gedacht, es sich anders zu überlegen, aber als sie es erwähnte, wurde es vorstellbar. Er fragte sich, ob sie ihm irgendwie nahelegen wollte, seine Meinung zu ändern. Er überlegte, ob er so lange bleiben sollte, bis er Averell gefunden hatte. Er würde darüber nachdenken, und vielleicht würde er letzten Endes nicht fortgehen. Vielleicht sollte er bei Big George und Cutler bleiben, bis sich die Lage änderte.

«Nimm das mit», sagte er und gab ihr eine Tasche und einen Seesack. Kleider waren darin, das Handwerkszeug, das Big George ihm gekauft hatte, und seine Gewehre. «Das ist zu sperrig, um es im Bus mitzuschleppen.»

Das stimmte Phoebe glücklich. Sie nahm es als Versicherung, daß er kommen würde.

«Also denk daran, wenn du in Keene bist, rufst du die Nummer an, und man wird mir Nachricht geben, daß du angekommen bist. Ich werde eine Weile brauchen, aber du wartest einfach auf mich», und dann sagte sie: «Komm bald. Menschen verschwinden, wenn sie zu weit in die Ferne rücken.»

Sie küßte ihn noch einmal, stieg dann in ihren Wagen und fuhr ab. Er sah ihr nach, bis der Wagen außer Sichtweite war.

Asel ging in die Tankstelle zurück. Big George und Cutler holten gerade ein neues Kartenspiel heraus. Sie sagten nichts. Auch Asel sprach nicht. Ihn befiel das alte Gefühl, allein zu sein. Es bäumte sich in ihm auf, und er fühlte sich grau und leer. Er setzte sich an den Tisch, und Cutler gab ihm Karten. Asel begann kleine Teile von sich stillzulegen. Andere schob er innerlich beiseite, ohne zu wissen, ob er sie für immer abschalten oder nur vorübergehend abkapseln sollte.

Schließlich griff Big George mit der rechten Hand nach Asels Unterarm. In dem Griff war so viel Kraft, daß Asel glaubte, er würde in der nächsten Sekunde von seinem Sitz gehoben und wie ein nasses Handtuch durch die Luft gewirbelt werden.

«Bei uns bist du sicher, mein Junge, und bei diesem Mädchen wirst du auch sicher sein. Du bist noch jung. Tu ruhig, was du mußt, aber wenn du mich jemals brauchst oder den schiefgewachsenen Hundesohn, der dir gegenüberhockt, dann weißt du, wo wir sind. Hörst du? Tu, was du kannst.»

Asel lächelte. Er wußte, daß George recht hatte. Er wußte, daß er gehen mußte.

«Ich gehe 'ne Weile ins Landesinnere zurück, George. Ich laß mich von einem mitnehmen, der hier durchfährt, aber ich komm wieder.»

Die dritte Reparaturbucht war tief und lang. Sie war mit Sperrholzwänden von der übrigen Garage abgeteilt. Der Boden war mit Teppich ausgelegt, und ein neuer Ofen sorgte für angenehme Wärme im Raum. Die Kleidungsstücke waren weggeräumt und alle Geräte verstaut, damit man über nichts stolpern konnte, falls man nachts aufstehen mußte, um zu pissen.

Big George schlief auf einer Matratze und einem Rost, die er hoch über dem Boden aufgebockt hatte, damit er morgens aus dem Bett kam, ohne daß ihm die Knie allzusehr weh taten. Cutler lag neben ihm in dem Bett auf dem Wagenheber. Meist beließ er es auf der gleichen Höhe wie Big Georges Bett, obwohl er natürlich jederzeit zur Decke fahren konnte, wenn er wollte. Das einzige Licht im Raum war ein kleines rotes Lämpchen, halb so groß wie ein Zehn-Cent-Stück, das anzeigte, daß die Kaffeemaschine um sechs anspringen würde.

«Big George», flüsterte Cutler leise. «Hier ist jemand.»

Big George war schon wach. Er tippte Cutler auf die Schulter, um ihm zu signalisieren, daß er es gehört habe.

«Beecher ist tot.»

«Ach, du bist das, Ace», sagte Cutler. «Was zum Teufel ist denn los?»

«Beecher ist tot. Es sollte wie ein Unfall aussehen, aber es waren zwei Sportsfreunde aus Boston.»

Big George und Cutler setzten sich auf. Beide faßten zur Lampe, um sie anzumachen, aber sie war nicht da.

«Bewegt euch nicht. Kein Licht. Ich sag euch, was ich zu sagen hab, und dann bin ich weg. Beecher findet ihr im Osten von Allagash. Ich hab bei Ellie eine Karte hinterlassen. Es wird so aussehen, als habe er sich ins Bein geschossen und wäre dann abgestürzt.»

«Was ist mit den beiden, die es getan haben?»

«Man wird sie nicht finden.»

«Ace», sagte Cutler.

«Ihr beiden kümmert euch nicht drum. Kümmert euch einfach nicht drum. Ich geh jetzt. Holt Beecher, bevor er allzu angefressen ist.»

Etwas bewegte sich schnell im Raum. Cutler lief darauf zu, während Big George zum Wandlichtschalter stürzte, aber als das Licht anging, sah er nur Cutler, der allein in seinen Unterhosen dastand, die Hände seitlich ausgestreckt.

TEIL ZWEI

FLÜSSE

Zu solchen Zeiten verharren sie augenscheinlich ganz leblos, und da sie so wenig Energie verbrauchen, benötigen sie auch nur wenig, und nur wenn sie aktiv werden, verbrauchen sie nennenswerte Mengen an Nahrung.

Die Neigung, im Herbst in tiefere und folglich wärmere Gewässer zu ziehen, ist zweifellos die Ursache für die Entwicklung des Wanderinstinkts bei jenen Arten gewesen, die «im Herbst flußabwärts» und «im Frühjahr flußaufwärts» ziehen.

Buzzacott

8

«ICH WAR auf der Universität. Ich lebte mit einer Gruppe anderer Studenten in einem Haus bei Durham. Das war so eine Art Kommune. Wir teilten unser Geld, und wir teilten uns die Hausarbeit. Eine Zeitlang hatten wir Hühner, aber sie legten nie, und schließlich holte sie ein Hühnerhabicht. Oder ein Fuchs.

Wir hypnotisierten die Hühner. Einer der Jungs konnte das gut. Er studierte im Hauptfach Psychologie. Er hielt sie mit einer Hand am Kopf fest und machte es mit zwei Fingern der anderen Hand. Manchmal kratzte er eine Linie in die Erde und hielt ihre Köpfe darauf. Nach einer Weile bewegten sie sich nicht mehr.»

Asel zieht seinen Stuhl näher und bückt sich dann, um Phoebes Haar aufzuheben, das vor dem Bett auf dem Boden liegt. Er hält es zusammengerollt wie ein Kätzchen auf seinem Schoß. Er streicht ihr sanft über den Kopf und versucht sie einzuschläfern, ihr durch das Haar Schlaf hinaufzusenden.

«Wenn du meinen Kopf streichelst, mußt du danach die Hände ausschütteln, als würdest du die Spannung abwerfen. Ein guter Masseur macht das so.»

Asel weiß nicht, was sie damit meint, und streicht weiter auf seine Weise über ihren Kopf; ein paarmal hält er inne, um in dem grauen Licht seine Hände zu betrachten.

«Wir aßen Naturkost und trugen ausschließlich Kleider aus Naturfasern. Wir kauften, was in den USA produziert wurde. Kleider mit dem Gewerkschaftsetikett. Wir aßen viel Käse und Eier. Tofu und Sojabohnen. Mein Gott, das Zeug schmeckte widerlich. Donnerstag abends ging ich immer in ein Lokal, wo man so viel gebratene Muscheln essen konnte, wie man wollte.

Es war auch ein Junge namens Mike dabei, der zur Armee eingezogen wurde. Er wohnte nicht mit im Haus, hing aber bei uns rum. Er spielte Baseball. Es war wunderschön, ihn auf dem Außenfeld zu beobachten, wenn er einen hohen Ball unterlief, vor und zurück sprang und ihn dann mit seinem Handschuh fing.

Bevor er wegging, machte er mir einen Heiratsantrag. Ich nahm ihn an, weil er wegging, aber ich war noch nicht so weit, daß ich seine Frau werden wollte. Ich erklärte ihm, er könne nicht mit mir schlafen, weil ich vielleicht schwanger werden könnte und er möglicherweise nicht wiederkäme. Es war eine schöne Hochzeit. Wir feierten draußen. Damals heirateten viele Leute auf Wiesen. Die anderen Mädchen steckten mir Blumen ins Haar, und wir gingen alle barfuß. Ich erinnere mich, daß ich dachte: Manche Leute haben ungewöhnlich große Füße. Meine waren häßlich, wie sie da unter dem Kleid hervorguckten.

Der junge Pfarrer traute uns. Es war eine kirchliche Hochzeit, nur eben draußen auf der Wiese.

Eine Woche lang schliefen wir nebeneinander, und gegen Ende der Woche war er derjenige, der mich abweisen mußte. Er erlaubte mir nicht, meine Meinung zu ändern.

Ich wollte ihn auch, Asel. Ich war zwanzig, und ich wollte, daß er mich in diesen letzten Nächten liebte, und das sagte ich ihm auch, aber er tat es nicht. Und dann ist er dort drüben gestorben.»

Phoebe und Asel fahren zusammen, als Geschirr im Trockengestell klappernd verrutscht. Dann ist es still, und beide lehnen sich wieder zurück. Nach einer Weile steht Asel auf, um nachzusehen, ob es nicht doch etwas anderes war. Er kommt zurück und setzt sich wieder hin, nimmt ihr Haar hoch und legt es sich auf den Schoß. Er führt sein Handgelenk an die Rippen, um den Umriß des Revolvers unter seinem Hemd zu ertasten; eine Gewohnheit, die er in den letzten Jahren angenommen hat.

«Die Geschichte gefällt mir», sagt er zu ihr. «Ich werde traurig, wenn ich sie höre. Jedesmal fügst du eine Kleinigkeit hinzu.»

«Eines Abends gingen wir ins Haus der Studentenschaft, um Richie Havens zu sehen. Er war der dunkelhäutigste Mann, den ich je gesehen hatte, was nicht viel heißt, weil ich bis dahin nicht sehr viele Schwarze gesehen hatte. Ich hatte ein schlechtes Gewissen deshalb. Ich hatte das Gefühl, es wäre irgendwie meine Schuld, aber andererseits stimmt das auch nicht so recht. Ich hatte ein schlechtes Gewissen, weil sie es schwer hatten.

Einmal kamen die Black Panthers auf den Campus und hielten Seminare ab. Das war, nachdem einer von ihnen in Chicago umgebracht worden war. Sie kamen aus Hartford hoch. William Loeb machte sich vor Angst in die Hose, das kann ich dir sagen. Der *Union Leader* brachte rote Schlagzeilen.

An dem Abend rauchten wir 'ne Menge Pot. Mir gefiel das. Mir gefiel es, als die Lichter ausgingen und Richie herauskam. Um uns herum steckten sich alle einen an, und bevor das erste Lied vorbei war, sah man eine blaue Rauchwolke durchs Scheinwerferlicht nach oben steigen, so daß sie Mühe hatten, sich den Weg nach vorn zur Bühne zu bahnen.

Damals hatte man noch nicht diesen Sound wie heute. Der Sound war härter, und bei den tiefen Tönen schien der ganze Laden bis zu den Dielenbrettern hinunter zu beben. Heute, wo es dieses digitale Zeug gibt, klingt es reiner, nicht so, wie Musik wirklich ist.

Das Land war damals anders. So ist es heute nicht mehr.

Carl und Leslie kamen per Anhalter aus New Haven, und ich wußte von nichts, bis sie sich neben mich setzten. In der zweiten Hälfte der Show stellten sich alle auf die Stühle und klatschten mit. Ich weiß nicht, ob ich so was heute noch könnte.»

Dieser Teil gefällt Asel auch. Und das sagt er ihr. Er macht es sich im Schaukelstuhl bequem und lehnt den Kopf zurück.

«An Richies Gitarre rissen drei Saiten, aber er spielte trotzdem weiter. Mit Carl und Leslie war ein Freund gekommen; am Morgen zog er weiter nach Kanada, um der Einberufung zu entgehen. Ich hab ihn nie wiedergesehen. Es war auch das letzte Mal, daß ich Carl und Leslie sah. Sie leben irgendwo als Töpfer. Sie machen Teller und Tassen. Carl hatte schöne Haare. Er trug sie in einem Pferdeschwanz, der ihm über den Rücken fiel. Mit ihm kam ich besser aus als mit Leslie. Sie war irgendwie schriller als er. Manchmal war es schwierig, mit ihr klarzukommen.

Die Leute fingen an, im Gang und vor der Bühne zu tanzen. Damals tanzten die Leute anders. Sie sprangen viel rum, warfen die Füße nach vorn. Sie wackelten nicht soviel mit dem Hintern, wie man das heute macht. Ein Typ, der in einem meiner Seminare war, gab mir einen Joint und lächelte mich an. Er sagte, es wäre Stoff aus eigenem Anbau, und er war ganz stolz darauf.

Ein paar meiner Freunde nahmen Acid. Sie wollten, daß ich es probierte, aber ich nahm es nie. Carl nahm es. Er sagte, er sei in mich verliebt und wolle mich heiraten. Er sagte, mein Haar wäre lila, und blaue Funken schössen daraus hoch. Funken, die in der Luft hingen, zu Sternen würden und explodierten. Er sagte auch, die Wände würden schmelzen. Ich glaube, Leslie stank das gewaltig.

Nach dem College schloß ich mich VISTA an. Das war 1975. Als Saigon fiel. Ich war seit vier Jahren Witwe, aber die meisten Leute hatten das vergessen. Das weißt du ja alles schon. So bin ich dir begegnet. Ich arbeitete für das Headstart-Programm, mit dem die Kirche anfing. Ich kam im Sommer. Du und Cutler und Big George, ihr wart gerade dabei, die Garage des Pfarrers zu bauen. Nein, das war noch früher. Es war am 4. Juli. Als ich dich das erste Mal sah, wollte ich dich sofort. Du warst ruhig, und deine Augen waren sanft. Mir gefielen deine Schultern. Ich beobachtete dich durchs Fenster, anstatt mich um die Kinder zu kümmern. Manchmal habe ich einen Umweg gemacht, um dafür zu sorgen, daß sich unsere Wege kreuzten.

Ich denke an 1975 zurück. Ich glaube, das war das glücklichste Jahr meines Lebens. Es machte mich traurig, als ich merkte, daß du es bist, den ich liebe. Es machte mich traurig, weil ich eigentlich nicht wußte, wer du warst. Ich beschloß, Stück für Stück nachzugeben und zu sehen, was passieren würde.

Und es macht mich traurig, daran zu denken, wie ich dich vereinnahmt habe. Es war egoistisch von mir, dich so zu vereinnahmen. Ich war nicht fair oder ehrlich zu dir, und doch bin ich immer noch nicht in der Lage, anders zu sein, als ich im Moment bin.

Sogar in kleinen Dingen, zum Beispiel, wenn ich dir all das erzähle. Manches ist nicht wahr. Ich weiß, wo Carl und Leslie sind. Sie haben in den Adirondacks eine Werkstatt und stellen Tafelgeschirr auf Bestellung her. Ich habe gehört, daß sie einen Apple-Computer haben und daß Leslie ihn benutzt, wenn sie die Entwürfe macht. Carl fährt gern nach New York. Ihm gefällt es dort.

Viele Leute, die ich kannte, sind auf die eine oder andere Weise gestorben. Als ich im ersten High-School-Jahr war, starb ein Junge aus der letzten Klasse bei einem Autounfall. Sein Bruder war bei mir in der Klasse. Einige von uns fälschten Entschuldigungszettel, damit wir zur Beerdigung gehen konnten. Ich weiß noch, wie wir draußen vor der Kirche standen, als sie ihn heraustrugen. Außer seinem Bruder kannte ich von der Familie niemanden, und ihn kannte ich auch nicht sonderlich gut. Eine Menge Schüler waren gekommen. Bis heute hasse ich mich dafür, daß ich zu der Beerdigung gegangen bin, obwohl ich gar nicht das Recht dazu hatte. Ich sehe mich immer noch auf dem Bürgersteig stehen und überlegen, ob ich weinen soll oder nicht, als sie ihn heraustragen. Das kann ich anscheinend nicht abschütteln, wie sehr ich es auch versuche. Und dann Sachen, die ich zu Leuten gesagt habe. Unfreundliche Sachen.»

«Das ist lange her», sagt Asel. «Du solltest versuchen, das zu vergessen. Sie haben es bestimmt längst vergessen.»

«Einmal bin ich auch fast gestorben», sagt sie. «Als ich ein kleines Mädchen war, kletterte ich in einen Baum. Ich rutschte ab und blieb an meinen Haaren hängen.»

«Ich weiß», sagt Asel und hält sie davon ab, die Geschichte weiterzuerzählen, weil sie ihm so weh tut. «Erzähl mir lieber noch mal vom College.»

«Im College tranken wir immer Tee. Wir tranken Tee und aßen selbstgebackenes Brot. Das Brot war immer schwer vor lauter Körnern. Je schwerer es war, desto besser kam es uns vor. Der Tee lief immer gleich durch mich durch, und das Brot lag einem im Magen wie ein Stein. Ich vermisse das nicht gerade.

Wir wohnten in einem Haus. Wir waren zu sechst. Wir machten alles gemeinsam. In dem Haus lebten auch Jungen. Als mein Vater dahinterkam, redete er nicht mehr mit mir. Er tut es bis heute nicht. Er sagte zu mir, es wäre das erste Mal in seinem Leben, daß er froh darüber wäre, daß meine Mutter tot ist, weil sie so nicht unter dem zu leiden hätte, was ich triebe. Er verkaufte die Farm und zog nach Seattle.»

«Wo ist das?» fragt Asel.

«Westlich von hier. Du marschierst dreitausend Meilen nach Westen und biegst am Pazifik rechts ab.»

Er weiß, daß sie einen Witz auf seine Kosten macht, aber es stört ihn nicht. Er lächelt, und sie lächelt auch, streckt die Hand aus, um seine Wange zu berühren. Er denkt daran, wie schön es wäre, wenn er die beiden wieder zusammenbringen könnte.

«Das war aber alles in Ordnung», sagt sie. «Nichts passierte, für das ich mich hätte schämen müssen. Wir bauten Pot im Garten an, aber das war keine große Sache, wenigstens ist es heute keine mehr. Aber weißt du, ich glaube, es wird bald wieder eine.

Wir führten großartige Diskussionen. Echte Hämmer, bei denen alles hervorgezerrt wurde, aber sie endeten immer versöhnlich. Es war schwierig, eine Frau zu sein, weil nichts von dir verlangt wurde. Die Jungen zogen in den Krieg oder nach Kanada, oder sie bekämpften irgendwie das System. Die Mädchen standen daneben und sahen zu, was passierte. Versteh mich nicht falsch. Für die meisten Leute ging das Leben weiter wie immer.

Es gab nur ganz wenige, die den Kampf zu ihrer persönlichen Sache machten, und die stehen nun unweigerlich als bedauernswerte Opfer da. Da ich schon bei dem Thema bin, will ich dir auch sagen, was mir so unheimlich stinkt: die totale Mißachtung der Geschichte. Wenn Geschichte heute nicht in ein ganz bestimmtes, steriles, kurzsichtiges Weltbild paßt, dann wird sie einfach umgeschrieben. Die einzig gute Geschichte ist die Geschichte, die Amerika groß macht. Wenn sie das nicht tut, dann war sie entweder falsch oder hat sich gar nicht ereignet.»

Phoebe hört auf zu reden. Schweigen legt sich über den Raum, als wäre es ein Mensch und könnte einen Schatten werfen. Asel fühlt, wie es sich ausdehnt, bis es irgendwie über das Haus hinauswächst und über dem Land liegt. Es ist ein Schweigen, das schon öfter da war.

Er sieht zu ihr hinunter und ruft sich Bilder von ihr im Bett in Erinnerung, die ihm helfen sollen, sie zu finden, ihr Gesicht nachzuzeichnen und die Umrisse ihres Körpers unter den Laken zu erahnen. Es macht ihn traurig, daß sie aufgehört hat zu sprechen. Er benutzt ihre Worte, um sich selbst eine Vergangenheit zuzulegen. In ihren Geschichten schafft er sich immer Raum für sich selbst. Raum, in dem er stehen und teilhaben kann. Wenn sie von etwas erzählt, das sie mit zweien ihrer Freunde getan hat, fügt er in seiner Vorstellung immer Platz für noch einen hinzu, damit er dabeisein kann. Manchmal bringt er Lion und Sal mit.

Ihre Augen sind geöffnet und feucht. Sie hat einen Handrücken auf ihre Stirn gelegt, atmet erst flach und und dann tiefer, weil ihre Brust nach mehr verlangt, als sie kontrollieren kann, bis sich schließlich ihr Mund öffnet und sie schluchzt. Ihre Rippen heben und senken sich mit jedem Schluchzen.

Asel streckt von seinem Platz die Hand nach ihr aus und legt sie ihr auf den Bauch. Phoebe nimmt sie in beide Hände, führt sie ans Gesicht und hält sie dort fest. Er kann ihre Lippen und Zähne auf seiner Handfläche spüren, und mit seinen Fingern fühlt er die Feuchtigkeit auf ihrer Stirn und Wange.

Nach einer Weile hört sie auf zu weinen und führt seine Hand zu ihrer Brust hinab. Vornübergebeugt, auf der Kante des Schaukelstuhls, zieht er ihr Haar von seinem Schoß und legt es aufs Bett. Er beginnt an ihrem Scheitel und streicht an ihrem Haar entlang, so weit sein Arm reicht.

Draußen scheint sich der Schatten zusammenzuziehen, und das Mondlicht dringt wieder bis ins Zimmer vor, heller als vorher. Sie dreht den Kopf, um ihn anzusehen.

«Ich habe erst mit dreißig Jahren erfahren, daß im Zweiten Weltkrieg zwölf Millionen Russen umgekommen sind.»

«Schlaf ein», sagt Asel. «Du mußt früh aufstehen. Um einen kannst du weinen, aber nicht um zwölf Millionen.»

«Ich weiß. Es ist töricht, sich so zu erregen, über solche Dinge zu sprechen. Langfristig bedeutet es überhaupt nichts, aber kurzfristig steht es für etwas, und zwar für unser jetziges Leben, und manchmal holt es dich ein, hier und jetzt.»

Phoebe rollt sich auf die Seite, um ihn anzusehen. Sie zieht die Knie an und macht den Rücken rund. Das Mondlicht liegt voll auf ihrem Gesicht, tönt es blau und grau.

«Laß uns dafür sorgen, daß ich schwanger werde», sagt sie. «Manchmal macht es mir Kummer, daß es noch nicht passiert ist.»

Asel sieht zu ihr hinab.

«Wenn du mit dem Gesicht zum Mond schläfst, kannst du mondsüchtig werden», flüstert er. «Das ist fast so schlimm wie ein Hitzschlag.»

«Ich riskiere es», sagt sie, zieht seine Hand unters Laken und hält sie an ihren Körper, fühlt die Rauheit auf ihrer bloßen Haut.

Asel denkt über die Dinge nach, die sie gesagt hat, und hofft, daß sie nicht recht hat, wenn sie sagt, daß einen das Kurzfristige manchmal einholt.

Schließlich schläft sie, und Asel denkt an andere Dinge. Er erinnert sich daran, wie sie nachts durch die grünen Felder zum Fluß hinuntergingen, hinauswateten und untertauchten, dann prustend wieder hochkamen, und wie ihr Haar sich um sie beide herumwand und das Wasser überall da, wo sie sich berührten, weich machte.

9

Phoebe liegt im Bett. Es ist jetzt ein Uhr morgens. Im Wohnzimmer steht ein Ofen. Asel hat einen Schaukelstuhl dicht davorgezogen. Dort sitzt er gern und liest. Er arbeitet sich durch einen Stapel *National Geographic*. Phoebe hat sie aus der Schule mitgebracht. Eine Mutter hatte sie zum Ausschneiden für die Kinder geschickt, aber Phoebe hat sie zurückgehalten, weil es Nummern aus den Jahren waren, die Asel allein in den Wäldern verbrachte, und darum hat sie sie ins Auto gepackt und ihm mitgebracht.

Asel schaut nach Phoebe. Sie hat sich im Bett so eingerichtet, daß ihre Füße am Kopfende liegen. Das macht sie, damit ihr Haar vom Fußende des Betts fallen und auf dem Teppich liegen kann. Heute nacht liegt ihr Haar jedoch neben ihr. Es fällt über ihre Schulter und fließt seitlich an ihr hinab, bis es unter dem Laken verschwindet. Asel schaut zu ihr hinein, um sich zu vergewissern, daß es ihr gutgeht. Draußen, in dem dunkelblauen Licht, das auch in den Raum dringt, klopfen Zweige gegen das Fenster. Er kann Schneefelder erkennen, die sich über eine halbe Meile bis zur Nachbarfarm erstrecken. In der Scheune dort brennt noch Licht.

Phoebe sagt etwas im Schlaf, aber er kann die einzelnen Wörter nicht verstehen. Er geht ans Fenster, um irgend etwas zu tun, während er darauf wartet, daß sie wieder etwas sagt. Er fragt sich, warum das Licht in Tut Kings Scheune noch brennt.

Phoebe streckt einen Arm aus und schiebt ihn unter ihr Haar. Sie öffnet die Hand und spreizt die Finger. Asel sieht wieder aus dem Fenster. Ein Lastwagen fährt aus dem Scheunenhof. Seine Scheinwerfer wischen über das Feld, als er wendet und die Straße hinunter auf sein Haus zufährt. Er und Phoebe wohnen am Ende der Straße, daher weiß er, daß jemand zu ihnen kommt.

«Ich muß mal einen Moment raus», flüstert er. Sie hört ihn nicht, aber sie bewegt den Arm, bis ihre Hand auf ihrer Brust liegt. Er sagt es noch einmal.

«Ich bin hier, wenn du zurückkommst», flüstert sie.

Asel streicht ihr über den Kopf und verläßt dann das Zimmer. Er hält am Ofen an, steigt in seine Schneestiefel, geht dann zur Tür und wartet in der dunklen Küche.

Es ist Bobby Vachon, Tut Kings Knecht. Er ist klein und rundlich, und weiße Stoppeln ragen wie Igelstacheln aus seinem Gesicht. Seine Hände sind schwarz und rissig, stets geschwollen von zuviel Kälte, Wasser oder Hitze. Meistens kann er sie nur so weit schließen, daß er den Stiel einer Schaufel oder Mistgabel fassen kann. Er ist dreißig.

«Robert, du alter Gauner. Komm rein», sagt Asel. Er mag Bobby Vachon. Er erinnert ihn an einen der Jungen, mit denen er aufwuchs.

«Ich bin kein Gauner», sagt Bobby.

«Das weiß ich doch. Das sagt man doch nur so.»

Bobby fragt sich, ob Asel weiß, daß die Hälfte des Materials, von dem er Tut erzählt hat, er hätte es in den Wäldern oder Feldern verloren, in der Auktionsscheune gelandet ist, damit er zu einem bißchen mehr Geld kommt – Taschengeld, wie er es nennt. Es ist nicht viel gewesen, eine Sägekette, ein bißchen Handwerkszeug, vielleicht ab und zu mal eine Rolle Stacheldraht. Bolzenschneider, Schraubenschlüssel, Schaufeln, Vorschlaghämmer, Salzblöcke, Ballenschnüre, eine Vierzig-Zentimeter-MacCullough und ein Kompressor, der sowieso nicht mehr funktioniert hat.

«He», sagt Asel, «hab ich dich je gefragt, ob du irgendwie mit Mad Dog Vachon, dem Catcher, verwandt bist?»

«Nein, nie. Aber ich sag dir, daß ich's nicht bin. Mein Bruder sagt allerdings, er wär's, und mit dem bin ich verwandt. Warum fragst du?»

«Nur so. Was führt dich her?» sagt Asel und denkt daran, daß auch er mit seinem Bruder verwandt ist.

Bobby Vachon hört auf nachzudenken. Asel bringt ihn mit seinen Fragen oft durcheinander. Er weiß nicht, warum das Licht im Haus immer an ist. Er weiß, daß Phoebe Lehrerin ist und regelmäßig arbeiten geht, aber Asel ist zu den unmöglichsten Zeiten auf den Beinen und scheint wenig auf die Tageszeiten zu achten.

«Jake ist total durchgedreht, und Tut will ihn totmachen. Er hat zu mir gesagt, daß ich dich holen soll, damit du's erledigst. Er sagt, du kriegst ein Viertel für die Mühe.»

«Was braucht er mich dazu? Warum macht er es nicht selbst?»

«Kann sein Gewehr nicht finden.»

«Was soll das heißen, er kann sein Gewehr nicht finden?»

«Was zum Teufel heißt das wohl, wenn man sagt, er kann sein Gewehr nicht finden? Er kann sein Gewehr nicht finden. Tut sagt, daß du Führer in den Wäldern von Maine warst.»

Asel geht zum Ofen und stellt sich mit dem Rücken davor. Er kennt Tut nur vom Hallo-Sagen, aber Phoebe schaut oft dort vorbei. Er hält ihn für einen ziemlich netten Mann, für einen, der sich um seine eigenen Dinge kümmert, wenn man selbst das gleiche tut. Er hat Bobby oft in den Wäldern und auf den Feldern getroffen. Als Phoebe das Grundstück von Tut kaufte, schickte er Bobby rüber, damit er ihnen genau zeigte, wo sein Land aufhörte und ihres anfing.

«Fahr zur Farm zurück», sagt Asel, «und ich komm in ein paar Minuten nach. Ich hab heute abend meine Gewehre noch nicht gereinigt.»

«Tut hat mir gesagt, ich soll dich mitbringen. Können wir Jake denn nicht mit einer schmutzigen Knarre erschießen? Dem ist das doch völlig scheißegal. Nimm, was du grad da hast», sagt Bobby und zeigt auf die Ruger unter Asels Arm.

Asel schüttelt den Kopf und flucht im stillen auf sich, weil er nicht daran gedacht hat, ein Hemd anzuziehen. Er würde am liebsten den Ärger über sich auf Bobby abwälzen, indem er ihm erzählt, er hätte nicht den Mumm, dabei zuzusehen, wie eine .44er die Augen hervortreten und den Kopf anschwellen läßt, bis er platzt.

Asel schüttelt immer noch den Kopf und geht in den Vorratsraum, wo er seine Ausrüstung verstaut hat, und holt seine .22er, den Reinigungskasten, eine Lederschürze sowie den Satz Messer samt Wetzstahl, die in eine Lederrolle eingewickelt sind. Er nimmt auch die Fleischsäge mit. Er weiß, daß der leichteste Ausweg darin besteht, zu tun, worum man ihn bittet.

Bobby Vachon steht am Ofen, während Asel Reinigungsstäbe durch den Lauf schiebt. Er blättert eine Nummer des *Sportman's Guide Catalogue* durch, den Phoebe abonniert hat. Er denkt, daß er gern das ein Meter lange Blasrohr von Seite zwei hätte. Es ist eine Nachbildung des Originalmodells, das südamerikanische Dschungel-Indianer benutzen. Es ist aus Aluminium und angeblich besser als das Original. Er denkt, es wäre praktisch, so was zu haben. Er entscheidet sich auch für ein grünes Hemd, auf dem «Bring alle um und überlaß das Sortieren Gott» steht. Für Lillian, seine Frau, wird er eins kaufen, auf dem «Diese beiden und Köpfchen dazu» steht. Das «Diese beiden» läuft über den Busen. Bobby ist sehr stolz auf den Busen seiner Frau. Es ist einer von der Sorte, der Flecken abkriegt, wenn die Frau kocht, von der Sorte, der eingeklemmt wird, wenn die Frau sich im Schlaf umdreht.

Die einzigen Hemden, die sie zur Zeit haben und auf denen etwas steht, sind Sweatshirts, auf die über einem Pfeil «Ich steh auf Doofe» aufgedruckt ist. Das Problem ist aber, daß beide Pfeile in die gleiche Richtung zeigen, so daß, wenn sie beide eines davon anhaben, der Witz nur auf Kosten von einem geht sowie auf Kosten der Person, die zufällig gerade links neben ihnen steht. Sobald Lillian das spitzkriegte, weigerte sie sich, ihres zu tragen, wenn er seines anhatte. Sie hat sogar damit gedroht, den Pfeil aus seinem Hemd rauszuschneiden und ihn dann wieder so anzunähen, daß er auf seinen Sack zeigt.

Wenn er ihr ein neues Hemd kaufen würde, wäre das eine Möglichkeit, sich wieder mit ihr zu versöhnen. Seit dem Tag, als das Auto nicht ansprang und er es auseinandernehmen mußte, hat er das Gefühl, daß er so etwas tun müßte. Er hatte zu ihr gesagt: «Blas mal in den Benzinfilter und schau, ob sich was tut.»

«Da blas ich nicht rein», hatte sie gesagt.

«Doch, wirklich, blas mal.»

Lillian hatte den Schlauch an die Lippen gesetzt und zu blasen begonnen.

«Nicht drauf kauen. Das Ding war mit Benzin in Berührung. Du vergiftest dich.»

Lillian hatte die Lippen eingezogen, bis nur der trockene Teil den Schlauch berührte.

«Jetzt blasen, Lil», hatte er gebrüllt, und sie blies die Backen auf, aber aus dem Filter kam nichts. In diesem Moment hatte das Telefon geklingelt, und Bobby war drangegangen und hatte dem, der gerade am anderen Ende der Leitung war, gesagt, daß Lillian nicht ans Telefon kommen könne, weil sie seinen Schlauch blase, und dann aufgehängt.

Wutentbrannt kam sie durchs Zimmer und knuffte ihn.

«Warum zum Teufel erzählst du Leuten am Telefon denn so was? Das könnte einer hören!»

«Was ist denn plötzlich los mit dir? Du spielst dich ja auf wie 'ne Verrückte.»

«Wenn einer das mitgekriegt hat! Die denken doch, wir machen hier was Krankhaftes.»

Bobby Vachon hatte versucht, sie zu umarmen, aber es gelang ihm nicht. Ihr Busen hielt ihn wie eine Bergkette auf Distanz.

«Willst du das mitnehmen?» fragt Asel, aber Bobby gibt keine Antwort. Statt dessen faltet er den Katalog zusammen, schiebt ihn unter die Jacke und in den Ärmel.

Das Telefon klingelt und schreckt beide auf. Asel hebt ab, bevor es noch einmal klingeln kann. Er will nicht, daß Phoebe aufwacht.

Tut King ist dran. Er will wissen, warum es so lange dauert. Asel erklärt ihm, daß er sein Gewehr reinigen mußte und daß er sofort kommt. Tut sagt, er würde ihn nicht belästigen, wenn nicht dieser Mistkerl von Knecht, Bobby Vachon, sein Gewehr ausgeliehen und im Wald verloren hätte. Er sagt, Jake wäre es egal, wenn er eine dreckige Ladung abkriegte, und er solle kommen, und dann legt er auf.

Asel legt den Hörer wieder auf die Gabel und hat jetzt ein bißchen das Gefühl, es ist seine eigene Schuld, daß er Tut King helfen muß. Er kann sich nicht erklären, wie Tut das hingekriegt hat. Er versucht es zu vergessen, kann es aber nicht. Die Stimme des Mannes war sanft und voll, die Stimme eines Mannes, der sich die Mühe macht, freundlich zu sein und einem eine Chance zu bieten, ob man sie nun will oder nicht.

Bobby fragt Asel wegen einer Gürtelschnalle aus Messing, in die ein fünfschüssiger .22er Revolver eingebaut ist. In der Anzeige steht, das Ding könne einem das Leben retten.

«Ich schätze, das könnte stimmen», sagt Asel.

«Glaubst du, das Ding ist hundertachtzig Dollar wert?»

«Das hängt davon ab, wie wertvoll das Leben ist», sagt Asel zu ihm und reibt Schmieröl auf den Gewehrlauf.

Bobby nickt. Er würde Asel schon gern vertrauen, aber er ist sich nicht sicher, ob das eine gute Art ist, eine Freundschaft anzufangen. Er weiß genau, daß es eine gute Art ist, sie zu beenden. Er denkt an das, was Asel über den Wert des Lebens gesagt hat. Er kommt zu dem Schluß, daß seines die hundertachtzig wert ist, aber im Moment hat er sie grad nicht in bar.

Asel füllt eine Thermoskanne mit Kaffee und sieht dann nach Phoebe. Sie ist wach, liegt auf dem Bauch, ein Kissen zerknüllt unter ihrer Brust.

«Ich hab zugehört», sagt sie. «Geh nur. Ich bin okay. Ich finde es nett, daß Tut glaubt, er kann sich auf dich verlassen.»

Asel sagt nichts. Er geht zum Schrank und holt seine Schrotflinte heraus.

«Nicht», sagt sie. «Ich würde sie doch nie anfassen.»

«Aber sicher würdest du», sagt er zu ihr, lädt durch, legt die Flinte auf die Kommode und hofft, daß sie sich an seine Worte erinnert, wenn der Fall je eintreten sollte.

Asel folgt Bobby über den Hof zu einem Maschinenschuppen. Mehrere Männer stehen herum und hüpfen von einem Fuß auf den anderen, um sich warm zu halten. Nur ein Mann bewegt sich nicht. Asel sieht, daß es Tut ist. Er lehnt an einem Treckerreifen, der größer ist als er selbst. Er steht auf einem Bein und hat das andere über den Griff seines Krückstocks gelegt.

Asel sieht die Männer an, die aufhören, sich zu bewegen, sobald sie ihn sehen. Er erkennt keinen von ihnen. Tut King spricht als erster.

«Mr. Asel, ich bin froh, daß Sie kommen konnten, um uns zu helfen. Erledigen Sie die Angelegenheit, wir werden Ihnen nicht im Weg stehen.»

Tut deutet ans Ende des Schuppens. Ein Ochse sitzt dort auf seinem Hintern wie ein Hund, der auf einen Knochen wartet. Wasser läuft ihm aus den Augen, und Atemstöße kondensieren in der Luft um seine Nase herum. Ein Bein liegt in einem seltsamen Winkel auf dem Boden, die Haut bis auf den Knochen abgeschürft. Das andere ist daruntergeschoben. Es ist ein Rotblauer, und Asel schätzt, daß er auf mindestens achthundert Kilo kommt.

Eine Reihe von Ketten sind über Rollen mit einem Stahlbalken verbunden, der von einer Seite des Gebäudes zur anderen reicht, und ein Spriegel ist daran festgehakt und hängt über Jakes Kopf. Eine Bandsäge liegt da, und ein Fleischwolf steht bereit. Der Ochse blickt in Asels Richtung, sieht ihn aber nicht. Seine Augen sind verschleiert, und sein Atem kommt gleichmäßiger und langsamer als der eines Mannes in tiefem, friedvollem Schlaf.

Asel hält nun einen Moment inne und lauscht. Er kann Kühe scheißen und pissen hören. Er sieht sich um, um auszumachen, wo die Geräusche herkommen. Bobby berührt seinen Ellbogen und deutet auf einen Lautsprecher an der Wand.

«Gegensprechanlagen», sagt er. «Er hat eine in jedem Stall und eine im Wohnhaus, damit er hören kann, wenn sie kämpfen oder kalben oder wenn eine nachts krepiert. Ich hatte auch eine, oben in meinem Haus, aber ich hab sie verloren.»

Asel zieht seine Jacke aus und legt die Schürze um. Er legt die Rolle mit seinen Messern ab und rollt sie auf einem Stahltisch aus. Sein Stichmesser ist zweischneidig und läuft spitz zu. Eine Blutrinne verläuft auf beiden Seiten in der Mitte der Klinge. Er bearbeitet es mit dem Stahlschleifer, bewegt dabei beide Hände gleichzeitig und schickt schnelle *snick snick*-Geräusche in die Luft. Dann schiebt er das Messer in seine hintere Hosentasche und geht auf Jake zu; im Gehen lädt er das Gewehr mit einer .22er lang.

Ohne zu zögern hält er das Gewehr mit dem Kolben hoch über seinen Kopf und schießt nach unten, auf einen Punkt zwischen Augen und Genick. Im Halbdunkel der Scheune blitzt Mündungsfeuer auf, gefolgt von einer dünnen roten Blutfontäne, die sofort in Jakes Fell läuft. Da fällt er aber bereits über seine steifen Vorderläufe, und Asel macht einen fünfzehn Zentimeter langen Schlitz an seiner Kehle, der die Halsschlagader durchtrennt, bevor er auf dem Boden landet.

«Großer Gott», sagt einer der Männer. «Wenn man's nicht besser wüßte, könnte man glauben, daß er richtig Spaß dran hat.»

«Also, offenbar weißt du's tatsächlich nicht besser», ruft Tut. «Jedenfalls ist es so besser, als sie mit 'nem verdreckten Gewehr in den Schädel zu schießen, so daß sie durch die Stallwand brechen und für eine Woche verschwinden, mit den übelsten Kopfschmerzen, die ich mir vorstellen kann.»

Die anderen Männer lachen. Sie schauen auf den Boden und scharren mit den Stiefeln. Sie stecken sich Zigaretten und Zigarren an und stopfen sich Kautabak in die Backen.

«Jetzt hör mal zu, Tut King. Das war doch nicht meine Schuld. Der Bulle hatte 'ne doppelte Schädeldecke, das weißt du selbst. Die Kugel kam nicht durch. Ich hab sie nach Cornell geschickt und untersuchen lassen.»

«Stimmt», sagt Tut und kaut auf seiner Zigarre. «Jetzt frisch mal meine Erinnerung etwas auf. War's ein Schädel im andern, einer vor dem andern, oder lagen sie nebeneinander? Cornell, du liebe Scheiße.»

Diesmal lachen die Männer noch lauter. Tut lächelt. Er schwingt sein Bein auf die Erde, fährt dem anderen

Mann mit dem Krückstock über den Hosenboden und zwinkert. Der Mann sieht Tut an und lächelt dann ebenfalls. Alle treten näher heran, um Asel bei der Arbeit zu beobachten. Mit der gebogenen Klinge seines Häutungsmessers hat er schon um die Hufe herumgeschnitten und das Fell abgezogen. Während er mit diesem Messer arbeitet, schärft Bobby Vachon ein anderes für ihn, damit er keine Pause machen muß, aber gelegentlich macht er dennoch eine, blickt zu Bobby auf und schüttelt den Kopf. Dann bewegt er die Hände in der richtigen Weise, um ihm zu zeigen, wie er das Messer über den Stahlschleifer ziehen muß.

Bobby versucht es so, wie es ihm gezeigt wurde, und wird dabei schneller, bis er aus dem Rhythmus kommt und sich die Haut vom Knöchel schürft. Blut quillt an der Stelle hervor. Bobby sagt jedoch nichts. Er saugt eine Weile an seinem Fingerknöchel und fährt dann fort, das Messer zu schleifen, und diesmal macht er es richtig.

Asel arbeitet in der Dampfwolke, die von dem warmen Fleisch aufsteigt. Das Fett haftet an Messer und Händen und zwingt ihn dauernd dazu, sie an der Schürze abzuwischen. Angefangen bei dem Schlitz, hat er die Haut gleichmäßig abgezogen, von hinten nach vorn. Teile des Fleischs und Fetts sind mit Blut aus der Wunde verunreinigt und mit solchem, das sich im Körper des Tiers gestaut hat, während es auf dem kalten Boden lag. Die müssen später weggeschnitten werden, aber jetzt greift er zur Fleischsäge und trennt mit vier schnellen Zügen den Kopf vom Rumpf. Danach schneidet er die Vorderläufe direkt über den Knien und die Hinterläufe direkt über den Haxen ab. Mit dem Stichmesser durchtrennt er die Sehnen, die durch die Hinterläufe gehen, dann hängt er das Ende des Spriegels ein und bedeutet Bobby, die Flaschenzüge in Bewegung zu setzen.

Als das Tier hochgezogen wird, bearbeitet Asel den

Rücken und zieht ab, was noch an Haut übriggeblieben ist. Sie fällt sauber auf den Boden, vom eigenen Gewicht gezogen.

«Ich brauch ein Faß für die Eingeweide», sagt er.

«Nimm sie einfach raus, hier auf dem Fußboden. Bobby macht das später sauber», sagt Tut und klopft mit seinem Stock gegen eine leere Zweihundert-Liter-Tonne, so daß Bobby aufblickt und nickt.

Asel nickt und wendet sich wieder dem Rumpf zu. An einigen Stellen ist er perlweiß und an anderen mit Blut überzogen wie ein geädertes Blatt. Der Dampf hat nachgelassen, weil der Rumpf abgekühlt ist. Asel schneidet um den Anus herum und an der Harnröhre entlang. Er zieht sie heraus und läßt sie hängen; dann öffnet er mit einem weiteren Schnitt von hinten bis vorn die Bauchhöhle. Wieder steigt Dampf auf. Dieser riecht sauer, der saure Geruch von Gärung steht in der Luft. Die Männer ziehen heftiger an ihren Zigarren, als Körpergase den Stall füllen. Sie wissen, daß es ein Gestank ist, der in ihre eigenen Körper eindringt, so daß er noch einen Tag später aus ihnen herauskommen wird, wenn sie furzen.

«Roger hier kriegt die Leber», sagt Tut. «Tom das Herz und Willard die Nieren. Cy wollte das Blut, aber Sie waren zu schnell für ihn. Sei's drum.»

Asel schält die Galle von der Leber ab und schlitzt das Herz auf, um das geronnene Blut aus den verschiedenen Kammern zu pulen. Er denkt daran, daß das Herz mit all seinen Verwindungen oft das häßlichste Teil sein kann. Dann gibt er den Männern die Organe, läßt sie in Plastiksäcke fallen, die sie ihm hinhalten, und dann verschließen sie sie mit papierumwickeltem Draht.

«Tut mir leid wegen dem Blut», sagt er zu dem Mann namens Cy. «Ich hab aber eine Thermoskanne mit Kaffee, wenn Sie davon was mögen.»

«Nein, nein», sagt er, «Ihren Kaffee möchte ich nicht,

aber ich möchte Sie bitten, diese Woche ein Rind für mich zu schlachten. Ich hab auch ein paar Schweine. Ziehen Sie sie lieber ab oder brühen Sie sie?»

«Ich hab noch nie ein Schwein geschlachtet.»

«Abgezogen», sagt Roger. «Wenn Sie welche für mich machen, will ich sie abgezogen.»

Die Männer fangen an, sich zu streiten, wie man am besten ein Schwein schlachtet. Einige ziehen das Häuten vor, während andere sagen, die einzige Möglichkeit sei das Brühen. Sie streiten sich darüber, wie die beiden Möglichkeiten sich auswirken, wenn man gutgeräucherten Schinken und Speck haben will.

Asel hebt seine Fleischsäge auf und stellt sich hinter den Rumpf, um ihn in der Mitte zu spalten. Bobby Vachon schlägt vor, das mit der Vierzig-Zentimeter-Homelite zu erledigen, die Tut gerade gekauft hat, aber Asel lehnt das ab. Als er fertig ist, müssen zwei Männer die Hälften halten, damit er sie vierteln kann. Die Viertel spießen sie auf Haken, die von der unteren Reihe der Dachtrassen hängen.

Die Männer sehen sich das Fleisch an und machen Bemerkungen darüber, wie trocken und zäh es sein wird, am ehesten noch gut für Suppenfleisch oder Hamburger. Tut sagt zu ihnen, es werde Geschmack haben und mager sein, für ihre Herzen sowieso besser. Um jedes Viertel setzt ein freundschaftliches Bieten ein. Asel ist damit einverstanden, daß sein Viertel ebenfalls verkauft wird, und packt dann sein Werkzeug zusammen, während Bobby Vachon das Faß heranzieht und versucht, die Eingeweide hineinzuschaufeln. Asel sagt ihm, er solle es kippen und sie einfach hineinschieben.

Als ein Streit ausbricht, tippt Bobby ihm auf die Schulter und deutet auf eine Seitentür. Asel folgt ihm hinaus ins Milchhaus. Dort rollen sie ihre Ärmel hoch und waschen Hände und Unterarme in dem langen Stahlbecken.

Das Wasser ist heiß und läßt die Hände schmerzen. Sie müssen heftig schrubben, um die dicke Fettschicht abzubekommen, die ihre Haut bedeckt. Nach einer Weile gibt Bobby Vachon es auf und schüttelt das perlende Wasser von den Händen, die noch glatt und fettig sind. Er lehnt sich gegen den Sammeltank und zündet sich eine Zigarette an, während Asel immer noch schrubbt.

«Versuch mal die weiße Flasche», sagt er.

Auf der Flasche ist ein schwarzes Etikett mit der Aufschrift *Gift*. Asel macht sie auf und schüttet etwas von der klaren grünen Flüssigkeit auf seine Hände. Es brennt auf der Haut, aber das Fett läßt sich jetzt leicht abwaschen, doch die Haut an Händen und Armen wird rot und heiß.

Als er sich umdreht, klettert Bobby Vachon die Stahlleiter herunter, die am Tank befestigt ist. Er hält ein Glas Milch in der Hand. Er steht mit gespreizten und ausgestreckten Füßen da und trinkt, wobei er den Kopf nach hinten wirft, bis er beinah umkippt. Zurück bleibt eine weiße Linie, die über die Lippen bis hinauf zur Nase reicht. Er wischt sich mit dem Arm über den Mund und schmatzt mit den Lippen. Tut kommt herein.

«Mr. Vachon wird Sie nach Haus fahren», sagt er zu Asel und übergibt ihm mehrere zusammengefaltete Banknoten. Dann verschwindet er durch die Tür und geht zum Haus.

Asel trocknet sich Hände und Arme ab. Bobby gibt ihm ein Glas Milch, das er aus dem Kühltank geschöpft hat. Asel trinkt es aus, und sie gehen. Als sie auf die Route 63 kommen, bleibt Asel so abrupt stehen, daß Bobby Vachon gegen ihn stößt. Er erinnert sich an so eine Nacht vor fünf Jahren in Maine, als er am frühen Morgen einen Kometen über das Himmelsgewölbe schießen sah, mit einem Schweif so ausladend wie der Kondensstreifen einer Rakete. Er stellte sich vor, daß er das Geräusch hätte hören können, wenn er nur nahe genug gewesen wäre, und daß es wie ein Schlitten geklungen hätte, der auf einem offenen Feld über den Schnee gleitet.

«Da ist Norden», sagt er zu Bobby Vachon und deutet in den Himmel über seinem Haus, in dem die Lichter in allen Räumen brennen, außer in einem.

«Ja und?»

«Es hat 'ne Menge für sich zu wissen, wo Norden ist. Nicht um in die Richtung zu gehen, sondern nur, um es zu wissen.»

«Kann schon sein. Steig in den Lastwagen, und ich fahr dich nach Haus.»

«Nein, nicht nötig. Ich geh zu Fuß», sagt Asel. «Ich geh zu Fuß.»

Als er nach Haus kommt, sieht er, daß das Gewehr entladen ist und wieder im Schrank steht. So, wie sie atmet, weiß er, daß sie wach ist, aber keiner von beiden sagt etwas. Er schaukelt ruhig in seinem Stuhl, und erst als sie einschläft, kommt ihm klar zu Bewußtsein, daß dies das erste Mal ist, daß er sie nachts allein gelassen hat.

10

ASEL steht mit geschlossenen Augen unter der Dusche und läßt das Wasser über Gesicht und Bart laufen. Der Strahl prallt hart auf seine Wangen, Augenbrauen und Lippen, verläuft im Bart und tropft vom Kinn ab.

Er hat für Roger Schweine geschlachtet, und der Gestank sitzt in seinem Körper. Das gleiche hat er für alle vier Männer getan, die in der Nacht in Tuts Scheune waren, als er Jake erschoß. Er macht es allerdings nur spät am Abend, wenn außer Bobby Vachon niemand mehr unterwegs ist; Bobby holt ihn ab und fährt ihn, wohin er zu fahren hat. Er hat ihm auch beim Schlachten geholfen. Phoebe scheint die Vorstellung nicht zu gefallen, aber sie läßt ihn dennoch gehen.

«Wann fängt das Spiel an?» ruft er zu Phoebe im anderen Zimmer hinüber, aber sie gibt keine Antwort, und einen Moment lang glaubt er, daß sie ihn nicht gehört hat, bis er einen kalten Luftzug am Rücken spürt. Er dreht sich um, und da steht sie neben ihm in der Dusche. Er nimmt sie in die Arme.

«Hast du mich gerufen?» sagt sie.

«Du hast ja deine Sachen an.»

«Sie sind schmutzig. Ich muß sie waschen.»

Phoebe zieht ihr Sweatshirt über den Kopf und schält sich aus den Jeans. Ihr Haar quillt über die Schultern und fällt vor ihr hinab. Es bedeckt ihre Brüste und den Bauch und beinah ein Bein.

«Du mußt mir helfen, meine Haare zu waschen», sagt sie und stellt sich neben ihn, so daß der Strahl auch sie trifft.

Asel nimmt die Kräuteressenz, während Phoebe sich dreht und ihren Kopf so zur Seite schwingt, daß das Haar glatt über ihren Rücken fällt. Asel beginnt oben auf ihrem Kopf, er erzeugt eine Menge Schaum. Sie lehnt sich an seinen Körper, den Kopf genau unter seinem Kinn.

«Das fühlt sich gut an», sagt sie.

Asel folgt ihren langen Strähnen, trennt sie und preßt sie wieder zusammen. Er spürt mit dem Handrücken ihr Rückgrat, während er ihr das Haar wäscht. Es ist glitschig und naß in seiner Hand.

«Rubbel nicht zu fest», sagt sie. «Das Wasser hier ist hart. Es macht meine Haare spröde. Ich hab Angst, daß es mir in Büscheln ausfällt.»

Asel geht sanfter vor und findet sich ein bißchen unbedarft, weil er nicht daran gedacht hat.

«Was kann man dagegen tun?»

«Das Wasser weich filtern, nehme ich an. Oder irgendwo hinziehen, wo das Wasser weich ist. Es ist aber gar nicht so toll, weiches Wasser zu haben; da ist Blei drin, und das kann einen vergiften.»

Asel hat die Hände auf ihren nackten Schultern und schiebt sie nach vorn. Er hält sie solange unter den Strahl, bis der Schaum an ihrem Haar hinabgelaufen ist, dann zieht er sie wieder an sich.

«Noch einmal», sagt sie, «dann reicht es.»

Asel beginnt von vorn. Diesmal beugt sie sich vor, damit er ihr Haar über den Schultern ausbreiten kann. Er reibt es gegen ihre Haut, streicht es über den Rücken, die Rippen entlang und die Beine hinunter. Er reibt ihr Haar sanft und läßt es aus seinen Händen an ihren Körper gleiten. Er greift um sie herum an die Stelle zwischen ihren Schenkeln und hält sie fest. Ruhig stehen sie da und lauschen dem Wasser auf den Fliesen. Phoebe legt den Kopf an seine Brust.

«Wir verpassen das Spiel», sagt sie.

«Wir kommen zu spät», flüstert Asel, «aber das Spiel verpassen wir nicht.»

ASELS feuchtes Haar gefriert, als er in die Kälte hinaustritt. Er läßt Phoebes Auto an und geht dann wieder hinein. Beim Meisterschafts-Endspiel tritt Keene heute abend in Brattleboro an. Phoebe macht es Spaß, zu den Spielen zu gehen. Die Eltern, Brüder und Schwestern ihrer Schüler werden dasein. Manchmal trifft sie alte Freunde von der High-School. Asel fällt auf, daß sie manchen Leuten nach Möglichkeit aus dem Weg geht. Sie macht es kurz und stellt ihn nie vor, wofür er dankbar ist, weil er es nicht mag, daß andere seinen Namen kennen.

Er überlegt, wie es kam, daß er gern unter Leuten ist, unter anderen Leuten als Tut und den Männern, für die er schlachtet. Dies ist sein erstes Basketballspiel und das erste Mal, daß er ausgeht, seit sie im Latches-Kino *Vom Winde verweht* gesehen haben. Sie hatten eine Tüte mit Hamburgern dabei und schoben einander abwechselnd die Hände unters Hemd.

Asel setzt sich auf den Beifahrersitz und lehnt sich zurück. Er läßt sich gern fahren und schläft dabei meist still ein. Er kann selbst fahren, genießt es aber nicht so sehr, wie langsam gefahren und vom sanften Schaukeln über die Frostaufbrüche auf der Straße eingelullt zu werden.

Das Spiel ist eine Pleite. Ein für Keene spielender Junge namens Hamlin versenkt die Bälle von überallher auf dem Feld im Korb. Ein weiterer Junge namens Waterson nimmt den anderen nach Belieben den Ball ab und dribbelt davon. Asel hatte damit gerechnet, daß Schwarze spielen würden wie in den Zeitschriften und im Fernsehen, aber es gibt keine Schwarzen. So kommt ihm das Spiel langsamer vor, langsamer, als er angenommen hatte, daß es gespielt werden könnte.

Er amüsiert sich trotzdem, hat Spaß an den gereimten Sprüchen, die die Cheerleader intonieren, und an dem Jungen, der wie eine riesige Amsel kostümiert über den Boden schlittert. Phoebe kauft Popcorn, Schokoriegel und Cola, und er ißt, bis er glaubt, er wird Bauchschmerzen bekommen.

«Eigentlich ist es ganz gut, daß das Spiel nicht knapp ausgeht», sagt Phoebe, ihr Gesicht dicht an seinem, damit er sie versteht. «Sonst gibt es einen Aufstand. Vor ein paar Jahren ist ein Typ erstochen worden.»

Asel rückt an sie heran und achtet jetzt mehr auf die Zuschauer. Ihm liegt nichts an Ärger.

«Zieh deine Jacke aus», sagt sie. «Entspann dich. Dir läuft ja der Schweiß von der Stirn.»

Asel zieht an seinem Kragen, sagt aber nichts. Seine Jacke kann er nicht ausziehen, weil er seinen Revolver trägt.

«Du hast ihn mit?» sagt sie. «Ich finde wirklich, du könntest das Ding zur Abwechslung mal zu Hause lassen.»

Er sieht sie an und weiß, daß sie weiß, wie grob das geklungen hat. Sie nimmt seine Hand und sagt, sie wolle gehen. Das Spiel ist fast vorbei. Andere Leute gehen auch schon.

Auf dem Weg nach draußen hält Phoebe an und redet mit den Händen mit einem kleinen Mädchen. Wortlos sagen sie sich, wie ihnen das Spiel gefiel und daß sie sich am nächsten Tag in der Schule sehen werden. Phoebe bewegt wieder ihre Hände und sagt, daß sie morgen länger miteinander reden können. Die Mutter des Mädchens schaut lächelnd zu.

Draußen ist es kalt. Geräusche klingen wie Blei im

gefrorenen Dunkel. Der Schnee knirscht unter ihren Schuhen, und man hört die laufenden Motoren der wartenden Busse.

«Phoebe», sagt ein Mann. «Mein Gott, du bist es wirklich. Ich hab gehört, du wohnst hier in der Gegend.»

«Hallo, Phil», sagt sie. «Das ist aber lange her.»

«Das ist Linda», sagt er und legt den Arm um die Frau neben ihm. «Hör mal, wir fahren mit ein paar Leuten hoch zum Putney Inn. Komm doch mit. Dein Freund auch.»

Phil und Linda gehen lachend weiter. Er hat den Arm immer noch um sie, und er hält sie fest.

«Was meinst du?» sagt Phoebe. «Möchtest du mit?»

«Klingt nicht schlecht.»

«Läßt du den im Auto?» sagt sie und knufft ihm in die Seite.

Er verspricht es, und sie fahren mit dem Auto die fünfzehn Minuten über die I-91. Als sie ankommen, schnallt Asel den Halfter ab und schiebt ihn unter den Vordersitz. Dann folgt er Phoebe in die Bar. Es riecht nach Rauch und Wolle und verschüttetem Bier. Phil und Linda sitzen mit ein paar anderen Leuten an einem runden Tisch. Die Band trägt Cowboy-Hüte, und die Tanzfläche ist voll. Zumeist Paare, aber auch ein paar Mädchen, die zusammen tanzen. Als die Musik langsamer wird, setzen sich einige der Mädchen, aber andere halten sich weiter umschlungen und bewegen sich langsam über die Tanzfläche. Asel findet den Anblick seltsam.

«Hast du so was schon mal gesehen?» sagt Phil, und die anderen lachen. Er schiebt Phoebe und Asel Gläser hin und füllt sie aus dem Krug.

«Hallo, Jerry», sagt Phoebe zu einem der Männer.

«Wie geht's dir, Phoebe?» sagt er.

«Danke, gut, Jerry.»

Jerry und Phil reden über die Zeit, als sie noch für Keene Basketball spielten. Sie reden darüber, wie sie die Mannschaft von Brattleboro bei jeder Begegnung niedergemacht haben. Einmal waren sie dabei sogar high. Sie können sich an Ergebnisse und einzelne Spiele erinnern und daran, wer die meisten Punkte machte. Asel hört ihren Geschichten zu und freut sich über ihr Glück, Brattleboro in Grund und Boden gespielt zu haben.

Ein Mädchen mit kurzem krausem Haar beugt sich herüber und sagt Phoebe, ihr Haar sei immer noch schön. Phoebe bedankt sich und sagt Asel dann, sie würde gern tanzen. Sie stehen auf, und die Band spielt «Blue Eyes Crying in the Rain».

Asel nimmt sie in die Arme, und sie bewegen sich langsam über die Tanzfläche. Er spürt ihre Hand kühl und leicht auf seinem Nacken. Sie seufzt und legt den Kopf an seine Brust.

«Was ist?» sagt Asel.

«Nichts. Ich hab einfach vergessen, wie wenig ich manche Leute mag.»

Asel zieht sie an sich. Er küßt sie aufs Ohr und reibt seinen Bart an ihrem Hals. Die Band beginnt mit «Angel Flying Too Close to the Ground». Sie sind immerhin so gut, daß die Leute weitertanzen.

Als der Song vorbei ist, gehen Asel und Phoebe zu ihren Plätzen zurück. Zwei andere sitzen jetzt dort. Ein Mann und eine Frau. Der Mann steht auf und sagt: «Phoebe, das Mädchen, das man überall trifft.» Er will sie umarmen, aber sie streckt ihm die Hand hin.

«Hallo, Gary.»

«Phoebe, hört mal. Phoebe ist das», sagt er, und die anderen lachen über ihn. Er hat aus dem Krug getrunken. Sein Gesicht ist rot und aufgedunsen, und sein Pullover liegt eng am Körper an. «Du mußt ihr Mann sein», sagt Garry. «Ich dachte, du wärst in Vietnam umgekommen. Ich bewundere Männer, die von den Toten auferstehen und mit ihrer Frau einen trinken gehen. Sag mal, sie war doch noch nicht völlig ausgeleiert, oder?»

Asel wirft einen Blick auf die Leute, die am Tisch sitzen. Sie sind stumm und ausdruckslos. Phoebe greift nach seinem Handgelenk und drückt zu.

«Hol die Mäntel», sagt sie.

Er will den Mann auf der Stelle niederschlagen, aber Phoebe schiebt sich vor ihn und drückt sein Handgelenk noch fester. Er holt die Mäntel und läßt sie vorausgehen; draußen fängt sie an zu weinen.

«Tut mir leid», sagt sie. «Das hab ich nicht gewollt. Es ist eben ein kleiner Ort. Die Leute besaufen sich und sagen Sachen, die nicht wahr sind.»

«Fahr mich spazieren», sagt Asel, «damit ich schlafen kann.» Er lächelt ihr zu und tätschelt ihre Wangen mit dem Handrücken. «Mach dir keine Sorgen.»

Sie steigen ins Auto, und es kommt ihnen vor, als führen sie stundenlang. Phoebe öffnet das Handschuhfach und findet eine Packung Menthol-Zigaretten. Sie steckt sich eine an und raucht sie. Dann raucht sie noch eine. Endlich erreichen sie den Hügelkamm, und Asel sieht etwas, von dem er glaubt, es sei der Mond, der am Horizont aufgeht, aber das ist es nicht. Es ist die Kuppel von Tuts Silo, silbern und hell in der Nacht. Als sie zu Hause sind, sitzt er bei Phoebe, bis sie einschläft, und dann sitzt er in der Dunkelheit und erwägt, was dafür und dagegen spricht, daß er den Mann namens Gary aufspürt und mit ihm abrechnet.

Er hört draußen etwas an der Tür kratzen. Er geht hinaus und findet Bobby Vachons Hund, der auf dem festgefahrenen Schnee in der Einfahrt sitzt. Er holt eine Handvoll Hackfleisch aus dem Kühlschrank, geht auf die Veranda und streckt die Hand aus. Er bückt sich, und das Tier kommt zu ihm und frißt ihm aus der Hand. Als er sich aufrichtet, springt der Hund an ihm hoch und legt ihm die

Pfoten auf die Brust, und so stehen sie eine Weile da, und dann fängt Asel an, seine Füße in langsamen, engen Schritten zu bewegen, und der Hund bewegt sich auf seinen steifen Läufen mit ihm. Sie tanzen über die Einfahrt, unterm Mond inmitten der weißen Felder, die sich bis zum zugefrorenen Fluß erstrecken.

II

Am nächsten Abend nimmt Asel Phoebes Auto und fährt zum Putney Inn. Er steht an der Bar und beobachtet das Getue der Betrunkenen, ihre nachtwandlerischen, schwerfälligen Körper, ihre wie von falsch gehenden Uhren bestimmten Bewegungen. Er hört einen Mann sagen: «Meine Verflossene ist in Baltimore. Ich hab 'ne Abfindung in bar rausgeschlagen.» Die Betrunkenen lungern so lange an der Bar herum, bis die Musik einsetzt, und dann schwärmen sie auf die Tanzfläche, rudern mit den Armen durch die Luft und lassen gelegentlich das Gyroskop in ihrem Kopf aussetzen.

Auf dem Fernsehschirm trotten Männer in Tarnkleidung schweigend durch Sumpfland und legen Köder auf dem Wasser aus. Er erkennt einen von ihnen. Es ist Jim Carmichel, der Jagdredakteur von *Outdoor Life*. Er hat ihn schon einmal im Fernsehen gesehen, als er Fasane in Wyoming jagte. Er denkt, er würde ihn gern mal kennenlernen, ihm vielleicht ein paar Tricks beibringen. Asel lacht in sich hinein, amüsiert über dies Konkurrenzgefühl. An so etwas hat er noch nie gedacht. Er sieht sich nach dem Mann namens Gary um, kann ihn aber nicht entdecken.

Und dann fällt ihm ein, wie dumm es ist, so auszugehen, und daß es nur Ärger geben wird, wenn er auf Gary trifft. Aber er gesteht sich ein, daß er von den Leuten angezogen ist, den Farben und Geräuschen, den Dingen, von denen er sein ganzes Leben lang ausgeschlossen war. Und in dem

Moment, als er das denkt, weiß er, daß er möglicherweise selbst ein bißchen betrunken ist, wenn es so was wie ein bißchen betrunken überhaupt gibt.

Jemand steckt Geld in die Music-box, und Emmylou Harris singt «Making Believe». Ein Mädchen kommt auf ihn zu und bleibt an seinem Ellbogen stehen. Sie ist groß, und ihre Frisur sieht aus wie ein strohgedecktes Dach. Sie fragt ihn, ob er tanzen will, aber er sagt nein. Sie hört ihm gar nicht zu, und er weiß nicht, was er davon halten soll, daß sie ihn mitten unter die anderen Betrunkenen führt, die sich nun auch Frauen gesucht haben.

Sie schlingt die Arme um ihn, aber Asel bleibt stehen. Er bewegt sich nicht, bis sie seine Hände dorthin legt, wo sie sie haben will, eine auf ihre Hüfte und die andere auf den Rücken, zwischen die Schulterblätter. Sie legt ihren Kopf an seinen Hals und zieht ihn dann in einem langsamen Kreis über die Tanzfläche.

Ihr Geruch kommt ihm exotisch vor. Er geht von ihrem Haar, ihrem Gesicht und Hals aus. Asel denkt, daß es im Dschungel nach einem Regen so sein muß, aber dann ist es das doch nicht. Es ist etwas, das er kennt. Es riecht mehr nach Frühlingsotter oder Bisamratte. Nach Chinarinde, Bibergeil, Bisam-Moschus, Ambra, Asafetida, Stinktieröl oder einer Mischung von allem. Es ist ein Geruch, den er schon einmal gerochen hat, Tinks Nr. 54 oder Pete Richards Original indianisches Lockmittel für Böcke, besonders wirksam in der Brunstzeit.

Asel vergißt die Frau, deren Knochen er unter ihrer Haut und unter seinen Händen sich bewegen fühlt. Statt dessen denkt er an weibliche Bisamratten und den Duftstoff, den sie in einem kleinen Beutel nah am After mitführen. Er enthält dreißig bis vierzig Tropfen einer Flüssigkeit, die von Trappern und männlichen Bisamratten sehr geschätzt wird. Der Geruch putscht Asel auf, und er zieht sie eng an seine Brust.

Sie wirft den Kopf zurück und lächelt.

«Du bist aber ein ganz Starker, was?» sagt sie.

Asel sieht auf sie hinunter. Das Lächeln verzerrt ihr Gesicht, ihre roten Lippen liegen ungleichmäßig an ihren Zähnen. Sie lehnt sich wieder an ihn, und er kann wieder die glatten und eckigen Knochen fühlen, die in ihrem Körper zusammenwirken. Er will sie fragen, ob es ihr weh tut, wenn sie sich bewegt, weil doch ihre Knochen unter der Haut wie Messer sind, aber er vergißt es.

Er kennt diese Frau nicht, und so versucht er sich vorzustellen, es sei Phoebe. Eine Zeitlang funktioniert das, aber dann gibt er es auf, sich zu betrügen. Er hat ein schlechtes Gefühl, daß er auf diese Weise versucht hat, sich etwas vorzustellen, aber er weiß, daß er genau das wollte. Er drückt sie an sich, und als er sich sehr anstrengt, wird sie wieder zu Phoebe, und es ist ihm rätselhaft, wie das so leicht gehen konnte.

So geht es vielleicht, denkt er, und wenn er Phoebe sieht, wird er ihr alles, was er getan hat, erzählen, und er weiß, für sie wird alles in Ordnung sein, aber dann will er nicht, daß alles in Ordnung ist. Er findet, es wäre gut, wenn sie ihn an den Kopf oder ins Gesicht schlagen würde, wie Borst es getan hätte. Er sieht sich wieder im Raum um und versucht, den Mann namens Gary zu finden.

Er hört jemanden sagen: «Ich hab dich hier noch nie gesehen», und er begreift, daß die Frau, mit der er tanzt, zu ihm spricht. Er spürt ihren Atem an seinem Ohr.

«Weil ich 'ne ganze Weile nicht hier gewesen bin», sagt er. «Ich bin 'ne ganze Weile nirgends gewesen.» Er hört, was er da sagt, und ist stolz darauf. Er sieht sie an, und er weiß, daß sie mehr Tiefsinn darin vermutet, als wirklich darin steckt, und daß sie glaubt, ein Schmuckstück gefunden zu haben. Ein richtiger Fang.

«Ich glaub, ich nehm dich mit nach Hause. Was hältst du davon?» sagt sie, aber er hält von nichts etwas.

Der Song endet, und ein anderer beginnt, ein schnellerer, einer, bei dem die Leute wie riesige Wasserflöhe durch den Raum flitzen müssen, wenn sie mit der Musik Schritt halten wollen. Die Betrunkenen werden lebendig, schütteln die Köpfe und strecken sich.

Die Frau tanzt rückwärts, und Asel fällt ihr entgegen. Sie glaubt, daß er nach ihr grapschen will, aber dann kommt sie zu dem Schluß, daß er ein bißchen betrunken ist, und so führt sie ihn zu ihrem Tisch, an dem zwei andere Frauen sitzen. Sie setzt ihn rechts neben sich, trinkt ihren grellfarbigen Drink durch einen Strohhalm, greift dann unter seinen Arm und fühlt den Revolver unter seinem Hemd.

«Was zum Teufel ist das?» sagt sie. «Bist du etwa ein Bulle, oder was?»

Sie sieht zu ihren Freundinnen hinüber.

«Der hat verdammt noch mal die größte Kanone, die ich je gefühlt habe», sagt sie zu ihnen.

«Schön für dich, Marsha», sagt eine von ihnen. Beide freuen sich mit ihr. Sie nicken und zwinkern ihr zu.

«Nicht doch. Ich rede von 'ner richtigen Kanone.»

Die anderen beiden Frauen verstehen nicht.

Asel lächelt. Er weiß nicht, was mit Bulle gemeint ist, aber es scheint offensichtlich etwas zu sein, das die Leute beeindruckt. Die Frauen beratschlagen miteinander. Sie kommen zu dem Ergebnis, daß er vielleicht einer ist, mit dem sie lieber nicht am gleichen Tisch sitzen wollen. Sie gähnen und heucheln Interesse an ihren Feuerzeugen, Zigaretten, Drinks und Fingernägeln. Sie versuchen ihn zu ignorieren, aber er merkt es gar nicht.

Schließlich sagt eine von ihnen: «Warum machst du nicht 'nen kleinen Spaziergang?»

Asel erklärt ihr, er sei sein ganzes Leben lang herumgelaufen, und daß er im Moment mal ganz gern ein Weilchen sitzen würde. «Außerdem», sagt er, «ist meine Verflossene in Baltimore. Ich hab 'ne Abfindung in bar rausgeschlagen.»

Das finden die Frauen toll. Sie beschließen, daß es egal ist, ob er ein Bulle ist oder nicht, und da er ein bißchen betrunken ist, wird es schon keine Probleme geben.

«Außer natürlich, er ist ein sehr guter Bulle», sagt eine von ihnen, «einer von der Sorte, die den Betrunkenen spielen können wie er, in Wirklichkeit aber nüchtern bleiben.»

Sie beratschlagen noch einmal miteinander und kommen überein, daß er keiner von dieser Sorte ist, es sei denn, er macht seine Sache wirklich sehr gut. Sie lachen wieder und beschließen dann, ihn mit zu sich nach Hause zu nehmen und zu ihrem Schmusetier zu machen. Jede gibt ihm einen Drink aus, etwas, das sie gern selbst getrunken hätten. Sie glauben, daß Schnaps eine Erweiterung ihrer Persönlichkeit darstellt. Er muß in der Hand gehalten werden und ins Blut gehen. Für jede von ihnen besteht so die Möglichkeit, in ihn einzudringen und sich ihren Anteil an der Nacht zu sichern.

Asel trinkt einen Drink nach dem anderen, und dann fängt er zu wechseln an – grün, gelb, rot –, und sie dringen tatsächlich in ihn ein, während sich sein Kopf füllt und so dumpf wird wie eine Verkehrsampel.

Er sieht die Frauen aufstehen, um den Tisch watscheln wie Vögel mit fettem Sterz, die in einem Teich oder See nach Wassertieren suchen. Zwei von ihnen stützen ihn, während die dritte sich um die Handtaschen kümmert. Sie halten ihn unter den Armen und manövrieren ihn zur Tür, hinaus auf die Flat Street.

«Der hat wirklich 'ne große Kanone», sagt die zu seiner Linken.

Die eine, die sie noch nicht gefühlt hat, sagt, sie soll dafür sorgen, daß das Ding nicht losgeht, bevor sie ihn zu Haus haben, und alle lachen.

ALS ASEL AUFWACHT, ist es im Zimmer dunkel. Eine der Frauen, die kleinste der drei, schwebt über ihm; ihr Rükken gleicht dem Bug eines Segelschiffs, und sie bewegt sich in Wellen, um zu einem weichen, in entgegengesetzte Richtungen gebogenen Schnörkel zu werden. Sie sieht auf ihn hinunter und hört auf. Das ist nicht der Mann, mit dem sie begonnen hat. Sie hockt sich auf ihre Schenkel.

«Ich bin Darlene», sagt sie.

Asel nickt. Er kann die Knochen ihres Brustkorbs und ihrer Schultern sehen, die tiefe Mulde zwischen den Brüsten. Sie bewegen sich mit ihrem Atem, der jetzt, da sie auf ihm sitzt, flacher wird; das einzige Licht im Zimmer kommt durch die offene Tür. Er riecht wieder den Geruch der Frau, aber jetzt ist er vermischt mit dem Geruch von Bettzeug, Schweiß und Kleidern im Wäschekorb. Jetzt ist es der widerliche Geruch von im Laden gekauftem, an der Luft sauer gewordenem Parfum; der Geruch, der aus dem Inneren des Körpers kommt.

«Wo bin ich?»

«Du bist in Marshas Zimmer», sagt sie und zieht mit dem Finger eine Linie von seinem Hals zum Bauchnabel.

«Das ist toll, aber ich muß gehen.»

Asel rollt sich nach rechts, aber nicht die Frau. Sie klebt wie ein nasses Blatt an ihm, lacht gegen seine Brust. Er schiebt sie beiseite und hebt seine Hose und seine anderen Sachen vom Fußboden auf. Dann zieht er seine Schuhe an, kann aber seinen Revolver nicht finden. Er geht zur Tür und sieht die anderen beiden Frauen am Küchentisch sitzen. Der beißende Rauch von schlechtem Pot erfüllt den Raum.

Marsha hält den Revolver. Sie zielt auf ihre Freundin.

«Bumm bumm», sagt sie.

Asel spürt, wie Darlenes Arme sich um seine Hüften legen.

«Großer Gott», sagt er. «Mach das nicht.»

Marsha dreht sich zu ihm um. In dem Licht, das aus den beiden sechzig Zentimeter langen Neonröhren über ihrem Kopf kommt, wirkt ihr ganzer Körper wie gebleicht. Sie wendet sich wieder ihrer Freundin zu. Sie lachen; der Revolver ist gespannt, und die Trommel dreht sich vor ihrer Hand.

Sie öffnet den Mund, um etwas zu sagen, und da löst sich ein Schuß und schlägt ein Loch in den fünfhundert Liter fassenden Kenmore-Boiler. Blauer Rauch kräuselt sich an der Stelle, an der sie den Revolver gehalten hat, bevor er ihr aus der Hand sprang und lautlos zu Boden fiel. Sie sind betäubt von der Detonation in dem kleinen Raum, Asel und die drei nackten Frauen.

Er hört als erster das Wasser im Boiler auf die Dielen tropfen. Er hebt seinen Revolver auf und geht zur Tür hinaus, stößt dabei einen Pflanzenständer um und verstreut Erde, Töpfe und Pflanzen auf dem Fußboden. Er rennt die Treppe hinunter, drei, vier Stufen auf einmal, und verfehlt auf jedem Absatz mit dem Kopf nur knapp die Tragbalken, bis er auf der Straße steht. Eine Menschenmenge steht draußen, aber sie schauen am falschen Haus in die Höhe.

Oben an der Straße findet er Phoebes Auto. Er fährt erst langsamer, als er den Connecticut River überquert hat, ein nüchterner Mann. Er faßt den Entschluß, lange Zeit nicht mehr in die Stadt zu fahren.

ASEL streckt die Hand aus und hält sie gegen die Fensterscheibe. Er spürt, wie seine Hand langsam in die Eisblumen einsinkt, die an der Innenseite gewachsen sind. Wasser sickert unter seiner Hand hervor, erreicht die blaue Arterie am Handgelenk und läuft in die Manschette seines Hemds. Er läßt die Hand, wo sie ist, und horcht auf den Hund auf dem Berg, während Wasser auf den Boden tropft.

«Asel, was ist das?» fragt Phoebe, rollt sich auf den Bauch und schiebt den Arm unters Kinn.

Asel lehnt sich im Schaukelstuhl zurück, der zwischen Fenster und Bett steht. Seit seinem Ausflug nach Brattleboro vor zwei Tagen hat sie kaum mit ihm gesprochen. Mondlicht fällt über seinen Körper und tönt Phoebes Haar blau und ihr Gesicht weiß. Die Decken zeichnen die Linie ihres Rückens nach und fallen dann am Fußende des Betts ab.

«Das ist ein Hund», sagt er.

«Warum klingt er so?»

«Er hat die Fährte eines Hirschs verloren, oder er ist in eine Falle geraten. Er ist auf dem Berg.»

«Ich kann nicht schlafen bei diesem Lärm. Er überträgt sich auf mich. Als wäre er in meinem Kopf.»

Asel hört dem Hund schon seit zwei Stunden zu. Er weiß, daß er in eine Falle geraten ist. Beim ersten Ton hat er im Kopf eine Berechnung angestellt. Er weiß, daß sich der Hund im Umkreis von zwanzig Metern um einen eingestürzten Keller befindet, aus dem Bäume herauswachsen – Bäume, die schon hundert Jahre alt sind. Hätte der Hund sich verirrt, wäre er vor- und zurückgelaufen, denn er hätte seine eigene Spur mit der Wildfährte verwechselt. Während der ersten Stunde ist Asel ihm von seinem Platz aus gefolgt, durch die Berge und über die Mulde hinweg, von Süden nach Norden und wieder zurück, aber seit langer Zeit hat er sich nicht mehr bewegt. Er heult nur noch.

«Wann hört er bloß auf?» fragt Phoebe, irgendwo zwischen Schlafen und Wachen.

«Die Leute glauben nicht, daß Tiere Fehler machen.» Asel blickt in die Richtung des Geräusches. Er nimmt einen Schluck Kaffee. «Die Leute glauben nicht, daß Tiere ihre Meinung ändern können.»

Phoebe rafft ihr Haar zusammen und legt es über die Bettkante. Es fällt zu Asels Füßen. Sie zieht die Decken über den Kopf.

«Er wird sterben», sagt sie. «Es ist kalt draußen, zu kalt, als daß er überleben könnte. Er wird sterben.»

Asel lauscht. Das Geräusch ist jetzt gedämpft. Einen Augenblick meint er, sich verschätzt zu haben. Die Berge verzerren den Schall, und der Schnee macht alles noch schwieriger. Asel kommt zu dem Schluß, daß der Hund vielleicht versucht, seinen Lauf durchzubeißen, um freizukommen.

«Schlaf», sagt er und legt ihr die Hand auf den Kopf. «Schlaf, und alles wird gut.»

Asel trinkt den Kaffee aus und geht in die Küche. Er legt den Halfter um und nimmt den Revolver vom Schrank.

Die Straße zu Tut ist frei. Er wird dort entlanggehen und dann die alte Poststraße nehmen, die über den Berg führt. Er wird den Schneemobil-Pfaden folgen, die kreuz und quer über die Moränenhügel laufen, und dann gibt es, auf halbem Weg zur Kreuzung der Straße mit der Route 12, eine Abzweigung, die über den Kamm führt. Dort wird der Hund sein, in der Nähe des Kellerlochs.

ALS PHOEBE bei Tagesanbruch erwacht, hat das Geräusch aufgehört. Sie steht auf, rafft ihr Haar zusammen und legt es sich um den Arm. Barfuß tappt sie leise durchs Haus, sucht in jedem Zimmer nach Asel, kann ihn aber nicht finden. Sie meldet sich in der Schule krank und macht sich dann Frühstück. Die Frau, die ihren Anruf annahm, hatte ihr geraten, sie solle Orangen essen und viel trinken. Sie solle gut auf sich aufpassen. Phoebe hat ein schlechtes Gewissen, weil sie die Frau angelogen hat. Sie nimmt sich vor, morgen zu ihr zu gehen und ihr zu gestehen, daß sie gelogen hat. Sie wird einen anderen Grund erfinden, ebenfalls eine Lüge, aber auf diese Weise wird sie wenigstens ihr Geständnis ablegen können. Inzwischen wird sie eine Orange essen und eine Tasse Kaffee trinken.

Phoebe zieht ein Hemd von Asel an und geht dann mit ihrem Glas in das Zimmer, in dem der Fernseher steht. Sie schaltet von einem Frühprogramm aufs andere. Die Leute auf dem Bildschirm wirken alle sehr fröhlich. Sie lächeln viel. Ihre Köpfe gehen auf und nieder. Sie bewegen ihre Wangen und Augen. Sie hört nicht mehr hin und sieht nur noch zu. Sie schaltet auf die «Sesamstraße» um. In der Gesellschaft von Big Bird, Grobie und Krümelmonster fühlt sie sich wohler. Sie unterhalten sich über die Farbe Grün. Es klingt so schön. Sie hat das Gefühl, noch nie zuvor die Farbe Grün gesehen zu haben, und nun, da sie die Möglichkeit dazu hat, muß sie sie verpassen, weil der Fernseher nur schwarzweiß ist und weil sie sich Sorgen um Asel macht.

Sie geht zum Schrank und nimmt ihren grünen Cordrock heraus. Sie streicht mit der Hand darüber und hält ihn sich ans Gesicht. Sie blickt auf und beginnt zu weinen, als sie Asel im Türrahmen stehen sieht. Sie schaut auf ihre Hände und dann auf ihn. Sie streckt sie ihm entgegen, und er kommt zu ihr. Sie kann die Arme um ihn legen, ihre rechte Hand in seine hintere Hosentasche schieben und ihn an sich ziehen.

«Du hast ja deine grüne Wollhose an», sagt sie, und dann sagt sie zu ihm, sie wolle einkaufen gehen. Sie will inmitten von Menschenmassen mit ihm allein sein. Sie will sich etwas Hübsches zum Anziehen kaufen.

«Wir können gleich fahren», sagt er. «Wir fahren nach Brattleboro und essen im Country Kitchen zu Mittag. Das wird toll.»

Phoebe geht in die Küche und macht ihm Frühstück. Während sie am Herd steht, hält sie ihn dicht bei sich. Er weiß, daß sie es so will, und läßt eine Hand auf ihr, läßt sie diese Hand so kräftig wie möglich fühlen, und dann setzt er sich, und sie bringt ihm Eier, Speck, Bratkartoffeln und Kaffee. Sie trinkt auch noch eine Tasse, und sie fragt ihn nach dem Hund.

Er sagt jedoch nichts. Er erzählt ihr nicht, daß er einen frischen Hirschkadaver gefunden hat, mit zerfetzten Sehnen und Bißwunden am Maul, und Bobby Vachons Hund, der sich hin und her schleppte, weil ihm jemand die Hinterläufe weggeschossen hatte, und ringsum andere Hundespuren, die in die Wälder führten. Er erzählt ihr nicht, daß er dem Hund den Kopf gestreichelt und ihn hinter den Ohren gekrault hat. Er erzählt ihr nicht, was er alles zu ihm gesagt hat, bevor er ihn erschoß, und sie fragt ihn nicht wieder danach.

12

Es war im Winter 1981. Auf der Farm gab es wenig zu tun. Tut hatte sich in den Kopf gesetzt, Bobby Vachon nach Chesterfield zu schicken und ihn Sägemehl für Lagerstreu abholen zu lassen. Wenn er es nicht anliefern ließ, konnte er ein paar Dollar sparen und hielt den Mann zugleich auf Trab, damit er keine Probleme bekam. Das war ein guter Plan, weil die Probleme Bobby Vachon nur so nachliefen, wie das oft der Fall ist bei Dummköpfen, die versuchen, es im Leben zu etwas zu bringen, aber nichts haben, womit sie anfangen können.

In diesem Winter lag hoher Schnee. Wäre er nicht so hoch gewesen, hätte Tut Bobby in die Berge zum Holzfällen geschickt, aber es war kein Durchkommen bei all den Verwehungen, wo immer der Wind zupacken konnte. Die Ochsen, die sie hatten, waren zu jung, um sich durch die Verwehungen und Schneefelder voranzukämpfen; sie waren so tief, daß das Gespann sofort den Boden unter den Füßen verloren hätte. Es hatte noch eine Straße gegeben, über die sie hätten ziehen können, aber das war im Dezember gewesen; jetzt waren die Wälder und Wiesen unter Schnee begraben und würden vor dem Frühling nicht wieder zum Vorschein kommen.

Also erbarmte sich Tut seines Knechts und schickte ihn einmal in der Woche zur Mühle nach Chesterfield, wo er Sägemehl holte, das als Lagerstreu für die Kühe diente. Er schickte ihn mit dem International los. Der war gelb angepinselt, hatte einen eingedellten Kühler mit hohen Stoßstangen und West Coast-Spiegel, die bei fünfzig zu klappern anfingen, sich jedoch auf eine ruhige Fahrt einzustellen schienen, wenn der Tacho auf achtzig hochstotterte, was aber erst ein dutzendmal in seinem Leben passiert war. Die Lenksäule kam aus dem Bodenblech, und das Armaturenbrett war aus grünem Stahl. Er hatte bereits seine vierte Windschutzscheibe, ein Teil, das man in Troy, New York, bestellen mußte, weil die Karre so alt war.

Tut sagte zu Bobby Vachon, dies sei die letzte Windschutzscheibe, die er bezahle, und für die nächste müsse der Fahrer aus eigener Tasche blechen.

HOCHERFREUT darüber, Tut und die Farm für einen Tag los zu sein, wünscht Bobby Vachon sich, daß einer sein Glück mit ihm teilt, und deshalb biegt er scharf rechts in die Straße ein, die zu Asels Haus führt. Er fährt in die Einfahrt, lehnt sich auf die Hupe und pumpt auf seine unnachahmliche Art die Luft in die Bremsen, wodurch die Seile, Ketten und Ringe auf der Ladefläche gegen die Seitenwände poltern. Die Hupe stöhnt laut und schmerzlich.

Asel kommt in Mokassins und Wollhose auf die Veranda. Die Hosenträger hängen seitlich herunter.

«Hast du Lust auf 'ne Spritztour?» übertönt Bobby Vachon das tiefe Dröhnen des Motors; mit einem Fuß steht er auf dem Trittbrett, mit dem anderen auf der Bremse, und er reckt den Hals um den Rahmen der Windschutzscheibe.

«Ich zieh mich an und bin gleich wieder da.»

Asel schaltet das Radio und die Kaffeemaschine aus. Er wirft einen Klotz in den Ofen und schließt die Klappe. Dann zieht er sich mehrere Hemden über und fährt in die Schalen seiner Schneestiefel. Bobby Vachon hat inzwischen gewendet und den Wagen für eine Tour den Hügel hinauf hinrangiert.

Bevor Asel noch die Tür geschlossen hat, ist Bobby schon im zweiten Gang und stochert nach dem dritten, immer mit Zwischengas. Sie kommen mit fünfzig auf der Kuppe an und werden dann langsamer. Draußen vor dem Wagenfenster liegt der Schnee so hoch, daß die Zedernpfosten der Zäune nur noch sechzig Zentimeter herausragen.

«So 'nen Hügel muß man schnell nehmen.»

Asel nickt; wegen des Motordröhnens versteht er nur einen Teil von dem, was Bobby Vachon sagt. Ihm gefällt Bobby immer besser. Er hält ihn für fleißig und auf seine Weise für zu schlicht, um hinterhältig zu sein. In seiner Gesellschaft fühlt Asel sich entspannt. Als Asel noch Schweine schlachtete, war Bobby eine große Hilfe, aber sie haben das lange nicht mehr getan. Es sprach sich herum, und eines Tages bekam er einen Anruf von jemandem, den er nicht kannte; da ließ er es sein.

Asel beobachtet ihn gern, wenn Phoebe in der Nähe ist, weil dann Leben in den Mann kommt, er scherzt mit ihr und boxt sie in die Rippen. Die Freundschaft beruht auf Gegenseitigkeit. Gewöhnlich halten beide Männer den Mund, und so gefällt es beiden.

Die Heizung im Wagen ist kaputt. Der Wind zieht durch die Fensterritzen herein und bläst durch die Löcher in der Bodenplatte. Er wirbelt eine Menge Spreu und Staub auf. Bonbonpapiere hüpfen durch die Kabine, bis sie etwas finden, woran sie kleben bleiben und nur noch Flattergeräusche von sich geben, die man bei dem Motorlärm kaum hört. Die Sitze sind steinhart, weil Bobby sie in der Nacht des Wintereinbruchs hat naß werden lassen, und nun sind Roßhaar und Federn zu einer langen Platte zusammengefroren.

Das Lenken ist harte Arbeit für Bobby. Die Straße hat Buckel und Löcher, und die Federung des unbeladenen

Lasters gibt keinen Zentimeter nach, holpert von einem Loch zum nächsten und läßt ihre Köpfe fast bis zur Decke springen.

Als sie im Dorf angekommen sind, hat die Kälte sie voll im Griff. Bobby Vachon hält neben dem Dorfladen an und schwingt sich vom Fahrersitz; die Bremsen zischen noch, und der Motor tuckert vor sich hin.

Er kommt mit einem Kasten Black Label zurück und versucht, das Lächeln auf seinem Gesicht nicht allzubreit werden zu lassen.

«Das wehrt die Kälte ab», sagt er.

Asel hat seit dem Abend, als er allein im Putney war, kein Bier mehr getrunken. Er erinnert sich, daß er sich versprochen hat, nicht mehr zu trinken, und denkt, wieviel besser ihm eine Tasse Kaffee schmecken würde.

Bobby lenkt mit einer Hand und bringt es fertig, mit der anderen den Karton aufzureißen.

«Junge, das schmeckt», sagt er, «weißt du was?»

Asel sieht zu seinem Freund hinüber. Er hat Bier auf sein Hemd tropfen lassen, wo es noch weiß auf dem grünschwarzen Karomuster schäumt.

«Ich kann auf leeren Magen kein Mittag essen», sagt Bobby und lacht; seine Zähne sind schwarz, und die Bartstoppeln sträuben sich auf seinem Gesicht.

Asel lacht auch, aber er weiß nicht, warum. Er versucht, so lange zu lachen wie Bobby Vachon, aber es gelingt ihm nicht.

«Ich würd gern 'ne Tasse Kaffee trinken», sagt Asel und denkt nach über das, was er gesagt hat. Es überrascht ihn, weil er sich nicht daran erinnern kann, jemals so gesprochen zu haben. Er lächelt, während er über das, was er gesagt hat, nachdenkt, weil Phoebe es gesagt haben könnte. Sagen, was man möchte, ohne es zu verlangen.

«Asel, Bier ist gut für dich. Die Ärzte sagen, daß ein Bier am Tag gut für die Gesundheit ist. Das steht sogar in Büchern. Lillian hat das mal nachgelesen, und sie sagt, es stimmt. Sie sagt, daß Kaffee schlecht für einen ist, aber man muß trotzdem welchen trinken, weil da Sachen drin sind, die man braucht.»

Asel versteht sich als Passagier, als jemand, der eine Fahrt mitmacht. Er würde gern schlafen, aber es holpert zu sehr. Er nimmt sich ein Bier und ist entschlossen, es zu genießen. Bobby Vachon fährt, also entspannt sich Asel, denn er weiß, daß Bobby diese Fahrt schon viele Male gemacht hat.

Als sie am Sägemehllager ankommen, ist es Mittag, und eine der Sechserpackungen ist leer. Bobby Vachon steuert auf den Hof der Sägemühle, streift die Sägemehlberge und hält dann an. Er klettert auf die Motorhaube, drückt den Boden seiner Bierflasche gegen den Schenkel, und die andere Hüfte steht in einem komischen Winkel ab. Asel lacht, weil ihm Bilder von Schiffskapitänen und Cowboys einfallen, die forschend auf Land, Wasser und Himmel blicken. Bobby Vachon springt wieder in den Wagen und haut unter großem Geknirsche den Rückwärtsgang rein. Er läßt die Kupplung los und tritt das Gas runter.

Der alte International hustet und keucht, und dann erreicht der Zündfunke den Benzinstrahl, katapultiert den Lastwagen tief in den Sägemehlberg direkt hinter ihnen; es tut einen dumpfen Schlag, die Flaschen klirren, ihre Köpfe prallen gegen das Heckfenster, und dann säuft der Motor ab.

Sekunden später, als die Mauer, die sie gerammt haben, zusammenbricht, erhebt sich ein gewaltiger, schneller Windstoß vom Boden, bläst Sägemehl durch jedes Loch und jede Ritze und füllt wie eine riesige Hand den Laster bis zum Überlaufen.

Asel schiebt sich wieder auf den Sitz und glaubt wegen der Dunkelheit in der Kabine, daß er blind geworden ist.

«War vielleicht ein bißchen heftig», sagt Bobby Vachon mit größtem Erstaunen über sein eigenes Tun. Er lacht und tastet nach einem frischen Bier.

Asel beobachtet ihn im Lichtschein des Armaturenbretts, bis Bobby den Schlüssel dreht und das Licht ausgeht. Dann hört er, wie er sich im Dunkeln zurücklehnt. Er nimmt sich selbst ein Bier und greift sich ans Herz, um seinen Revolver zurechtzurücken. Langsam gewöhnen sich seine Augen an die Dunkelheit, und er kann alles Nötige erkennen. Er nimmt das Wurstsandwich, das Bobby ihm anbietet, und ißt es schnell; er lauscht auf das Geräusch des Sägemehls, das durch Ritzen rieselt und Hohlräume wie mit Strömen schweren Sands füllt. Langsam ist es ihm egal, wo er ist, und er konzentriert sich auf den Genuß seines Sandwiches; er spürt die Wärme, die aus dem Haufen dringt, und er atmet tief den Geruch nach dem Holz von Kiefern und Schierlingsfichten ein, der so stark ist, daß er sich in die Wälder zurückversetzt fühlt. Er gestattet sich in wachsendem Maße, stolz darauf zu sein, daß er sich, begraben unter einem Sägemehlhaufen hier in New Hampshire, so verhalten kann.

Bobby Vachon dreht den Schlüssel, und dann schiebt er sein Sandwich in den Mund, wobei er den größten Teil heraushängen läßt. Im roten Schein der Zündbirne sieht es für Asel so aus, als hätte er da, wo das Sandwich gähnend aufklafft und die Wurst herunterhängt, fettige, weiße Lippen und eine gerundete, flache Zunge. Bobby zieht mit einer Hand am Choke und bearbeitet mit der anderen den Anlasser. Asel hört das Klappern der Pedale, als Bobby auf ihnen herumtritt, aber er kann nicht erkennen, wie er das macht. Der Motor jammert und ächzt, erwacht schließlich zum Leben und bläst eine Ladung Sägemehl und Auspuffgase durch die Bodenplatte.

«Muß wohl den Auspuff abgerissen haben», schreit Bobby durch den Motorenlärm, während er die Umdrehungszahl hochjagt. «Ich hoffe, daß wir nicht am Monoxid sterben, bevor wir hier rauskommen.»

Er greift zur Sonnenblende, an der der Kippschalter für den Scheibenwischer ist. Er stellt ihn an, und der Wischer bewegt sich nach unten und bricht dann ab.

«Ach du lieber Gott. Jetzt kriegt Tut mich am Arsch. Wenn er den abgebrochenen Scheibenwischer sieht, dann rastet er aus.»

Asel hatte gehofft, daß etwas Licht hereindringen würde, aber nicht der kleinste Strahl schafft es. Er hustet in der stickigen Luft und hält sich die Nase zu. Er versucht einen Schluck zu trinken, aber das Sägemehl ist auch in die Flasche geraten.

Bobby läßt den Motor niedriger laufen und spielt locker mit der Kupplung. Der Laster bebt und bockt, der scharfe Geruch verbrannten Gummis vermischt sich in der Luft mit dem von Holz und Auspuffgasen, während die Antriebswelle versucht, auf Umdrehungszahlen zu kommen. Der Wagen hebt sich einmal und sackt dann wieder runter, pflügt sich einen Weg in die Sonne frei, wo er erneut absäuft.

Beide Männer stürzen an die Türen und spucken und schnauben Sägemehl aus Mund und Nase. Asel bleibt auf allen vieren, bis sein Gesicht sauber ist und er wieder atmen kann. Er steht auf und geht zu Bobby, der da mit einem Bier in einer Hand und einer Zigarette in der anderen herumsteht. Ein Bein hat er auf die Stoßstange gestützt. Eine geöffnete Bierflasche prangt vorn auf der Motorhaube und wartet auf Asel.

«Den Trick hab ich von 'nem Burschen gelernt, der mal bei Tut angestellt war. Bei ihm hat's immer geklappt, bis zu dem Tag, an dem's ihn umgebracht hat.»

Bobby deutet mit der Zigarette auf das Bier, das er für Asel rausgeholt hat.

«Die beiden hier putzen wir noch weg. Dann richten wir

die Ladung und gurken ein bißchen zurück. Ein paar Stunden haben wir heute eingespart. Tut glaubt, ich lade das hier per Hand.»

Bobby Vachon geht zur Kabine und kommt mit neuen Sandwiches und dem Rest des Biers wieder. Rechts von ihnen kommt die Sonne raus, und zum erstenmal seit Wochen ist es hell und warm. Die Männer schälen sich aus ihren Hemden; sie wollen die Sonne so nah wie möglich an der Haut spüren. Schließlich haben sie nur noch ihr wollenes Unterzeug an. Bobby Vachon schielt nach dem Revolver unter Asels Arm, sagt aber nichts.

Sie nehmen sich Schaufeln, die seitlich am Laster befestigt sind, und klettern über die Motorhaube und das Kabinendach auf die Ladefläche. Der Dampf des heißen Sägemehls, der jetzt aus dem Innern des Haufens aufsteigt, umgibt in Schwaden ihre Fußgelenke und dringt in die Hosenbeine, als sie das Überschüssige wegschaufeln. Das Sägemehl riecht stark und säuerlich, und sie atmen es jedesmal ein, wenn sie sich vorbeugen. Bobby sagt, Asel soll möglichst die schneeverkrusteten Brocken herausschaufeln, damit die Streu trocken ist.

Als sie mit der Arbeit fertig sind, werfen sie die Schaufeln auf den Boden und springen von der Ladefläche. Asel hängt das Hemd an der Brustseite schweißgetränkt runter. Über Bobbys Rücken und über seine Stirn, wo wegen der Mütze die Haut weiß geblieben ist, rinnt Schweiß. Er würgt und kotzt sein Mittagessen wieder aus. Asel sieht, wie seine Schultern sich heben und senken, und dann steht Bobby wieder gerade, Speichel in den Mundwinkeln. Er macht noch ein Bier ausfindig, und das scheint ihn aufzurichten.

Asel hat selbst ein dumpfes Gefühl im Kopf. Er hält sich ein kaltes Bier an die Schläfen, und das hilft.

«Trink das aus, und laß es von innen wirken», sagt Bobby mit einer Stimme, die noch hoch klingt, weil seine Kehle mitgenommen und verkrampft ist.

Sie frösteln in der kalten Luft und ziehen Schicht um Schicht ihre Hemden wieder an. Sie klettern in den Laster, und Bobby gelingt es, den Motor beim ersten Versuch anspringen zu lassen, aber jetzt röhrt er direkt unter ihnen, wo der Auspuff abgebrochen ist.

Er fährt auf die Route 9, schaltet zügig höher und kommt im Handumdrehen auf achtzig Sachen. Eine Wolke von Sägemehl schwebt hinter ihnen, deren zwei wehende Bahnen sich sechs Meter hinter dem Heck zwirbelnd vereinen und den Highway bestäuben, während die lautlosen Dämpfe aus dem Motor in die Kabine dringen und sie auf ihrer Heimfahrt langsam vergiften.

Wegen einer Abkürzung zuviel wird die Heimfahrt lang. Als die Sonne meilenweit vor ihnen untergeht, wird es langsam dunkel. Der beladene Laster schlingert über die Hubbel und Buckel der Straße, weil Bobby beide Spuren in Anspruch nimmt. Die gelbe Linie beginnt zu verschwinden, was ihn zwingt, im Kriechtempo zu fahren, bis er auf die Idee kommt, die Scheinwerfer einzuschalten.

Asel spürt, wie ihn Dumpfheit überkommt. Es ist, als hätte sich ein Netz über ihn gesenkt, und nun versucht er, sich schwimmend daraus zu befreien. Er öffnet noch ein Bier, nimmt einen langen Schluck und versucht so, in seinem Körper eine Kraft freizusetzen, die ihm die Lethargie abschütteln hilft.

Der See liegt neben ihm, so nah an der Straße, daß er Asels Schweregefühl verstärkt. Er rechnet jeden Augenblick damit, daß der Laster auf die Eisfläche des Sees kippt, einbricht und im kobaltblauen Wasser verschwindet. Zwischen ihm und dem See gibt es nur noch stämmige Pfähle und zwei Reihen Draht, die vorbeizucken, nicht höher als das Trittbrett. Asel denkt an die Sommer zurück, als er und Phoebe über dieselbe Straße fuhren und sie die Jungen und Mädchen sahen, die auf den Bootsstegen lagen; sie hatten fast nichts an und ließen die Sonne in ihre Körper dringen; und dann stellt er sich vor, sie wären jetzt dort und erfrören in der Nacht. Etwas, das ihm selbst fast passiert wäre.

Er weiß, daß Phoebe jetzt aus der Schule zurück ist, Gemüse für einen Salat schneidet und sich ermahnt, sich keine Sorgen zu machen. Sie läßt es sich nur selten anmerken, aber er weiß, daß für sie, wenn sie ihn nicht in Reichweite haben kann, die Distanz wächst und wächst, bis eine Qual daraus wird. Er hält das für kein normales Gefühl, aber andererseits würde er es niemals ausnutzen, um sich über sie zu erheben.

Bobby Vachon fährt jetzt wieder im Kriechtempo, weil es nun schneit und die Straße matschig ist. Die Fahrt löst das Gefühl aus, in einem Traum umherzulaufen, beladen mit Schlaf; auf dem Rücken eines blinden Wals spazierenzureiten durch die Nacht.

«Verdammt, ich brauch frische Luft. Ich schlaf ein», sagt Bobby Vachon und versucht die Kurbel zu bewegen, aber die Fenster sind zugefroren. Asel versucht es an seiner Seite. Beide Männer zerren an den Kurbeln, bis sie sie in den Händen halten. Bobby versucht, das Glas mit dem Ellbogen einzuschlagen, aber es gelingt nicht. Asel findet auf dem Boden einen Bügel. Er hält ihn wie einen Schlagring, rammt die Faust gegen das Fenster und schlägt es zu Scherben, die in der Dunkelheit aufblitzen. Er greift an Bobbys Brust vorbei und schlägt auch das andere Fenster ein; ein Schwall sauberer Luft dringt herein.

Die Männer lassen die Köpfe zu den Öffnungen heraushängen. Die Zungen hängen ihnen aus den Mündern wie die von Kötern auf Urlaub. Die frische Luft erfüllt sie wieder mit Leben, vertreibt den Schlaf und schiebt ihre Mägen dorthin zurück, wo sie hingehören. Sie begreifen, daß es spät ist, aber sie verstehen nicht, warum sie so lange gebraucht haben, einen Ort zu erreichen, den sie nicht kennen.

«Lieber Gott. Ich glaub, wir waren am Sterben», sagt Bobby Vachon.

«Ist mir gar nicht richtig klargeworden», sagt Asel.

«Wir haben es völlig richtig gemacht, es hat uns das Leben gerettet. Faß mal hinter die Sitze. Vielleicht gibt's da was, was wir in diese Bodenlöcher stopfen können.»

Asel findet Getreidesäcke und stopft sie in die Löcher, die sich unter ihren Füßen zur Straße hin auftun. Er sieht Phoebe vor sich, die einen Bogen Alufolie herauszieht und über den Sägezähnen an der Schachtelkante abreißt. Er sieht, wie sie die Folie über eine Schüssel legt und ringsum festdrückt. Sie steht im weißen Schein des Kühlschranks, in dem sich die Farben der Regale spiegeln, geht aber nicht weit ins Zimmer hinein, nur ein paar Schritte weg von der Kühlschranktür in ein Licht, das anders ist als das Licht des Zimmers.

Bobby atmet tief durch.

«Tut kriegt 'nen Wutanfall wegen der Fenster.» Er drückt das Gaspedal durch und läßt den kaputten Auspuff zu ihren Füßen lostrompeten, was mehr Lärm bringt als Tempo, aber sie kommen doch ziemlich zügig vorwärts. Bobby hat schwer mit dem Lenkrad zu kämpfen, um mit den zehn Zentimetern Spiel mitzuhalten, die bei jeder Drehung ausgeglichen werden müssen. Er jagt den Laster mit Vollgas Park Hill hinauf, läßt den Motor auf dem Kamm fast verrecken, schafft es aber bis dorthin, wo es bergab geht, bevor der Motor den Geist aufgeben kann. «Bei Gott, vorhin hätten wir fast den Löffel abgegeben», sagt er steif in die Kälte hinein, mit der sie sich abfinden müssen, bis sie zu Hause sind.

Asel verschränkt die Arme und schiebt die Hände unter die Achselhöhlen. Er beugt sich zur Tür und starrt ins Blau der Nacht über den hohen Schneeverwehungen, das tief in den Wäldern von Butterfield Hill stockdunkel wird. Die Wälder erheben sich zu seiner Rechten wie der Rücken eines Bärs.

«Komisch, wie sich der Tod so an einen ranschleichen kann», sagt er, und seine Worte sind eher ein Gedanke, der eine Stimme gefunden hat, als sonst etwas.

Bobby Vachon fährt die schmale, dunkle Straße hinunter, genau über der gelben Linie; der Motor ist zu laut, als daß die Gefahr von Wildwechsel bestünde, und zu stark, um Nachsicht mit einem Tier zu haben, das ihm dennoch in die Quere käme. Er deutet aus seinem Fenster in die Dunkelheit.

«Da ist die Sandschlucht. Diesseits des Mississippi ist es die einzige dieser Art. Sie führt zum Fluß. Sie verläuft nach dort», sagt er, als lauere dort draußen etwas sprungbereit und könne schon über sie herfallen, während er noch spricht. «Ich werd zu der Auktionsscheune fahren und einen Kassettenrecorder für diesen Laster besorgen.»

Als sie das letzte Stück Weg zum Haus entlangfahren, dreht Bobby sich zur Seite, um Asel anzusehen, und zieht durch die Bewegung seines Körpers das Lenkrad mit herum. Der rechte Reifen gerät in die Verwehung, treibt Schnee über die Stoßstange und hüllt die Kabine in eine große, weiße Wolke.

Der International schlittert gut zehn Meter weit, bis es schließlich damit endet, daß sich die Vorderachse um einen Baumstumpf von einem Meter Höhe wickelt, der unter dem Schnee begraben liegt.

Beide Männer werden so schnell von ihren Sitzen geschleudert, daß es ihnen in voller Länge die Hosenböden aufreißt. Zusammen prallen sie gegen die Windschutzscheibe und fallen dann mit einem dumpfen Schlag zurück. Schnee und Sägemehl vermengen sich vor ihnen. Aus dem Vergaser steigt Dampf auf, und gekreuzte Scheinwerfer leuchten tief im Schnee. Bobby Vachon umklammert immer noch das Lenkrad, und Asel hält eine Bierflasche mit abgebrochenem Hals in der Hand.

«Bei Gott. Dies neue Fensterglas ist wirklich 'ne Errungenschaft», sagt Bobby. Er verschmiert eine Blutspur, die von seiner Stirn läuft, und bewundert die schüsselartigen Eindrücke, die ihre Köpfe in der Windschutzscheibe hinterlassen haben.

Beide Männer lachen, Asel, weil ihm durch den Kopf geht, wie sehr Cutler diese Geschichte gefallen würde. Sie steigen aus und schütteln Schnee, Sägemehl und winzige Glasstückchen von ihren Mützen und Hemden. Bobby Vachon geht zurück und holt das letzte Bier. Er ist schon fast bei Asel angekommen, als er sich noch mal umdreht, zurückgeht und den Schlüssel abzieht.

«Der alte Tut rammt mir ein zweites Loch in den Arsch», sagt er, «wenn ich hier abhaue und den Schlüssel steckenlasse.»

Wieder lacht Asel, hört aber auf, als er sieht, daß Bobby das alles gar nicht so witzig findet.

Sie marschieren die Landstraße entlang und hinterlassen im frisch fallenden Schnee Fußspuren. Über ihnen dringen die Sterne gerade noch durch und geben ihnen etwas Licht. Eine halbe Meile vor sich sehen sie die Lichter der Scheune.

Als sie ankommen, sind Tut und Lillian im Melkraum und beginnen eben mit der zweiten Kuhreihe. Sie gehen leise unter den runden Glaskolben hindurch, deren Innenseiten von der Milch durchspült werden, die aus den Kuheutern gepumpt wird. Tut sieht Bobby und läuft schäumend die Betontreppe hoch – ein wutentbrannter Mann voll inneren Feuers. Bevor Bobby etwas sagen kann, versetzt er ihm eine Ohrfeige und stößt ihn zu Boden.

«Sag bloß kein Wort. Ich weiß, was ihr gemacht habt. Ihr habt euch besoffen und den Laster zu Schrott gefahren.»

Bobby Vachon sieht zu ihm auf. Wo Tut ihn erwischt hat, ist sein Gesicht heiß und rot. Er rappelt sich auf ein Knie hoch und hält sich das Ohr mit der Hand. So bleibt er eine volle Minute. Dann geht er die drei Stufen zu seinem Platz neben Lillian hinunter und fängt an, Euter zu reinigen und Melkmaschinen anzusetzen.

Asel sieht Tut an. Der alte Mann hält gleichmäßig und bewegungslos den Blick auf ihn gerichtet. Einen Moment lang glaubt er, daß Tut Maß nimmt für den Schlag, und in diesem Moment weiß Asel, daß er ihn, wenn er kommt, hinnehmen muß; das erschreckt ihn. Tut läßt die Hand sinken, und Asel weiß, daß Tut weiß, was er gedacht hat.

«Du gehst nach Haus», sagt er ruhig. «Sie war hier und hat dich gesucht. Nimm einen von den Traktoren und bring ihn morgen früh wieder.»

Asel nickt und verläßt die Kammer. Er geht auf einen der Traktoren zu, dessen Motorblock über Nacht elektrisch warm gehalten wird. Er schiebt sich die Leiter hoch, aber dann fällt ihm ein, daß er gar nicht weiß, wie man den Traktor fährt, und so geht er über die Wiese davon, wandert im Sternenlicht dahin, bis er durch den fallenden Schnee gelb und warm die Fenster seines Hauses sehen kann.

Als er eintritt, sitzt Phoebe am Tisch. Sie hat ihren Kopfhörer auf und korrigiert Hefte. Sie sieht zu ihm auf, und das Bedürfnis nach einer Erklärung steht ihr ins Gesicht geschrieben. Asel versucht ihr zu erklären, was passiert ist, macht aber keine gute Figur dabei.

«Dein Abendessen steht im Herd», sagt sie, als er mit Reden fertig ist. «Ich hab's warm gestellt. Hoffentlich ist es nicht allzu trocken geworden.»

Asel zieht die Auflaufschüssel aus dem Herd und füllt sich einen Teller. Dann schmiert er Butter auf zwei Brotscheiben und schenkt sich ein Glas Milch ein.

Phoebe sieht zu, wie er den Teller nimmt und sich ihr

gegenüber hinsetzt. Sie zieht den Kopfhörer auf die Schultern und hält eine Fingerspitze an den Mund, solange er ißt.

«Erzähl mir noch mal, was Tut gesagt hat», aber Asel kann es nicht, weil er sich nicht einmal daran erinnert, daß er ihr eben erzählt hat, was Tut gesagt hat.

«Ich steh morgen früh auf und helf ihm bei der Arbeit», sagt Asel zu ihr.

«Hat er dich darum gebeten?»

«Nein, aber ich hab das Gefühl, daß ich das machen sollte.»

«Ich bin froh, daß du in Tut einen Freund gefunden hast», sagt sie, nickt und lächelt. Den Rest des Abends erzählt sie von der Schule und davon, was die Leute gesagt haben. Sie klatscht ein bißchen, macht die verschiedenen Lehrer nach und legt ihre Füße auf seinen Schoß. Als Asel zu lächeln aufhört und sie anschaut, nimmt sie sein Gesicht in die Hände. «Ich bin froh, daß du nach Haus gekommen bist», sagt sie. «Ich könnte es sonst nicht ertragen. Ich will, daß du immer wieder nach Haus kommst.»

Jetzt spürt Asel das Stechen in seiner Brust und den Schmerz im Rücken, den der Tag auf der Straße hinterlassen hat, und nun, da all diese Dinge passiert sind, hat er ein besseres Gefühl. Sie machen das Licht aus, gehen zu Bett und halten sich bis vier Uhr morgens in den Armen. Dann schlüpft Asel geräuschlos unter den Decken hervor, zieht sich im Dunkeln an und macht sich auf den Weg zur Scheune, wieder die Straße hinauf, die er erst Stunden zuvor herunterkam, im gleichen Schwall von Dunkelheit, die immer noch das Land bedeckt.

13

Den Rest des Winters hindurch arbeitet Asel hin und wieder für Tut. Das wichtigste Vorhaben besteht darin, den International zu reparieren. Sie nehmen das Vorderteil auseinander und bauen es dann wieder aus Teilen zusammen, die sie aus Autowracks holen, die hinter der Scheune aufgereiht sind. Tut behauptet, es sei eine von Bobby Vachons Macken, Maschinen kaputtgehen zu lassen, damit er einen Grund hat, daran rumzubasteln.

Asel arbeitet, wann er will, und daran scheint sich niemand zu stören, aber andererseits fordert er auch kein Geld, und es ist nicht Tuts Art, freiwillig welches anzubieten.

Im späten Frühjahr beschließt Asel, für einen Tag auf Truthahnjagd zu gehen. Das ist das einzige Wild, mit dem er nie Glück hatte, aber er will es doch mal versuchen.

An diesem frühen Morgen wandert er in den schweren Dunst hinaus und steigt an den Felsbänken vorbei durch die Kiefern in den Laubwald. An einer Straße, die auf die alte Poststraße trifft, kommt er heraus und geht ein paar hundert Meter südwärts, wo er den Hang hinauf und in einen Eichenhain will. Er ist zu einer Stelle unterwegs, die er am letzten Tag der Hirschjagdzeit entdeckt hat, und dort will er vor Sonnenaufgang sein.

Während er sich seiner Abkürzung nähert, kommt er an

dem Kellerloch vorbei, wo er Bobby Vachons Hund erschossen hat. Er wird langsamer und beginnt sich anzupirschen – jeweils zwanzig Schritte, dann eine Minute warten. Der Gewehrkolben liegt an seiner Schulter, und der Hahn ist gespannt. Es ist unwahrscheinlich, daß er einen Vogel aufspürt, aber falls doch, ist er bereit. Dunst steigt wie jeden Morgen vom Waldboden und von dem verlassenen Straßenbett auf. Der Dunst bleibt in Hüfthöhe hängen, kalt und feucht, und dann wird er zu etwas anderem, was in der Luft verschwindet. Die Bodenfeuchtigkeit erleichtert es, leise aufzutreten.

Dicht an den Bäumen entlang folgt Asel einer scharfen Wegbiegung. Vor ihm liegt seine Lichtung, und es hat den Anschein, als ob dort bereits jemand im Schatten einer Eiche stünde. Asel schlüpft ins Unterholz zu seiner Rechten, von wo aus er beobachtet und wartet. Jetzt sieht es aus wie eine außerhalb der Saison erlegte Hirschkuh, die jemand holen kommen will. Er geht zurück auf die Straße und schleicht sich im Dunkeln an.

Es ist eine Frau, die an einem Baum hängt. Asel geht wieder ins Unterholz und versteckt sich hinter einem Stamm. Er sieht sie vor sich. Die Farbe auf ihrem langgezogenen Gesicht hat er an ganz wenigen Morgen, als er allein in den Wäldern lebte, auf der Sonne gesehen. Am Seil über ihrem Kopf zählt er neun Umdrehungen, und zu ihren Füßen entdeckt er einen umgestoßenen Badezimmerhocker.

Lange liegt Asel da, schaut auf die Frau und schaut wieder weg. Nach einer Weile hört er Stimmen aus der anderen Richtung; sie kommen von der Straße und von jenseits der Bäume. Sie kommen als Gruppe, so wie manche Leute Rotwild jagen. Auf dem Bauch kriecht er an eine Stelle zurück, an der er sicher ist, aber immer noch alles beobachten kann.

«Da ist sie», ruft einer der Männer.

«Bei Gott, ich seh sie. Sie hängt an dem Baum da vorn. Ich weiß genau, was du gemeint hast.»

«Mein Gott, seht sie euch an. Ihr könnt sagen, was ihr wollt, aber sie hat es gemacht, wie's im Buch steht.»

«Sie hat auch den braunen Bademantel an.»

Die Männer umstehen den Baum in einem Kreis. Die jüngeren Burschen bleiben zurück, sehen über die Schultern, wenn sie sich überhaupt trauen hinzusehen. Vorwiegend sehen sie auf den Boden und die Schuhspitzen der anderen, wollen das dort im Kreis der älteren Männer nicht sehen.

«Das ist Nummer sieben in meinem Leben», sagt ein alter Mann.

«Noch sechs andere? Von welchen sechs redest du denn?»

«Gilbert Hutchins, Lawrence Gray, Bertie Gilson, ein Mann und eine Frau von damals, als ich in Rutland lebte, und ein Bursche in der Armee, ein Junge aus Connecticut.»

«Das macht sieben», sagt einer der Jungen aus dem äußeren Kreis.

«Nicht sieben, sechs. Der Bursche aus der Armee und der Junge aus Connecticut sind ein und derselbe.»

Ein Mann tritt aus dem Kreis nach links, um den alten Mann sehen zu können. «Gillie Hutchins und Larry Gray laß ich dir durchgehen, aber die letzten drei kamen von auswärts, und zwei von den dreien, möcht ich noch bemerken, waren aus Vermont.»

«Er hat recht, weißt du», sagt ein anderer Mann.

«Wißt ihr, ich würde zwar nicht drauf wetten, aber Bertie Gilson kam, glaub ich, auch aus dem Süden.»

Der Mann, der nach links gegangen ist, legt eine Hand auf die Hüfte und zieht sich mit der anderen am Kinn. «Wenn ich drüber nachdenke, hast du wohl recht. Ihre Mutter und ihr Vater kamen frisch verheiratet aus Fichburg. Das war während der Depression.»

«Sind immer noch sechs», sagt der alte Mann. «Sechs in meinem Leben, und dies ist Nummer sieben, und das könnt ihr mir nicht nehmen.»

Einer aus dem äußeren Kreis, eher ein Junge als ein Mann, macht auf dem Absatz kehrt und geht zur Straße zurück. Die anderen drehen sich um und schauen zu, wie er weggeht. Sie schauen zu, wie er schneller wird, aber er kann ihrem Blick einfach nicht entkommen. Er beugt sich vornüber, ringt nach Luft und kotzt an den Straßenrand. Als er fertig ist, richtet er sich auf und geht weiter. Sie sehen ihm nach, bis er verschwunden ist.

«Der Kleine hat Stil.»

«Scheiße. Die wissen doch nicht mal, was das ist.»

«Sie hatte welchen», sagt der alte Mann ruhig.

«Ich würd eher sagen, sie war verrückt», sagt der Mann, der aus dem Kreis getreten ist.

«Was weißt du denn schon von Verrücktheit? Ihr meint alle, Verrücktheit liegt vor oder liegt nicht vor. Ihr meint, das ist ein Ding, aber ich sag euch, ihr habt keine Ahnung. Der Wahrheit seid ihr so nah wie ein tollwütiger Hund.»

«Jetzt reicht's aber, wir müssen sie abnehmen. Rodney, schwing dich da mal rauf und schneid sie ab.»

Der alte Mann geht nah heran. Er dreht sich in seinem eigenen, engen Kreis herum und schaut die anderen Männer an.

«Ihr werdet sie nicht abschneiden, weil sie dann in den Dreck fällt. Von euch hat keiner den Mut, sie zu halten, und ich bin zu alt dazu. Ihr laßt sie, wo sie ist, und einer von diesen Jungs läuft und holt ein Laken. Selbst wenn ihr sie runterlaßt, müßtet ihr sie auf den nackten Boden legen. Ich laß nicht zu, daß ihr das angetan wird.»

«Ich hol ein Laken», sagt der Junge namens Rodney. «Ich lauf runter und bin sofort wieder da.»

«Mach das, mein Sohn. Du gehst zu Seely und besorgst ein Laken. Sag ihnen, wofür.»

Rodney rennt los, mit so langen Schritten, daß Knie, Ellbogen und schwere Schuhe nicht mehr zu unterscheiden sind. Einer der Jungen sagt, er werde bestimmt stolpern und sich außer Gefecht setzen, bevor er ankomme. Ein paar der Männer lachen darüber, so daß der Junge Mut faßt und sich an den alten Mann wendet.

«Was zum Teufel ist eigentlich in dich gefahren? Hast du was mit ihr gehabt?»

Obwohl die meisten, die da waren, hätten schwören können, die letzten drei oder vier Worte gehört zu haben, kann das nicht sein, weil der alte Mann mit seiner kleinen Faust ausholt, bevor der Junge zu Ende geredet hat, und ihm voll auf den Mund schlägt. Als er die Faust zurückzieht, sind die Knöchel mit Blut verschmiert, wo die Zähne die Haut aufgeritzt haben, bevor sie nachgaben.

Ein anderer Mann hält den Jungen hinten am Hemd aufrecht. Er schaut ihm in den Mund. Ein paar Zähne fehlen, und andere sind umgedrückt. Der Mann hält den Jungen mit einer Hand fest und sieht sich im Kreis um.

«Bei Gott dem Allmächtigen, das ist mein eigener Neffe, aber ich hätte es selbst getan, wenn du's nicht gemacht hättest. Ich hoffe, du kannst eine Entschuldigung von mir im Namen meiner Familie annehmen.»

«Es war halt ein junges Maul», sagt der alte Mann und wickelt ein weißes Taschentuch aus Leinen um seine Hand. Er lächelt und zeigt auf seinen eigenen Mund, wobei er sein Gebiß vor- und zurückschiebt. «Du gehst auch zur Straße runter und holst dir Erste Hilfe», sagt der alte Mann und klopft dem Jungen auf die Schulter.

Einer der Männer tritt vor, an seinem Kinn ziehend, tief in Gedanken. «Wißt ihr was», sagt er zu den Männern, die übriggeblieben sind, «ich glaube, wir sind gerade vor einem großen Fehler bewahrt worden. Im letzten Jahr sind ich und Tut nach Saratoga, New York, gefahren, zu einer großen Messe. Wir fuhren um fünf los, damit wir früh genug da waren, um uns die Kühe anzusehen. Das waren aber auch gute Kühe. Groß und rund. Prima Milchkühe, wenn ihr wißt, was ich meine. Tut hat vier Stück gekauft. Er hat zwei nach Kanada und zwei nach Maryland geschickt. Es gab da auch Araber, aber das ist 'ne ganz andere Geschichte.

Wir kommen da also an, als gerade die Maschinenausstellung aufmacht. Tut war auf der Suche nach 'ner Bodenverbesserungsmaschine, falls einer von euch weiß, wo eine rumliegt, aber das nur nebenbei. Er will keine neue. Er will 'ne gebrauchte.

Also, ich hol mir 'nen Kaffee, während Tut sich die Maschinen ansieht. Er macht 'nen Bogen um die andern Leute rum, als plötzlich dieser junge Bursche einfach umkippt. An Ort und Stelle. Keine Armlänge von Tut entfernt.

'nen Moment lang bewegt sich niemand, keiner weiß, was vorgeht. Dann springen zwei hinzu und bearbeiten ihn. Es war schön anzusehen, wie sie auf seinem Herz rumpumpten und ihm Luft einbliesen. Die packten die Sache an, als ob sie ihr Leben lang nichts anderes gemacht hätten.»

Der Mann hört auf zu reden und starrt in Richtung New York, fünfzig Meilen Luftlinie entfernt. Seine Hände zukken, und er neigt den Kopf etwas nach links. Die anderen können sehen, daß er sich daran erinnert, wie schön es war, die Herzmassage zu beobachten. Asel reckt den Hals. Er erkennt, daß es Roger ist, der Mann, für den er manchmal geschlachtet hat.

«Hat er's denn geschafft?» sagt endlich einer der anderen.

«Nein, er ist da gestorben. Es war ein Herzinfarkt. Sein alter Wecker hat einfach den Geist aufgegeben und wollte nicht mehr anspringen. Anschieben ließ er sich nicht mehr, und es gab auch keinen Sprit, den man in den Vergaser hätte spritzen können, wenn ihr versteht, was ich meine.»

«Ich dachte, du hättest gesagt, er war noch jung.»

«War er auch. Jedenfalls ist die Pointe der Geschichte und ihre Beziehung zu uns die, daß man ihn liegenlassen mußte, bis man einen Leichenbeschauer fand, der ihn für tot erklärte.»

«Ich denk, er war schon tot», sagt der Onkel des Jungen, der mit eingeschlagenen Zähnen weggegangen ist.

«Noch nicht ganz. Rechtlich war er noch nicht tot, also legten sie eine Pferdedecke über ihn und machten weiter mit den Verkäufen. Die Leute stiegen über ihn hinweg, und einige, die später kamen, lüfteten sogar die Decke, um zu sehen, was drunter war.»

«Das ist die größte Bärenscheiße, die ich je gehört hab.»

«Also, falls du mir nicht glauben willst, dann denk dran, daß es in New York State war, und die haben da so ihre eigene Art.»

Zu dieser Feststellung nicken alle anderen. Dann wenden sie sich einander zu und nicken wieder.

Asel erkennt Rodney, der die Straße hochgeschnauft kommt. Andere Männer folgen ihm. Als sie sich nähern, drehen sich alle um, um sie kommen zu sehen. Rodney hält ein Laken an die Brust gepreßt. Es ist weiß und hebt sich wie ein Zeichen von der Welt ab.

«Hier ist das Laken», sagt Rodney und gibt es dem alten Mann.

«Danke, mein Sohn.»

Der alte Mann faltet es auseinander und reicht Seiten und Ecken den anderen hin, so wie sie gerade kommen, bis je vier Männer an drei Seiten festhalten. Die Männer an der offenen Seite halten ihr Ende nach unten, und die Männer vorn halten ihr Ende über die Köpfe. So nähern sie sich ihr, fangen im Gehen ihr Gewicht mit dem Laken auf und heben sie an.

Nur in den wenigen Momenten, bevor die hinteren Männer das Laken anheben, kann Asel sie erkennen; sanft ruht sie auf dem weißen Viereck des gespannten Lakens, das nach allen Seiten so auseinandergezogen wird, daß die Ränder endlos von ihr entfernt wirken, obwohl es sich nur um rund einen Meter handeln kann. Unter ihr steigt der Dunst auf, und in diesem Moment scheint sie zu schweben und über der dunklen Erde dahinzutreiben. Ihre Augen sind auf ihn gerichtet, und er sieht nicht weg, hebt aber eine Augenbraue, damit sie weiß, daß er zuhören wird, falls sie etwa noch ein letztes Wort sagen will.

Die hinteren Männer heben an, und dann heben die anderen Männer an, bis sie zu der hängenden Form in der Mitte des Lakens wird, die sie über die Köpfe halten.

Rodney ist auf den Baum geklettert. Er sieht ins Laken und winkt ihr mit den Fingerspitzen zu, aber nur Asel und er wissen, daß er das tut. Er nimmt das nun schlaffe Seil in die Hand, durchschneidet es mit seinem Barlow-Messer und läßt es dann seitlich fallen, damit es sie nicht ins Gesicht trifft.

Sie nähern sie dem Boden, achten aber darauf, daß sie ihn nicht berührt. Die Männer an den Seiten tun kurze Schritte aufeinander zu, bis sie sich an den Händen berühren. Sie falten beide Enden zusammen und rollen den überstehenden Teil oben ein, wodurch sie langsam wieder höher steigt. Sie sorgen dafür, daß sie nie in Bodennähe gerät.

Als die Hülle eng anliegt, greift jeder darunter und faßt den gegenüberstehenden Mann bei der Hand. Der alte Mann nimmt den Platz vorn ein, wo ihr Kopf ist. Rodney kommt vom Baum herunter und hebt den Hocker auf. Er stellt sich neben den alten Mann, und dann gehen sie los. Ein oder zwei Männer hätten sie abwechselnd tragen können, aber so halten sie es nicht. Zwischen jedem Mann geht ein Junge, und andere Jungen gehen voraus und schaffen gefallene Äste aus dem Weg.

Der alte Mann sagt etwas, was Asel nicht hören kann.

Die Gruppe hält einen Moment inne, schwenkt dann nach links, alle wechseln die Traghand, und als sie sich wieder die Straße entlangbewegen, ruht nun der Kopf der Frau höher als ihre Füße. Das letzte, was Asel sieht, ist die bei jedem Schritt auf- und abhüpfende Mütze des alten Manns, als ginge er eine lange, gerade Treppe hinunter, ohne Treppenabsätze, auf denen man kehrtmachen muß.

Als sie fort sind, dreht Asel sich auf den Rücken und starrt in die Baumkronen, die eben jetzt von der Flüssigkeit durchpulst werden, welche die Blattknospen auf dem Gespinst von Zweigen wachsen läßt, das den Himmel überzieht. Eine Zeitlang kann er alles sehen. Er sieht durch die Rinde ins Splintholz und durch das hindurch in das rote Herz, das aus der Pfahlwurzel wie ein Dorn emporsteigt.

Er schließt die Augen, um noch ein wenig so zu verweilen, und als er sie wieder aufschlägt, erwischt er die Welt dabei, wie sie sich eilig wieder zusammenfügt, und fühlt sich besser, weil sie hält.

Er steht auf und klopft sich ab. Seine Wollhose ist feucht und an einigen Stellen bis auf die Haut durchgeweicht. Er reckt sich und geht dann an die Stelle, wo die Frau war. Er lehnt sein Gewehr gegen den Stamm und klettert dann dorthin, wo sie gehangen hat. Er schneidet die letzte Schlinge ab, die um den Ast geknotet ist, und klettert dann wieder hinunter. Er sitzt da, hält das Seil in den Händen und starrt es an, und dann hört er jemanden die Straße heraufkommen. Er hat keine Zeit mehr, sich zu verstecken, und so bleibt er einfach mit dem Gewehr im Schoß sitzen und wartet ab, wer da kommt.

Es ist der Junge namens Rodney. Er ist allein, geht mit gesenktem Kopf und blickt auf den Boden vor sich. Asel glaubt, er müsse vielleicht etwas sagen, damit der Junge nicht in ihn hineinläuft, aber der Junge hält rechtzeitig an. Er kommt dicht heran, das Gewicht auf einem Fuß und mit dem anderen darauf vorbereitet loszurennen. Er blinzelt zu Asel hinüber und verlagert sein Gewicht dann langsam auf die Fersen.

Der Junge sieht aus, als wolle er sich gleich die Augen reiben oder kehrtmachen und weglaufen, aber er tut gar nichts. Statt dessen lächelt er und schiebt die Hände in die Hosentaschen.

«Sie hat sich umgebracht.»

«Ja, ich weiß», sagt Asel, schiebt das Kinn zwischen die Knie und sieht auf das Seil in seinen Händen. Er spürt seinen Bart am Hals. Als er wieder aufsieht, schaut der Junge immer noch auf das Seil, und dann sieht er ebenfalls auf.

«Ich heiße Rodney. Ich wohne im Dorf. Wir sind erst vor einiger Zeit hergezogen.»

Asel nickt. Er sieht, daß Rodneys Kleider zu weit für ihn sind, daß er aber an den Ärmeln, Fußgelenken und am Hals bereits aus ihnen herausgewachsen ist. Hohlbrüstig, wie er ist, steht sein Hemd am Brustbein vor, wodurch sein Hals wie nach vorn verschoben wirkt und sein Kopf wie etwas nach hinten versetzt, als habe ihn jemand so angebracht, um ihn besser abschlagen zu können.

«Ich heiße Asel, und ich wohne da unten auf der Weide in der Nähe von Tut Kings Farm.»

«Ich weiß, wer du bist», sagt der Junge. «Du lebst mit Tuts Tochter zusammen, Ms. King.»

Asel wirft den Kopf zurück, sieht den Jungen starr an und erschrickt ihn mit seiner Schnelligkeit.

Rodney tut einen Schritt zur Seite. Asels Bewegung ist eher der eines Jägers verwandt, der den Hahn eines Gewehrs spannt oder den Lauf eines Gewehrs hochdrückt, um sogleich den zweiten Schuß abfeuern zu können. Und zugleich ist es die völlig unsichtbare Bewegung in einem Vorhängeschloß, wenn der Block in den Bügel schnappt. Rodney versucht, an all das zu denken, um sich klarzumachen, was er gesehen hat, aber er hat keine Zeit, weil Asel wieder tief und gleichmäßig spricht.

«Phoebe King», sagt er und macht zwischen Vor- und Nachnamen eine Pause.

«Ms. King, die Lehrerin. Tut Kings Tochter.»

Asel drückt an dem Seil herum und empfindet den Wald als lebendiger und zugleich toter denn je.

«Sie heißt Ms. King», sagt Rodney.

Asel lächelt und nickt. Er schaut über die Straße hinweg in den Wald. Er versucht sich daran zu erinnern, was er vorhin sah, als er auf dem Rücken lag, aber es gelingt ihm nicht. Er fühlt sich genauso wie damals, als er auf der Suche nach seinem Bruder aus den Wäldern kam, und so wie beim letztenmal, als er wieder in die Wälder ging, um Beecher zu retten. Sie waren alle gleich, diese Momente, die ganze Erinnerungen wegwischen, ganze Geschichten, und Wörter ausbleichen, die in die ersten Jagdtrophäen geritzt wurden und ein Geheimnis bleiben sollten, weitergegeben von einem zum nächsten.

Rodney tritt auf der Stelle und räuspert sich.

«Willst du das Seil da behalten?»

«Darüber hab ich noch nicht nachgedacht.»

«Ich schon, aber ich bin nicht sehr weit damit gekommen. Es kommt mir wichtig vor, aber ich weiß nicht, wieso.»

Asel schaut wieder auf das Seil in seinen Händen.

«Es ist bloß ein Seil. Sonst nichts.»

«Mein alter Herr findet, daß sie tapfer ist. Findest du auch, daß sie tapfer ist?»

Asel lehnt sich gegen den Baum, und Rodney setzt sich auf den Boden. Keiner bewegt sich. Lange verharren sie so. Ein Eichhörnchen raschelt so nah, daß Asel es hätte berühren können. Ein größerer Schatten bewegt sich durch das Unterholz hinter Rodney. Es ist ein Truthahn mit tiefroter Rute und rotem, braunem, grünem und gelbem Gefieder.

«Ich glaube, sie wußte etwas, was sonst niemand weiß», flüstert Asel, während er und der Truthahn sich anstarren.

«Aber das ist keine Antwort auf meine Frage.»

«Du mußt so denken, oder?»

Der Junge nickt und steht auf, und der Truthahn duckt sich wieder ins Unterholz zurück.

Asel sieht dem Jungen an, daß er gehen muß, aber irgendein Bedürfnis ihn fest zurückhält. Asel erinnert sich an das Seilende, das er in den Händen hält.

Er wickelt es um seine Finger und streift es dann ab. Er wirft es dem Jungen zu, der es in seinen geöffneten Händen hält wie ein Vogelnest, das er aus einem Baum geholt hat.

«Am Ende bringen wir uns alle um. Manche von uns brauchen Hilfe. Manche nicht.»

Der Junge sagt nichts. Er dreht sich um und geht weg, verschwindet auf der Straße, die er an diesem Tag schon dreimal hochgelaufen ist.

Asel bleibt noch eine Weile sitzen und rafft sich dann auf. Er sucht nach einem Zeichen, das Aufschluß geben könnte über das Lebensende dieser Frau, über ihr Leben, das bald nach ihrem kurzen, abrupten Fall durch die Luft von ihr wich. Abgesehen von den Dingen, die verschwinden, wenn der Wald wieder Ruhe findet, kann er nichts entdecken. Er überlegt, ob er den Baum einkerben soll; ein kleiner Schnitt oder ein Mal, das vernarben und jedes Jahr höher steigen würde, bis es höher wäre als der Kopf eines Mannes und nicht mehr zu finden.

Asel schultert sein Gewehr und verläßt den Platz am Baum. Während er auf die Straße zuhält, hofft er, auf eine Lichtung zu stoßen, und Averell wäre mit ein paar Sportsfreunden aus Boston oder New York da. Sie hätten Schnaps und Essen dabei und eine raffinierte, nutzlose Ausrüstung. Sie würden ihm ein Geschenk machen, einen Kompaß oder ein Messer oder vielleicht eine Bambusangel von Abercrombie & Fitch. Er würde so tun, als begutachte er sie, prüfe ihre Biegsamkeit, und dann würde er sie anlächeln und sagen, «Das ist das Wahre», und sie nähmen ihn beim Wort und wären von einem Stolz erfüllt, den er nicht verstünde. Dann würde er sich von Averell verabschieden und die Sportsfreunde wieder in die Wälder führen. Wenn er anhalten würde, wären sie so dicht zusammen, daß sie ineinanderrennen würden, und er müßte darauf achten, daß er nicht mehr lächelte, wenn er sich zu ihnen umdrehte.

Asel geht noch zwanzig Meter in die gleiche Richtung, und dann erinnert er sich an die letzte Nacht, die er in den Wäldern verbrachte, bis zur Brust in einem brackigen Sumpf im Hinterhalt liegend. Er sagte kein Wort zu ihnen und hielt das auch nicht für notwendig, weil sie den Mann der einzigen Familie umgebracht hatten, die ihn je aufgenommen und freundschaftlich behandelt hatte. Damals war das eine einfache Gleichung, aber jetzt, auf dem Berg, hält er an. Er steht zwischen der Frau, die sich im Baum das Leben nahm, und dem Haus, das er mit einer Frau teilt, die er nicht kennt, wie ihm nun klar wird.

Er dreht sich um. In einer einzigen geschmeidigen Bewegung legt er an, zielt, feuert und schießt ein enges Muster aus kupferwandigen Patronen in den Stamm der Eiche, und dann, direkt danach, noch zweimal.

Als Asel nach Hause kommt, brät er ein Steak und macht einen Salat, nimmt sich sogar die Zeit, die Schüssel mit Knoblauch auszureiben, Pilze zu dünsten und das Brot aufzuwärmen. Das Essen ist fertig, als Phoebe nach Hause kommt.

«Du mußt meine Gedanken gelesen haben», sagt sie. «Ich bin so hungrig, daß ich ein Pferd aufessen könnte.»

«Kein Mittagessen gehabt?»

«Ich hab's verpaßt. Einer meiner Schüler hatte Ärger, so daß ich die Mittagszeit im Büro des Direktors zugebracht habe. Leon ist vielleicht ein Arschloch. Man hätte glauben können, ich hätte das Durcheinander angerichtet. Du kommst zu solchen Leuten mit einem Problem, und sie verdrehen es total. Und zugleich signalisieren sie dir, daß sie überhaupt nicht beteiligt sein wollen. Ich sag dir, wer das Durcheinander angerichtet hat. Es war Lib, die Kunstlehrerin. Sie ist nie in ihrem Zimmer, und da hat einer meiner Schüler angefangen, mit Ton zu schmeißen.»

Phoebe redet weiter, mit vollem Mund. Sie ißt den Salat mit den Fingern und tunkt das Brot in die Sauce von Fleisch und Salat.

«Und du?» sagt sie. «Sieht dir gar nicht ähnlich, mit leeren Händen nach Haus zu kommen.»

«Kann vorkommen.»

«Das glaub ich nicht.»

«Es ist aber wahr», sagt er und denkt an das dichte Muster aus Kugeln, das er in den Baum geschossen hat; das Harz lief in der Form eines Männerbarts herunter. «Es ist wahr», sagt er noch einmal und sieht die Frau an, die ihm gegenübersitzt.

Asel erzählt Phoebe nichts von dem, was er an jenem Tag gesehen hat, und falls sie etwas über die Frau im Baum weiß, dann erzählt sie es ihm nicht.

Er geht auch nicht mehr zu Tut. Er bleibt zu Hause und flicht Körbe. Er nimmt sich vor, eine ganze Menge davon herzustellen und sie, wenn der Sommer kommt, auf Flohmärkten zu verkaufen. Er faßt seinen Zeitungsstapel nicht mehr an und läßt den Fernseher ausgeschaltet. Während der Arbeit denkt er darüber nach, daß Phoebe Tuts Tochter ist und daß sie nicht wollte, daß er es wußte. Er versteht nicht, warum. Er beschließt, in einer Woche wieder mit seinem Studium zu beginnen, Lesen, Schreiben und Rechnen. Er wird sich über ein anderes Land informieren, vielleicht Kanada oder Mexiko, und dort wird er hingehen. Er wird die Reise machen, die der alte Mann nicht mehr machen konnte. Er wird ein Land finden, das sich nicht so verschließt wie dieses, sondern eines, das sich öffnet. Ob Phoebe mitkommen wird oder nicht, weiß er nicht. Es reicht zu wissen, daß sie in der Nähe ihres Vaters ist; etwas, das auch ihm zustoßen könnte, wie er nun befürchtet, wo so viele Leute zu wissen scheinen, wer er ist.

Den Rest der Woche ist Phoebe abends immer müde, und sie reden nicht viel. Es sieht so aus, als ob einer der anderen Lehrer operiert werden müßte, und die Schule hat noch keine Vertretung eingestellt, so daß Phoebe und ein anderer Lehrer zusätzlich Schüler betreuen müssen. Sie ist zu müde, um darüber zu reden, und Asel ist erleichtert.

Freitag nachmittag sitzt er auf der vorderen Veranda und zieht Eichenspäne über seinen Schenkel und an dem Messer entlang, das er in der Hand hält. Abgeschabte Fasern kringeln sich zu seinen Füßen und werden in der Sonne steif. Sobald er mit einem Span fertig ist, nimmt er den Schleifstein und schärft das Messer. Es ist wichtig, daß die Klinge gerade und glatt bleibt, damit die Späne dünn ausfallen. Er sieht Phoebes Auto die Straße heraufkommen.

Sie fährt vor, steigt aus und wirft die Tür hinter sich zu. Sie lehnt sich dagegen und verschränkt die Arme. Sie trägt einen weißen Rock und Sandalen. Der Rock fällt ihr bis über die Knie. Ihre Waden schimmern weiß in der Sonne, und sie schaut ihn an.

«Einer von den High-School-Schülern ist heute morgen in mein Gebäude rübergekommen. Er hat gesagt, ich soll dir das geben.»

Sie wirft Asel die Seilschlinge zu. Sie ist zu einem Armband geflochten. Es sieht aus wie ein Endlos-Armband, ohne einen Knoten, der es zusammenhält.

«Er hat gesagt, er konnte zwei daraus machen, und er meinte, du würdest gern eines davon haben. Er hat gesagt, es stünde dir zu.»

«Gute Arbeit», sagt Asel.

«Asel, es tut mir leid. Ich weiß, daß du mich jetzt hassen mußt.»

Die Stimme versagt ihr. Er sieht, wie das Beben über ihre Schultern kommt und sie dann völlig erfaßt. Es wird ihm erst klar, wie klein sie ist, als sie die Hände vors Gesicht legt und hineinweint.

Sie fällt auf die Knie; der weiße Rock bedeckt ihre Beine und Füße. Sie hat immer noch die Hände vor dem Gesicht, nimmt sie nur weg, um sich die Augen zu wischen, und beginnt wieder zu weinen.

«Ich bin früher aus der Schule weggegangen», sagt sie. «Ich hab gesagt, ich wäre krank und müßte sofort nach Haus.»

Sie schluchzt wieder auf, und ihre Hände werden ganz weiß.

«Ich wollte nie wieder allein sein», sagt sie. «Ich wollte dich unbedingt behalten. Ich wußte, daß es nicht immer so weitergehen würde, aber ich war mir nicht sicher. Deshalb hab ich dich belogen.»

«Ihr habt alle gelogen», sagt Asel.

«Ja. Tut, Bobby, sogar Lillian. Alle. Nur weil ich sie darum gebeten hab.»

Asel geht zu ihr und hebt sie auf. In seinen Armen ist sie klein, und durch ihre Bluse fühlt er, wie sich ihre Rippen unter seinen Handflächen bewegen.

«Ich könnte dich nie hassen», sagt er, aber sie weint nur noch stärker und hält sich an seinem Hemd fest.

Asel nimmt sie in die Arme und trägt sie ins Haus. Er legt sie aufs Bett und setzt sich dann auf seinen Stuhl. Er starrt die Wand an und beginnt dann zu sprechen.

«Ich verstehe nicht, was vorgeht. Ich war damit zufrieden, von alldem nichts zu wissen, aber jetzt läßt es mir keine Ruhe mehr. Zu Anfang hat man mich in Ruhe gelassen, und das war mir recht, und es war allen recht, aber jetzt ist es nicht mehr so. Anders kann es aber auch nicht sein. Es sind Dinge geschehen, und ich kann nicht zurückgehen und sie ungeschehen machen.» Asel schweigt und sieht auf seine Hände im Schoß; auf seine Finger, die ineinander verschränkt sind, als wären sie Flechtwerk. «Ich muß weg», sagt er. «Es gibt Dinge, von denen du nichts weißt. Dinge, die euch alle gefährden können.»

«Nein», schreit Phoebe. «Bleib hier und haß mich, aber du kannst nicht fortgehen. Ich kann dich nicht fortlassen. Ich sterbe, wenn du gehst.»

Asel sieht sie an. Ihr Gesicht ist langgezogen und farblos, ihre Augen wie die eines Hirsches, der von einem Lichtstrahl geblendet wird, blind vor Angst, wie er es zuvor noch nie an ihr gesehen hat.

«Wir kriegen das klar», sagt sie. «Ich weiß, daß wir es können. Wir müssen nur miteinander reden. Wenn zwei Menschen ein Problem miteinander haben, dann müssen sie nur darüber sprechen. Sie müssen nur dazu kommen, sich zu verstehen.»

Asel berührt sie. Sie liegt da und fühlt seine Hand, und dann nimmt sie sie in ihre Hände. Sie zieht sich zu ihm hinüber, bis sie halb über das Bett hinaushängt und er sie stützen muß. Sie kuschelt sich in seine Arme und schließt die Augen. Er fühlt, wie ihr Herz neben seinem klopft.

TEIL DREI

DUNST

Eine weitere Methode der Hirschjagd besteht in dem, was als «jacking» bezeichnet wird. Vor Jahren, als das Wild noch zahlreicher war, habe ich oft auf diese Weise gejagt, und ich muß zugeben, daß von dem «jacking» oder Feuer-Jagen eine ungeheure Faszination ausgeht; der seltsam wirre Blick aus schimmernden Augen, in denen sich der ungewöhnliche Brand der Umgebung spiegelt, ist ein reicher Lohn für das Ansitzen und Warten. Hohe Treffsicherheit ist hierbei natürlich unabdingbar...

Buzzacott

14

In Harrisville, New Hampshire, gibt es ein Dampfbad, das von einem alten Schweden namens Elmer, dem Bruder von Harvey, geleitet wird, obwohl es natürlich, wie die meisten Leute sagen, immer schwierig ist, das Alter eines Schweden zu schätzen, weil sie so schnell altern.

Die Bäder befinden sich in einem zweistöckigen Gebäude mit Holzwänden, das in einen steilen Abhang hineingebaut ist. Im Keller gibt es einen Boiler, der gußeiserne Heizkörper in verschiedenen Räumen beheizt. Über den Heizkörpern kommt eine Leitung aus der Wand, und durch eine Düse kommt Wasser aus der Leitung und sprüht auf die Flächen aus Gußeisen, wo es sich in Dampf verwandelt. Die meisten Leute besuchen das Bad, wenn der Winter zurückkehrt.

Man erreicht es über die Route 101 von South Keene in Richtung Marlborough. Dann muß man sich entscheiden. Wenn man den Lastwagen passiert hat, der zu einem riesigen Auspuff umgebaut worden ist, kann man links abbiegen und durch Chesham fahren, oder man bleibt auf der 101 und fährt nordwärts, sobald man Dublin erreicht hat.

Phoebe fährt immer über Chesham. Das ist weiter, aber sie nimmt sich lieber die Zeit, als über die 101 zu fahren und an einer Kurve vorbeizukommen, in der einmal ein Junge gestorben ist. Es ist eine scharfe Kurve. 1968, spät abends auf dem Nachhauseweg, verpaßte er sie. Je nachdem, aus welcher Richtung man kommt, steht vor beziehungsweise hinter der Kurve ein grünes Schild. HARRISVILLE steht drauf, und es zeigt nach Norden.

Nachdem der Junge gestorben war, schleppte man seinen Volkswagen zu Trabolds Garage und ließ ihn am Zaun liegen. Die Leute fuhren vorbei, um ihn sich anzusehen. Sie zeigten auf die Stellen, an denen sich das Metall wie ein Akkordeon verformt hatte. Der Junge hatte lange Haare gehabt, und es gab Stellen, an denen sich ein paar Haare im Glas und Stahl verfangen hatten. Phoebe hatte den Jungen gekannt, aber sie sah sich den Wagen nicht an. Der ganze Ort trauerte, weil er eine Art hatte, die allen gefiel.

Die Stammkunden kommen abends. Sie haben den Tag mit Eisfischen auf dem Silver Lake oder dem Nubamusit verbracht. Sie ziehen ihre Angelhütten auf den Mühlteich, der immer noch genug Wasser staut, um die Räder, die die Mühlsteine antreiben, zu drehen, aber die Mühlsteine sind längst nicht mehr da, und das Wasser erfüllt nur noch den Zweck, Fische frisch zu halten und ursprünglich auszusehen.

Man sieht ihre Angelhütten auf Kufen stehen, die nun unter dem Neuschnee begraben sind, der die Ufer verweht hat. Der Wald ist wegen der Jahreszeit unzugänglich, der Saft in den Bäumen gefroren, und so kommen die Männer zum See und verbringen die Tage in den zwei mal zwei Meter großen Hütten, von denen aus sie Handschnüre dorthin laufen lassen, wo die Gelbbarsche leben. Die Männer sitzen auf den Bänken, bewegen sich nur, um das Loch freizuhalten, holen Fische heraus, zischen ein Bier oder nehmen einen Schluck Blaubeer-Brandy. Manche lassen die Tür offen und werfen den Finken und Meisen, die auf den Schneemobilen sitzen, Samen zu. Manche tun gar nichts.

Andere kommen von den Skipisten. Sie sind auf dem

Nachhauseweg. Sehr viele alte Kunden trifft man nicht, bloß Leute, die die Fahrt von Keene oder Swanzey hierher schon gemacht haben, als sie noch jung waren, und daran festhalten.

Weihnachten ist schon vorbei, aber Phoebe bringt Elmer eine Flasche Black Velvet mit. Er sitzt mit ein paar Männern an einem Picknicktisch; sie spielen Cribbage und trinken Bier. Ein Junge raucht einen Joint. Er erzählt jedem, daß er das Zeug selbst angebaut hat. Der Geruch ist herbe, aber die anderen stören sich nicht daran. Er sitzt mit dem Rücken an der rauhen Wand aus Kiefernholz und schläft schon fast.

Phoebe und Asel stampfen mit den Füßen auf, um den Schnee von Stiefeln und Hosen zu schütteln. Sie hocken sich dicht an den Holzofen und lächeln sich an.

«Ich bin seit Jahren nicht mehr hier gewesen», sagt sie und sieht sich im Raum um. Nachdem Asel herausgefunden hatte, daß sie Tuts Tochter ist, hat sie ihn überall hingeführt, wo sie schon einmal war. Sie hält ihn immer noch so dicht wie möglich an ihrer Seite, aber sie versucht, ihm soviel wie möglich von ihrem alten Leben zu vermitteln.

Das Licht der nackten Glühbirne scheint gelb durch den Rauch, der an der Decke hängt. Abgesehen von Punkten milchigen Lichts aus entfernten Häusern sind die Fenster schwarz.

Als sie sich am Ofen aufgewärmt haben, gehen sie durch den Raum und setzen sich auf eine Bank, lehnen sich gegen das Geländer, das Elmer gebaut hat, damit die verschwitzten Betrunkenen nicht die Treppe hinunter in den Keller fallen, wo der Boiler steht.

Am Picknicktisch sitzen sechs Männer, drei wenden Phoebe und Asel den Rücken zu, und drei sitzen ihnen gegenüber. Die Männer tragen Wollhemden mit schwarz-roten oder schwarz-grünen Karomustern. Die Hemden sind halb aufgeknöpft, und ihre Manschetten sind zerrissen; darunter sieht man die Ärmel von Thermounterwäsche. Hosenträger kreuzen sich über den Rücken oder hängen seitwärts herab. Phoebe holt die Flasche Black Velvet aus ihrer Tasche und geht zum Picknicktisch. Sie legt einem der Männer die Hand auf die Schulter, beugt sich zur Mitte vor und stellt die Flasche vor den ältesten Mann.

«Fröhliche Weihnachten, Elmer», sagt sie.

Elmer trägt eine Brille mit Drahtgestell, deren Gläser so dick sind wie Böden von Saftflaschen. Er nimmt sie ab, um das Etikett zu lesen. Als er mit Lesen fertig ist, dreht er den Black Velvet in den Händen und studiert ihn aus allen Blickwinkeln.

«Das ist 'ne neue Erfahrung, was?» sagt einer der Männer.

«Aber genau», sagt Elmer, und alle lachen.

Er stellt die Flasche hinter sich auf den Boden. Phoebe sieht, daß an der Fußleiste entlang bereits sechs weitere Flaschen aufgereiht sind.

«Danke, Süße», sagt er und wendet sich dann wieder den Karten zu, die er ausgeteilt hat.

Phoebe setzt sich wieder neben Asel. Sie nimmt seine Hand in ihre und hält sie mit gespreizten Fingern, als ob sie Spielkarten halten würde. Sie zieht an seinen Fingern und tut so, als ob sie eine Karte ausspielt, sieht ihn an, ob er den Scherz mitbekommen hat, aber er lächelt nicht; er starrt geradewegs einen der Männer an, der sich auf der Bank umgedreht hat. Der Mann sieht Phoebe mit verkrampftem Gesicht und einem halb geschlossenen Auge an.

«Kurt», sagt sie. «Ich bin's, Phoebe.»

«Verdammt», sagt er. «Phoebe.»

Kurt lächelt. Asel ist überrascht, weil er ihm jetzt wie ein anderer Mann vorkommt, jünger, mit hellen Augen, die wie gewaschen und zum Leben erweckt scheinen. Er schwingt ein Bein herum und sieht sie an.

«Ich hab Beverley vor weniger als einem Monat in der

Schule getroffen. Sie glaubt, du wärst in Houston. Sie wartet darauf, daß du nach Haus kommst», sagt Phoebe.

Kurt sieht über die Schulter nach den Männern, die hinter ihm sitzen. Er weiß, daß sie die Unterhaltung verstehen können, aber er weiß auch, daß sie nicht zuhören.

«Ich geh nicht nach Haus», sagt er. «Sie hat versucht, mich umzubringen.»

«Beverley hat versucht, dich umzubringen? Das kann ich nicht glauben.»

«Klar. Frag doch mal ihre Schwester. Die hat sie auch umzubringen versucht.»

Kurt sieht sich wieder zu den Männern um. Er streift den Blick des Jungen, der Eigenanbau raucht.

«Stimmt doch, oder?»

Der Junge nickt so heftig, daß ihm die Asche des Joints auf den Schoß fällt, aber sonst bewegt er sich nicht. Er spuckt auf den Joint und zündet ihn wieder an.

«Gott, ich wünschte, du würdest aufhören, diesen Shit hier zu rauchen», sagt ein anderer Mann. «Ich krieg davon verdammte Kopfschmerzen.»

«Das sind keine Kopfschmerzen», sagt der Junge. «Das ist ein Kontaktrausch.»

«Du kannst mal Kontakt mit meinem Arsch kriegen», sagt der Mann. «Komm mir noch mal so frech, und ich zeig dir, was Kontakt ist.»

Kurt lächelt und wendet sich wieder Phoebe und Asel zu. Er sieht Asel an, und sein Lächeln wird so breit, als habe er es sich für einen alten Freund aufgespart.

«Was hast'n du da drunter?» sagt er und zeigt auf Asels Wollhemd.

«Ich hab ein schwaches Herz», sagt Asel. «Der Schrittmacher ist verrutscht.»

Die Männer hinter Kurt grinsen, und der Junge mit dem Joint lacht laut los. Kurts Gesicht friert ein, und wieder sieht Asel, wie sich ein Lid schließt und die Haut unter den

Augen dunkel wird. Er wirft dem Jungen mit dem Joint einen Blick zu, den Asel nicht sieht, der aber ausreicht, daß der Junge zu lachen aufhört. Kurt wendet sich wieder an Phoebe. Er schaut auf ihre Füße, ihre Beine hinauf und nimmt sich Zeit, bis er ihr in die Augen blickt. Sie drückt Asels Hand, um ihm zu signalisieren, daß er sich nicht rühren soll.

«Miss Phoebe», sagt er. «Ich und Beverleys Schwester hatten uns im letzten Jahr, in der Nacht von Chesterfields Old Home Day, auf 'ne Wiese gelegt. Beverley kam hinter uns her. In ihrem Auto. Der gute Kurt krabbelt nach Norden, um die Räder nicht über seinen Hintern zu kriegen, aber Schwesterlein kriegt sie voll über die Schienbeine. Der Boden war aber weich. Das gab glatte Brüche. Das ist zwar 'ne ganz wirkungsvolle Methode von Empfängnisverhütung, aber ich billige sie nicht.

Also macht sich der gute Kurt nach Houston auf die Sokken, bekommt aber Ärger mit dem Gesetz wegen einer Auseinandersetzung, die, das möchte ich hinzufügen, nicht seine Schuld war. Irgendwas wegen 'nem Mexikaner, der im Kanal ersoffen ist.

Der gute Kurt kommt nach Haus und stellt fest, daß sie doch tatsächlich die Gesetze geändert haben, so daß man jetzt schneller in die Säufer-Umschulung kommt. Er läßt sich ausnüchtern. In der Klasse kommt er gut mit, aber die Hausarbeiten kriegt er überhaupt nicht hin, also tut er sich mit dem jungen Thaddeus hier zusammen, der von Vermögenszinsen lebt und im Besitz eines gültigen Führerscheins ist.»

Mit großartiger Geste schwingt Kurt den Arm nach rechts und zeigt auf den Jungen mit dem Joint. Der Junge nimmt seine Mütze ab, hält sie ans Herz und neigt seinen Kopf so, daß sein Kinn in Richtung Schulter deutet. Kurt wendet sich wieder Phoebe und Asel zu.

«Wir kommen gut klar, ich und Thaddy. Wir bauen Fertighütten für diese Wochenend-Flachland-Angler. Wir bieten sie an mit Hochbetten, Klapptischen zum Kartenspielen, Regalen, Flügelfenstern und Oberlichtern. Sie gehn weg wie warme Semmeln.»

Kurt greift hinter sich, ohne die Augen von Phoebe zu wenden. Schwungvoll kommt seine Hand mit einer Dose Bier wieder zum Vorschein.

«Und was treibt dein bärtiges Wunder so, wenn er gerade nicht den Leibwächter für dich spielt? Vielleicht sollten wir zwei beide mal ein paar Schritte vor die Tür machen, 'nen kleinen Spaziergang.»

«Kurt», sagt Phoebe. «Dein Sohn. Das ist ein guter Junge.» Phoebes Stimme ist leise, so leise, daß die Männer von ihren Karten aufblicken, um zu sehen, woher sie kam. Kurt stemmt die Ellbogen auf die Knie und schaut zu Boden.

«Er ist ein guter Junge, wenn er keine Probleme hat», sagt er, und die Worte, die gepreßt aus seiner Kehle kommen, klingen, als würden sie ihm weh tun, wenn er sie ausspricht.

Phoebe steht auf und geht zu ihm. Sie legt ihm eine Hand auf den Kopf. Im Raum sind alle still. Sie lauschen auf die Geräusche des Wassers, das in den Leitungen pocht, und des Holzes, das im Ofen brennt. Jeder denkt an etwas Persönliches. Denkt an etwas, wovon sonst niemand weiß, an etwas, das bis jetzt vergessen war.

EINE TÜR schlägt zu, und jemand ruft, daß Nummer eins frei ist. In die Männer kommt wieder Bewegung. Thaddeus steht auf und greift nach seinem Mantel. Er nimmt auch den von Kurt und bleibt wartend an der Tür stehen. Phoebe sieht Elmer an, und der sagt: «Geh du mal jetzt rein, Süße. Du und dein Mann sind dran», und dann hält er ihr zwei frische Handtücher hin.

Phoebe dreht sich um und nimmt Asel bei der Hand. Sie führt ihn in eine der Umkleidekabinen und schließt die Tür ab. Sie steht still da, bis sie hört, daß Kurt und Thaddeus gegangen sind.

«Es ist alles so traurig», flüstert sie.

Asel nimmt ihre Hand und küßt sie. Er will ihr etwas sagen, weiß aber nicht, was. Er erkennt in ihr eine besondere Art, mit Leuten umzugehen, und er hat Angst um sie, aber dann lächelt sie, und er läßt es gut sein, weil er, wenn auch nur für eine Sekunde, weiß, daß sie eben das gerade mit ihm gemacht hat.

Phoebe bückt sich und schaut durch ein Guckloch, das jemand in die Wand gebohrt hat. Sie sieht wieder Asel an und hält ihre Hände so auseinander, als wollte sie ihm zeigen, wie groß der Fisch ist, den sie gefangen hat. Er versteht nicht, bis sie auf seine Gürtelschnalle zeigt.

Asel zieht sein Hemd aus und hängt es vor das Loch. Phoebe runzelt die Stirn und beginnt dann auch, sich auszuziehen. Die Kabine ist klein, nicht einmal groß genug, daß sie sich zur gleichen Zeit ausziehen können, und so wartet Asel, bis sie fertig ist, und zieht sich dann ebenfalls aus. Er wickelt den Revolver in eins seiner Wollhemden und schiebt es unter den Arm, aber Phoebe nimmt es ihm weg und stopft es in die Ecke unter ihre Kleider.

«Das ist schon gut», sagt sie. Sie macht dann einen Schritt nach vorn und berührt ihn mit den flachen Händen an der Brust. Asel löst den Zopf von ihrem Kopf und läßt ihn über ihren Rücken fallen.

«Bist du fertig?»

«Ja», sagt er und lacht.

Phoebe öffnet die hintere Tür der Kabine. Sie gehen durch den Flur und betreten Nummer eins. Der Geruch von Ivory-Seife erfüllt die Luft. Sämtliche Flächen des Raums sind weiß gestrichen. Nichts dämpft das starke Licht, das sich über alles legt. Zum zweitenmal in seinem

Leben fällt Asel auf, wie klein sie ist. Im Vergleich zu den ungehobelten Kiefernholzwänden, aus denen der Rest des Gebäudes besteht, ist dies eine andere Welt, ein Raum außerhalb der Welt, wenn auch nur ein bißchen.

Phoebe legt ihr und Asels Handtuch vor der Tür ab. Dann zieht sie sie zu.

«Je höher du sitzt, desto heißer wird es», sagt sie zu ihm. «Du solltest dich auf die unterste Bank setzen.»

Sie faßt ihn an der Schulter und schiebt ihn dorthin, wo sie ihn haben will, setzt ihn und geht dann zur Heizung. Sie dreht an der Düse, und ein kleiner Schauer kalten Wassers ergießt sich über das heiße Gußeisen. Es zischt, und ein Schwall weißen Dampfs erhebt sich zur Decke. Der Raum füllt sich schnell mit einer so dichten Wolke, daß Asel die gegenüberliegende Wand nicht mehr sehen kann. Seine Lungen brennen, und heißer, salziger Schweiß schießt ihm aus allen Poren. Er leckt ihn von den Lippen, und er fühlt sich ölig auf der Zunge an.

Phoebe fängt an, langsam durch den Raum zu tanzen, in die weißen Dampfwolken hinein und wieder heraus. Ihr Körper ist immer noch dunkel vom letzten Sommer, abgesehen von dünnen weißen Streifen um ihre Brust und Hüften. Der lange Zopf schimmert, als er sich an ihrem Körper entlangschlängelt und die Waden streift.

«Es ist so weich», sagt sie. «Ich kann es in den Armen halten.»

Die Tür geht auf, und Elmer steckt den Kopf herein.

«Will nur den Dampf kontrollieren», sagt er. «Sieht ja ziemlich gut aus.»

Dann schließt er die Tür und ist weg, bevor sie sich rühren konnten. Phoebe und Asel lachen.

«Das wird ihn ein paar Nächte lang auf Trab halten», sagt Asel.

Wieder lachen sie, und Asel greift nach ihr und zieht sie auf seinen Schoß.

«Manchmal kommst du mir so winzig vor», sagt er. «Manchmal hab ich das Gefühl, als könnte ich dich in den Händen halten.»

«Na los, versuch's mal», sagt sie.

Asel steht mit ihr auf und hält sie dicht vor seiner Brust in den Armen. Dann streckt er die Arme aus und hält sie von sich weg wie ein Kind. Sie rudert mit den Armen und greift fest nach seinem Bart.

«Laß mich runter. Ich mag's nicht, wenn du das machst.»

Asel stellt sie auf die Füße, und dann muß er sich setzen, weil ihm das Atmen im Stehen schwerfällt.

Phoebe geht zu ihm. Sie stellt sich zwischen seine Beine und drückt sein Gesicht gegen ihre Brüste. Er leckt die Feuchtigkeit von ihnen und sagt, wie gut sie schmeckt. Sie streicht mit den Fingern durch seine Haare und läßt ihr Kinn auf seinem Kopf ruhen. Sie spürt, wie die Hitze langsam in ihr hochsteigt. Sie sagt, er soll sie halten, weil sie sich ein bißchen weich in den Knien fühlt.

ALS SIE genug von dem Dampf haben, drehen sie die Düse ab und öffnen das Fenster. Der Dampf kühlt ab und schlägt sich auf ihnen nieder. Asel zeigt auf die Rötungen an Phoebes Hals und Bauch und Brüsten und Beinen. Sie sagt, das komme von seinem Bart, und einen Moment lang tut es ihm weh, daß er das angerichtet hat. Sie lacht ihn aus und sagt, er solle nicht albern sein.

Sie stellen die Dusche an und waschen sich. Phoebe läuft über den Flur und kommt mit Shampoo zurück. Sie läßt Asel ihr Haar öffnen, und dann waschen sie es beide gemeinsam.

«Irgendwie hat er hier so weiches Wasser», sagt sie. «Ich weiß nicht, wo es herkommt, aber ich habe das immer in Erinnerung behalten.»

Als sie mit Duschen fertig sind, gehen sie in ihre Umkleidekabine zurück. Phoebe ruft, daß Nummer eins frei ist. Sie hören Leute in die Kabine neben ihnen gehen.

«Früher sind wir durch die Räume geflitzt und in den Schnee gesprungen, wenn wir fertig waren», sagt sie. «Elmer hat es dann verboten, weil sich die Nachbarn beschwerten.»

Als sie angezogen sind, gehen sie in den vorderen Raum. Nur Elmer ist noch da. Er spielt eine Partie Patience und hat schon eine der Flaschen angebrochen. Phoebe gibt ihm einen Fünf-Dollar-Schein, und er sagt, sie solle bald wiederkommen.

Sie steigen in den Wagen und fahren um den See herum, vorbei an dem großen Ziegelgebäude, das früher das Weberhaus war. Phoebe erzählt ihm die Geschichte von einem Saab, bei dem der Gang heraussprang und der durch die Schutzmauer brach. Dann sagt sie ihm, wie glücklich sie mit ihm ist. Sie fängt ein bißchen zu weinen an, und Asel weiß nicht, was er sagen soll. Sie steuert den Wagen in Richtung Dublin. Dort auf dem See, wo unter dem Mond die Angelhütten stehen, sind winzige Lichter in der blauen Nachtluft zu sehen, die über Schnee und Eis liegt. Asel legt eine Hand auf ihren Schenkel und drückt ihn. Phoebe zieht seine Hand zwischen ihre Beine, dorthin, wo sich die Nähte ihrer Jeans kreuzen. Sie spürt die Feuchtigkeit noch, als sie auf Dublin zusteuert, wo sie über die Route 101 heimwärts fahren wird.

15

Als die Saison beginnt, beladen Asel und Phoebe das Auto mit Körben. Sie überqueren den Fluß nach Vermont und ziehen über die Flohmärkte von Putney, Newfane, Wilmington und Manchester. Sie verkaufen die Körbe für fünfundvierzig Dollar, lassen aber auch mit sich handeln. Aus New Hampshire halten sie sich heraus, weil Phoebe manchmal die Schule schwänzt, und aus Massachusetts halten sie sich wegen der Waffengesetze heraus.

An einem späten Samstagnachmittag halten sie auf dem Nachhauseweg an einer Kneipe auf ein Bier und einen Hamburger an. Asel probiert gern alles, was es hinter den Tresen gibt, Slim-Jim-Würstchen, Soleier, Schweinshaxe und gebratene Schweinekrusten. Er nimmt von allem etwas.

Ein Trucker, der die Route 91 heruntergekommen ist, sitzt ebenfalls an der Bar. Asel bewundert die dicke Sicherheitsbörse, die er mit einer Kette am Gürtel befestigt trägt. Der Kellner bringt dem Trucker das Bier und stellt es vor ihn hin. Der Trucker knöpft den Hemdkragen auf und zieht sich das Bier mit einem Strohhalm in den Hals. Asel starrt so lange hin, bis Phoebe ihn in die Rippen knufft und er wegschaut. Man hört die Hamburger auf dem Grill zischen.

«Sie sind Lastwagenfahrer», sagt Asel.

Der Mann nickt und setzt sein Bier ab. Dann wischt er sich mit einer Serviette über den Hals.

«Ist das so, wie man sich's vorstellt?»

«Aber genau», sagt der Mann mit einer Stimme, die so klingt, als zöge man eine Harke durch Kies. «Grad vor 'n paar Tagen mußte ich 'nen nagelneuen Corvette nach Detroit zurücktransportieren. Der Wagen braucht nur vier Liter auf hundert Kilometer. Verstehen Sie, das war so 'n Prototyp, der aus Versehen verkauft worden ist. Die geben dem Burschen zwei nagelneue Wagen dafür, bloß damit er den Mund hält. Ich behaupte, ich hätt ihn zurücktransportiert, aber in Wirklichkeit war's ein Kumpel von mir. Ist das Ihre Frau? Ich mag Männer, die mit ihren Frauen einen trinken.»

«Scheiße», ruft der Kellner aus der Küche. «Die Geschichte ist doch totale Scheiße.»

«Das hältst du für was Besonderes. Ich hab einen zurücktransportiert, der nicht lief, und da war überhaupt nichts kaputt dran. Bestzustand. Ich mein, Sahnestück. Aber er lief einfach nicht.»

«Irgendwas muß doch kaputt gewesen sein», sagt Phoebe und schaut den Trucker von der anderen Seite her an.

«Würde man meinen, war aber nicht. Die kamen mit Mechanikern und Wissenschaftlern und Ingenieuren an, und sie konnten überhaupt nichts feststellen. Sie meinten, es wär zwar selten, käm aber mal vor. Manchmal liefen die eben nicht.»

Der Kellner bringt die Hamburger für Phoebe und Asel. Er schüttelt Kartoffelchips dazu und fischt auch Dillgurken aus einem Glas.

«Trabold, unten in Keene, hätt den in Gang gekriegt», sagt der Kellner. «Das ist 'n Fuchs.»

«Tja also, mein Kumpel sagt, daß sie auch 'n Fuchs dabei gehabt hätten, aber der hätt's auch nicht geschafft.»

Phoebe und Asel fangen an zu essen. Der Kellner zapft noch drei Bier und stellt jedem eins hin. Dann nimmt er ein

Glas mit Eiswürfeln, geht zum Tresenende und liest Zeitung.

«Wenn wir uns beeilen», sagt Phoebe, «können wir noch einkaufen.»

Asel nickt und beißt ein besonders großes Stück von seinem Hamburger ab, mampft mit den Backen und verdreht die Augen. Sie lacht und klopft ihm auf die Schulter.

«Einkaufen», rülpst der Trucker. «Meine Güte, ich erzähl Ihnen mal einen, den ich im Fernsehn gesehn hab. Das ist 'n Werbespot für Perlen, und da kommt so 'ne Nahaufnahme drin vor von 'ner Frau mit langen roten Fingernägeln, die an was rumfummelt, was sich als Auster entpuppt. Stelln Sie sich mal 'ne Nahaufnahme von so was vor, mein Freund. Ich sag Ihnen, als ich wieder auf die Straße sah, kam mir der Rhabarber hoch.»

Das Lachen des Truckers hört man nicht, aber er öffnet den Mund, und seine Schultern wackeln. Er wischt sich mit der Serviette die Augen.

«Mich laust der Affe», sagt der Kellner. «In der Zeitung steht, daß ein Mann aus Philadelphia in Tuckerman's Ravine zum Skifahren war. Er fiel hin, und dabei zerbrach die Whiskey-Flasche, die er in der Jacke hatte, und die zerbrochene Flasche stach ihm mitten ins Herz.»

«Ist doch große Scheiße, wenn du mich fragst», sagt der Trucker. «Wie zum Teufel soll so was denn passieren?»

PHOEBE und Asel laufen durch die Gänge des Lebensmittelladens, bis sie zum Milchregal kommen. Asel greift hinein und schüttelt die Milchtüten. Wenn er sie nach vorn kippt und dann auf den Kopf stellt, kann er die Namen vermißter Kinder lesen, die auf den Rückseiten aufgedruckt sind. Er schaut nach, ob neue hinzugekommen sind, seit er das letzte Mal hier war.

«Hast du die alle schon?» sagt Phoebe.

Asel antwortet, indem er zwei Zwei-Liter-Tüten anhebt und so hält, daß sie es lesen kann. Sie sagt, beide seien fünf Jahre alt. Eines kommt aus der Bronx und das andere aus Decatur, Illinois. Beide sind von Fremden entführt worden. Seit zwei Jahren sind sie verschollen.

Asel dreht die Tüten herum, damit er die Gesichter der Kinder sehen kann. Der eine Junge ist schwarz und der andere weiß. Beides sind Bilder, wie sie geknipst werden, wenn Kinder gerade aus der Badewanne kommen oder vom Spielen zurück sind. Sie lächeln breit, und ein paar Zähne fehlen. Asel überlegt sich, daß sie inzwischen sieben sind und anders aussehen.

Er denkt daran, daß Phoebe vor einiger Zeit damit anfing, Milchtüten mit Bildern auf der Rückseite nach Haus zu bringen. Das war zu Anfang des Jahres der vermißten Kinder. Es stand in der Zeitung und kam in den Nachrichten.

Vor der Kasse hängen Plakate. Landesweit stellen sie jede Woche ein neues Kind vor. Asel sucht immer nach seinem eigenen Bild und nach dem von Averell, aber es wird schwieriger, weil er Averell lange nicht gesehen hat. Er fragt sich, wie das mit den idiotischen Jungen und mit der Schwester wäre, die er einmal hatte, aber da kann er nur bluffen. Er hat keine Erinnerung daran, wie sie aussahen.

Phoebe ist langsam soweit, daß sie nicht mehr gern mit ihm zusammen einkaufen geht. Er drückt sich am Milchstand herum und steht vor den Plakaten mit den vermißten Kindern, bis die Leute hinsehen.

«Schön, daß sie zur Abwechslung mal nicht aus Florida kommen», sagt Phoebe.

Florida ist ein Staat, den Asel hassen gelernt hat. Es scheint ein Ort zu sein, an dem Kinder nicht sicher sind. Sie werden von der Seite ihrer Eltern weggelockt und nie wieder gesehen. Es scheint eine Gegend zu sein, wo

Peter Pan und der Rattenfänger Überstunden machen, Kinder dazu anstiften, vom Fensterbrett zu springen oder den Schornstein hinaufzufahren und dann in der Nacht zu verschwinden. Manchmal entführen Eltern ihre eigenen Kinder.

Er stellt die beiden Tüten in den Einkaufswagen und arrangiert sie so, daß sich die beiden Kinder zwischen dem Sellerie, dem Salat, den Tomaten und Karotten ansehen können.

«Es scheint viele vermißte Kinder zu geben», sagt er.

Phoebe sieht ihn an. Es tut ihr weh zu wissen, daß er, wenn die Tüte leer ist, ein Küchenmesser nehmen und das Viereck aus der Rückseite schneiden wird, bevor es weggeworfen wird. Nach drei Tagen, wenn die zweite Tüte leer ist, wird er noch einmal das gleiche tun und sorgfältig darauf achten, daß die Schnitte sauber und gerade sind.

Er wird beide abspülen und über Nacht trocknen lassen. In einer Kiste sammelt er sie. Er hat schon fast fünfzig. Es wäre billiger, Milch in großen Plastik-Kanistern zu kaufen, aber er besteht auf den Tüten. Sie würde ihm am liebsten sagen, daß die Kinder eigentlich gar nicht vermißt werden und daß irgendwer wahrscheinlich weiß, wo sie sind. Die meisten sind von zu Haus weggelaufen, und es geht ihnen wahrscheinlich sogar ein bißchen besser als vorher. Einige hat auch ein Elternteil zu sich geholt, während noch ein Sorgerechtsprozeß läuft, und denen geht es wahrscheinlich auch nicht schlechter.

Und dann würde sie gern von ihm etwas hören wie «Ist ja auch egal. Jemand hat sich wenigstens so sehr um sie gesorgt, daß er ihr Verschwinden gemeldet hat. Jemand weiß nicht, wo sie sind. Irgendwie sind wir alle vermißt, und es ist schön, daß wenigstens einigen von uns geholfen werden kann.» Aber sie weiß, daß er so etwas nie sagen würde. Er würde sie nur anschauen, und sein Blick wäre sehr weit von dem entfernt, was er denkt.

Letzten Endes macht es ihr eigentlich nichts aus. Sie läßt ihn in Ruhe.

Sie fahren den Wagen noch einmal zurück durch die Gänge und suchen die übrigen Sachen zusammen, die sie brauchen. Sie würde die Milch lieber zuletzt holen, aber Asel drängt sie zum Milchregal, sobald sie das Gemüse im Wagen haben. Er stellt die Milchkartons gern so hin, daß sie von frischem Gemüse eingerahmt werden. Für ihn ist das so, als stelle er sie eine Zeitlang in einen kleinen, sauberen Garten, wo es kühl und sicher ist.

«Fällt dir sonst noch was ein?» sagt sie.

«Nein. Ich glaube, wir haben alles.»

Asel schiebt den Wagen zur Kasse. Phoebe hält seinen Arm und geht neben ihm her. Die Leute im Laden, die am selben Tag einzukaufen pflegen, lächeln und sagen hallo. Manchmal trifft Phoebe Eltern ihrer Schüler. Die Väter lächeln gewöhnlich und blicken dann auf den Boden, während Phoebe mit den Müttern über Testergebnisse spricht. Sie nennt die Kinder bei ihren Initialen. Dies verschlüsselte Sprechen bedeutet den Müttern etwas. Es sorgt dafür, daß sie Phoebe für eine gute Lehrerin halten.

Seitdem die vermißten Kinder auf den Milchtüten auftauchten, hat Asel an diesen Gesprächen keinen Gefallen mehr. Er würde die Eltern gern ermahnen, ihre Kinder nie allein zu lassen, die Namen nicht auf der Kleidung erscheinen zu lassen, ihnen beizubringen, nie mit einem Fremden ins Auto zu steigen. Er würde ihnen gern eine gebührenfreie Telefonnummer nennen, wo sie anrufen können, wenn sie eins der vermißten Kinder sehen.

Phoebe und Asel erreichen das Ende von Gang fünf, Gebäck und Corn-flakes. An einem Stapel Salzgebäck im Sonderangebot biegt er scharf nach rechts und stößt mit einem Einkaufswagen zusammen, der ihm entgegenkommt. Es ist die Frau namens Beverley, die Phoebe kennt. Er hört zu, während sie über Beverleys Sohn reden, der als Kind Mittelohrentzündung hatte und nun mit dem Denken Schwierigkeiten hat. Phoebe erklärt ihr, wie das Innenohr funktioniert.

Das Gespräch erinnert Asel an die Schläge auf den Kopf, die Borst ihm versetzte, ein Mann, den er nie töten würde, der es aber mit Sicherheit verdient hätte.

Beverley stellt sich so, daß sie einen Fuß auf die untere Stange des Einkaufswagens setzen kann. Asel sieht, daß ihr vom Ellbogen abwärts ein Arm fehlt.

«Ich wollte dir immer mal sagen», sagt sie zu Phoebe, «daß du immer noch das schönste Haar hast, das ich je im Leben gesehen hab.»

Phoebe lächelt und bedankt sich.

«Wie kriegst du es bloß so schön glänzend?»

«Gar nicht so leicht. Das Wasser bei uns ist so hart, daß man reinbeißen könnte. Jede Woche schrauben wir die Hähne ab, und dann sitzen kleine Steinchen vor den Sieben.»

«Ich weiß, was du meinst. Wir haben auch hartes Wasser.»

«Wie geht's Kurt?»

«Er ist noch in Houston. Er schreibt mir jede Woche. Ich kann dir gar nicht sagen, wie sehr wir ihn vermissen.»

Die Frau schaut an ihnen vorbei in die Ferne.

«Wo ist Ihr Sohn jetzt?» fragt Asel.

«Er ist bei meiner Mutter», sagt die Frau. «Sie paßt auf ihn auf, wenn ich was zu erledigen hab.»

«Passen Sie gut auf den Jungen auf», sagt Asel.

Beverley sieht Phoebe an und dann wieder Asel.

«Mach ich», sagt sie. «Ich paß auf ihn auf.»

«Komm mal zu einem Gespräch in die Schule, sobald du etwas Zeit hast», sagt Phoebe zu ihr. «Ich würde mich freuen, wenn du mal kämst.»

Phoebe lächelt Beverley zu und drückt Asels Arm. Er lächelt auch und schiebt dann den Wagen um sie und das

Salzgebäck, neben dem sie steht, herum. Asel und Phoebe gehen zur Kasse. Asel beschäftigt sich mit den Kindern dieser Woche, während die Kassiererin die Lebensmittel über ein grünes Licht zieht und eintütet. Sobald sie im Auto sitzen, wendet Phoebe sich ihm zu.

«Du hattest nicht das Recht, so was zu ihr zu sagen. Sie arbeitet hart, um ihre Familie zu ernähren, da brauchst du es ihr nicht noch schwerer zu machen.»

«Und was ist mit Kurt? Und mit diesen vermißten Kindern?» sagt er zu ihr.

«Die sind kein Grund, einer Frau das Gefühl zu geben, sie sei eine schlechte Mutter. Sie arbeitet hart, um sich über Wasser zu halten, und findet kaum Ermutigung.»

Phoebe legt den Gang ein und fährt auf die Straße. Ohne zu reden, fahren sie die Route 12 hinunter. Sie umklammert das Steuer mit beiden Händen und starrt geradeaus. Sie fahren den Hügel hinauf und hinunter ins Tal, auf den Fluß zu. Sie kommen durch den Ostteil des Dorfes und fahren die gewundene Straße am Mill Brook entlang. Als sie am eisernen Kessel ankommen, fährt Phoebe von der Straße ab und hält an.

Vor ihnen parkt eine Familie. Sie füllen Plastikkanister mit dem Quellwasser, das in den großen schwarzen eisernen Pottaschekessel läuft, der hier vor hundert Jahren aufgestellt wurde.

«Tut mir leid, daß ich dich so angeschnauzt hab», sagt sie. «Aber sie tut mir schrecklich leid. Ihr Mann ist in Vietnam gefallen, und dann wurde sie von Kurt schwanger. Das ist eine traurige Geschichte. Sie fuhren auf der Route 9 und haben sich mit dem Auto überschlagen. So hat sie ihren Arm verloren. Sie hat auch das meiste von ihrem Gesicht verloren. Man hat es aber wieder ziemlich gut zusammengeflickt, findest du nicht auch?»

«Ja», sagt Asel. «Ihr Gesicht sieht gut aus. Haben sie gut hingekriegt.»

Asel und Phoebe sehen zu, wie die Leute die Plastikkanister in den Kofferraum des Autos laden. Der Mann geht etwas steifbeinig. Die Kinder sind barfuß und gebaut wie kleine Feuerhydranten. Einem der Mädchen wird das Kleid an den Hüften und unter den Armen zu eng.

«Erzähl mir die Geschichte zu Ende», sagt Asel.

Phoebe sitzt da und denkt nach. Sie legt einen Finger an die Stirn und den Mittelfinger auf die Lippen. Sie starrt nach vorn zu den Kindern, die ihrem Vater dabei helfen, die Plastikkanister ins Auto zu laden.

Sie fängt an, die Geschichte von der Frau mit einem Arm zu erzählen.

«Wir sind gleichaltrig», sagt sie. «Sie stammt aus einer reichen Familie, aber sie kommt mit ihren Eltern nicht zurecht. Denen gehört eine Bank. Ich kenne sie von der High-School. Sie war in der letzten Klasse, als ich gerade anfing. Sie ist ein gutes Mädchen. Sie versucht ihr Bestes. Sie wohnte mal in einem Kombiwagen. Sie hatte eine schlechte Phase mit Drogen, aber jetzt geht's ihr gut. Meinst du das, wenn du sagst, daß du mehr über sie wissen willst?»

«Ja. Ich fang an, mich für das Leben anderer Leute zu interessieren.»

«Das weiß ich. Dafür liebe ich dich.»

«Und was passierte dann?»

«Um ehrlich zu sein, das war um die Zeit, als ich fortging, aufs College, aber ich erfuhr, daß der Junge, mit dem sie zusammen war, kam, um auf der Farm zu arbeiten. Sie wohnten in einem Kombiwagen. Das war 1971. Sie wohnten da vorn, oberhalb des Kessels, sie und der Junge. Nachts parkten sie da, und morgens fuhren sie dann an den Gleisen entlang zum Depot. Vom Depot fuhren sie zur 63 runter und von da zur Arbeit. Der Constable versuchte, sie zu erwischen, weil ihr Auto kein Kennzeichen hatte. Es hatte auch keinen Auspuff und keine Windschutzscheibe. Die Motorhaube war weg, und ein paar Türen fehlten.

Sie war nah an einem Zusammenbruch. Ihre Eltern wollten sie einweisen lassen, aber dann wurde ihr Mann eingezogen und fiel. Wo ich jetzt darüber nachdenke, fällt mir ein, daß sie wohl gar nicht verheiratet waren. Dann fing sie mit Kurt was an. Er zog zu ihr in das Auto, und ich hab's nicht übers Herz gebracht, ihr zu sagen, daß er in der Stadt ist.»

Phoebe dreht sich zu Asel um.

«Asel», sagt sie, «ich kann meine Geschichten nicht auseinanderhalten. Ich bekomm sie durcheinander. Ich weiß, daß im Innern das, was ich sage, wahr ist. Ich bemüh mich sehr, nichts durcheinanderzubringen.»

«Ich weiß, was du meinst», sagt er, umarmt sie und drückt sie an sich, als sie zu weinen anfängt.

Der Vater kommt zu ihnen und fragt, ob alles in Ordnung ist. Die Kinder wieseln ums Auto und versuchen hineinzusehen. Er schickt einen der Jungen zum Kessel, einen Schluck Wasser für Phoebe holen. Der Junge kommt zurück und hält seinem Vater das Wasser hin. Der Mann reicht es an sie weiter. Sie trinkt und dankt ihm.

Asel greift auf den Rücksitz und fischt eine Schachtel Kekse aus einer Einkaufstüte. Er steigt aus und geht zu dem Mann. Er gibt ihm die Kekse und sagt, die seien für die Kinder. Dann setzt er sich hinters Steuer und fährt nach Haus; Phoebe kuschelt sich auf dem Beifahrersitz zusammen, ihr Kopf liegt auf seinem Schoß.

Mitten in der Nacht erwacht Phoebe. Sie tastet nach der Stelle, an der sie Asels Hand vermutet, aber sie ist nicht da. So leise, als wäre sie schwerelos, steht sie auf und zieht eines seiner Hemden über. Es ist aus Jeansstoff, mit Perlmuttknöpfen, die kühl auf ihrer Haut sind. Die Manschetten hängen ihr über die Hände.

Sie geht den Flur entlang und sieht in die Küche. Asel

sitzt am Tisch. Er hat die Seiten hochgeklappt und die Stützbeine darunter geschoben. Vor ihm liegt ein riesiges Quadrat, das aus seinen Vermißte-Kinder-Karten besteht. Die Leselampe ist darauf gerichtet. Sie tritt einen Schritt näher. Falls er sie hört, läßt er sich nichts anmerken. Er konzentriert sich auf das Mosaik aus Karten vor sich, studiert es im gelben Licht der Leselampe.

In der Mitte erkennt sie einen freien Raum, Platz für zwei weitere Karten, die ihm noch fehlen, um das Quadrat zu vervollständigen. Sie dreht sich um und geht wieder ins Bett. Sie schläft ein, und später tastet sie wieder nach seiner Hand und findet sie. Sie nimmt sie in ihre und führt sie an ihre Augen, aus denen in diesem Augenblick Tränen zu fließen beginnen.

Montag beginnt die letzte Woche des Schuljahrs. Phoebe steht früh auf und macht sich auf den Weg, um es hinter sich zu bringen. Auch Asel wartet ungeduldig. Sie haben vor, auf Reisen zu gehen.

Er sitzt vor dem Frühstücksgeschirr am Tisch und überlegt, wen er gern träfe. Er holt sich einen Stift und einen Papierblock.

Auf dem ersten Blatt zeichnet er ein Bild von Phoebe. Er zeichnet sie dünn, mit langem Haar. Er macht ihr Haar immer länger, bis es sich schließlich um ihre Füße windet, am unteren Rand des Blatts entlangwächst und an den Seiten wieder hinauf. Er versucht, ihr Gesicht zu zeichnen, bekommt es aber nicht so hübsch hin, wie er es gern hätte.

Auf dem nächsten Blatt zeichnet er Cutler und Big George. Er gibt ihnen Hämmer und Sägen in die Hände. Cutler, aus dichten Linien mit spitzen Winkeln bestehend, ist kleiner als Big George. Big George wächst auf dem Blatt, bis sein Kopf gegen die obere Kante stößt.

Blatt drei ist für Beecher und seine Familie, gefolgt von

Averell, dem Pfarrer, Malvine und einigen Sportsfreunden. Danach versucht Asel, seine Mutter und seinen Vater zu zeichnen, kann sich aber nicht erinnern, wie sie aussahen, und so zeichnet er statt dessen Tut, Bobby Vachon und Lillian. Dann macht er ein Bild von Lion und Sal.

Als er fertig ist, blättert er zurück und fängt wieder von vorn an, verbessert jede Skizze. Für George zeichnet er Overalls mit Hosenträgern ein, und Bobby Vachon verpaßt er eine Zigarette. Tut bekommt eine Zigarre und Beecher eine Strickjacke. Dann zeichnet er seine Mutter und seinen Vater, kommt aber wieder auf Schattengestalten mit den wenigen Details, die er sich ausdenken kann. Er entschließt sich, seine Mutter und seinen Vater mit Heiligenscheinen und Flügeln auszustatten, weil er nicht weiß, was er sonst mit ihnen machen kann. Das hilft, aber er ist noch immer nicht zufrieden; deshalb malt er einen Eichenspankorb neben seinen Vater und nimmt sich die Zeit, sorgfältig das Geflecht darzustellen.

Nachdem er alles gezeichnet hat, was er kann, räumt er den Tisch auf und legt seine Bilder in zwei Reihen aus. Dasjenige, das seine Mutter und seinen Vater darstellen soll, ist in der Reihe überzählig. Er legt es ganz nach oben.

Er beginnt damit, Beziehungen herzustellen, indem er die Bilder so verschiebt, daß sie neben denjenigen liegen, denen sie am nächsten sind.

«Beecher ist Big Georges Vetter», sagt er. «Cutler ist Big Georges Freund. Der Pfarrer ist mit Malvine verheiratet. Bobby Vachon arbeitet für Tut. Averell ist der Sohn meiner Mutter und meines Vaters. Lillian ist mit Bobby Vachon verheiratet. Beecher ist der Vater seiner Kinder.» Bei Beecher hält er inne und sieht ihn an. Dann sagt er: «Beecher ist tot.»

Asel sieht auf sein Bild. Dann holt er tief Luft und hält den Atem so lange an, bis ihm schwindlig wird. Er hat das Gefühl, daß er gleich weinen wird. Er steht auf und geht durchs Zimmer, stützt sich im Vorbeigehen auf Möbel oder berührt sie nur.

Er kehrt wieder zu seinen Bildern zurück. Er greift zum Stift und zeichnet auch Beecher einen Heiligenschein und Flügel. Langsam und vorsichtig zeichnet er sie, mit kleinen Strichen, in einer einzigen Bewegung gezogen. Das Bild von den Sportsfreunden liegt zwischen der Familie von Beecher und Averell. Asel bedeckt es mit der Hand, drückt mit den Fingern dagegen und zerknüllt es dann zu einer Papierkugel, die er zusammenpreßt, bis seine Knöchel weiß werden und die Sehnen in seinem Arm zu schmerzen beginnen. Er läßt sie auf den Tisch fallen und läßt sie dort liegen.

Den Rest des Tages verbringt er damit, von einem Windbruch auf dem Berg aus übers Flußtal zu blicken, und dann schläft er mit dem Rücken an einem Baum ein. Es wird Zeit, nach Haus zu gehen und das Abendessen zu machen. Er wird ins Haus gehen und auf das vorbereitet sein, was er nicht kennt, von dem er aber fürchtet, daß es bald eintreten muß, sonst wird er verrückt werden. Er nimmt sich vor, geduldig zu sein. Er nimmt sich vor wegzugehen, und Haß steigt in ihm auf, als er merkt, daß er nicht weggehen wird.

16

Als Asel aufwacht, ist es Morgen. In tiefem Winkel steht die Sonne warm und hell auf seinem Gesicht. Phoebe hat eine Wolldecke über ihn gelegt, bevor sie zu ihrem letzten Schultag aufbrach. Ein Zettel ist daran geheftet. Darauf steht: «Ich liebe dich.» Es steht dreimal da, und Phoebe hat ihren Namen darunter gesetzt. Wenn er schläft, weckt sie ihn nie.

Die «Sesamstraße» läuft. Ernie versucht, Bert einen Streich zu spielen. Gleich kommt Mr. Rogers. Als er Mr. Rogers zum erstenmal sah, traute er ihm nicht, aber jetzt fühlt er sich in seiner Gegenwart geborgen. Er gefällt ihm. Er liegt gern im Sessel, schließt die Augen und hört sich die Stimme des Mannes an.

Manchmal sieht er sich Phil Donohue an. Er glaubt, daß Phil mehr weiß, als er sich anmerken läßt, aber auf keinen Fall so viel, wie er meint. Asel ertappt sich dabei, wie er Phil Dinge erklärt. Neuerdings stellt er den Ton ab und übernimmt Phils Stimme selbst. Er sagt Dinge wie: «Tja, der große Überflieger bin ich nicht gerade. Im Grunde kann ich ziemlich ignorant sein, aber was für eine Vorstellung, daß ein Mann mit einem anderen Mann schläft! Ich kann's mir halt nicht vorstellen.»

Als Mr. Rogers vorbei ist, fällt es Asel schwer aufzustehen. Er hat das Gefühl, er würde gern weiterschlafen, aber er stellt fest, daß er schon drei oder vier Stunden geschlafen hat und daß es Zeit ist, in Gang zu kommen. Er marschiert mit dem Geld aus dem Körbeverkauf nach Keene, um für Phoebe Geschenke zu kaufen, mit denen er sie an ihrem letzten Schultag überraschen will.

Er wäscht sich und putzt sich die Zähne. Er stutzt sich den Bart mit dem Rasierapparat, den Phoebe für ihre Beine benutzt, und zieht dann die Sachen an, die sie ihm zu Weihnachten geschenkt hat. Er packt einen kleinen Rucksack und kontrolliert seinen Revolver.

Die Sonne steht hoch, und er spürt sie auf dem Kopf, als er aus dem Hohlweg auf die Straße kommt. In der Luft hängt der Geruch von Kuhscheiße. Zu seiner Linken sieht er in vierhundert Meter Entfernung einen Traktor mit einem Sprengwagen. Der Behälter auf der vorderen Ladefläche hängt direkt über der Fahrerkabine, und die Hinterräder drehen durch, wodurch sie im großen Bogen Dreck aufwirbeln. Der Traktor bewegt sich nicht. Bobby Vachon kauert neben dem Rad und versucht es freizuschaufeln.

Es ist eine Abkürzung, an der Scheune vorbeizugehen; deshalb geht Asel erst dorthin und sucht Tut. Er geht durch die Gänge ins Milchhaus, das nicht mehr benutzt wird, seit Tut den Melkraum angebaut hat. Als Asel hereinkommt, steht Tut auf der Verladerampe, blickt über die Weide und sieht sich die Bescherung an. Asel weiß nicht, was er sagen soll, darum erzählt er ihm, was auf der Weide vorgeht, als ob sie es nicht von dort, wo sie stehen, sehen könnten.

«Ich weiß, was er macht», sagt Tut. «Ich hab es ihm so erklärt. Wenn die Räder nur ein bißchen fassen, dann ziehen sie da sofort raus. Dann senkt sich der Trecker einen Moment, wenn er die Ladung packt, und dann muß man aufspringen. Den Teil hab ich ihm aber nicht erklärt; wenn wir also Glück haben, springt er auf, wenn der Trecker hochgeht, wird überfahren und ist tot.»

Asel lächelt und wartet darauf, daß Tut auch lächelt, aber er tut es nicht, also geht Asel weiter.

«Wir beide sollten uns mal unterhalten», sagt Tut und

blickt immer noch auf die Weide, aber Asel antwortet nicht. Er geht weiter.

Als Asel in Keene ankommt, ist es kühl und fühlt sich nach Frühling an. Die Köcherfliegen sind kurz vor dem Ausschlüpfen. Sie sitzen zwischen Steinen, Sand, im Wasser und Gras. Die ersten werden sterben, wenn es Nacht wird, aber der Frühling ist nicht mehr aufzuhalten, und überall rauscht Wasser, so daß man glaubt, man könne den Schnee unter sich selbst wegschmelzen hören.

Asel bleibt als erstes bei Hair Plant an der Water Street stehen. Er steht vor der Tür und schaut hinein. Jemand hat das Bild einer Frau mit einem Blumenstrauß statt der Frisur dorthin gemalt. Asel liest die schwarze Schrift auf dem Fenster: DAUERWELLEN, HAARFÄRBEN, STRÄHNEN UND AUFHELLEN, HENNA, REDKEN, ZOTOS, NATURAL MAN. Das ist der Laden, den er braucht; also geht er hinein.

Am Tresen sitzt ein junges Mädchen und pflegt ihre Fingernägel.

«Haben Sie einen Termin?» sagt sie.

Asel steht mit gefalteten Händen vor ihr. In dieser Umgebung aus rostfreiem Stahl, Keramikfliesen und Resopal kommt ihm seine Kleidung grob und unpassend vor.

«Nein. Ich möchte nur etwas für eine Freundin kaufen. Eine Haarspange. Eine schöne.»

Das Mädchen zeigt auf einen Pappständer, auf dem Haarspangen mit Gummibändern befestigt sind.

«Die sind aus Schildpatt. Wirklich hübsch. Was für eine Haarfarbe hat sie?»

«Schwarz, aber wenn Licht darauf fällt, verändert die Farbe sich.»

Asel nimmt eine Spange aus der oberen Reihe und legt sie auf den Tresen.

«Sie sagt, unser Wasser ist hart und schadet ihrem Haar.»

«Ach ja, da erzählen Sie mir nichts Neues. Meins ist völlig ruiniert. Nehmen Sie mal das hier. Ist ein Redken-Produkt. Das hilft wirklich.»

Asel zahlt und geht hinaus. Auf dem Bürgersteig steckt er das Päckchen in seinen Rucksack. Dann geht er die Main Street hinunter. Er muß noch weitere Besorgungen machen, und es ist bereits Mittag.

Eine Familie kleiner Menschen geht an ihm vorbei. Es sind offenbar Kinder mit einer Mutter und einer Großmutter. Die Mutter schiebt einen Einkaufswagen aus Metall, der mit Tüten beladen ist. Die Kinder tragen alle eine Art Plastikhelm wie Eishockeyspieler, nur daß sie oben und an den Seiten Wappen aufgeklebt haben. Als sie vorbeigegangen sind, dreht sich Asel nach ihnen um. Sie haben auch angehalten und schauen ihn an. Er winkt und geht weiter.

Der Blutspenden-Bus parkt vor der Heilsarmee. Asel bleibt stehen und sieht zu. Es scheint die Leute glücklich zu machen, Blut zu spenden. Wenn er einmal mehr Zeit hat, könnte er wiederkommen und unter anderem Namen einen halben Liter abliefern. Spenden ist etwas, wovon auch Mr. Rogers redet.

Asel findet den Laden, den er gesucht hat, Goulds Pumpen und Rohr-Systeme, Chester Gaymans Klempnerei und Heizungsbau. Drinnen fragt er den Mann, was man gegen hartes Wasser machen kann. Der Mann sagt ihm, es schmelzen lassen, aber als Asel nicht lacht, beginnt er mit Ausführungen darüber, daß sich aufgelöstes Gestein durch heißes Wasser in Kalzium verwandelt. Seifenprodukte machen daraus Ablagerungen in der Badewanne und Filme auf der Haut. Trockenes und schütteres Haar fällt aus. Asel fragt, wieviel eine Enthärtungsanlage kostet, und der Mann sagt, er verkaufe sie nicht, er verleihe sie nur. Asel nimmt eine Broschüre mit und geht. Darüber muß er mit

Phoebe sprechen. Es hätte die schönste Überraschung sein sollen.

Asel überquert die Straße und geht ins Crystal Restaurant. Er setzt sich in den Thoreau-Raum, und die Kellnerin kommt mit Wasser und Karte. Sie nennt ihn Süßer. Er bestellt Pommes frites und zwei Hot dogs mit Senf, Gürkchen und Zwiebeln.

«Zwei Hunde» sagt die Kellnerin. «Dann wollen wir sie mal von der Leine lassen.»

«Ja», sagt er, «von der Leine lassen. Und ein Bier. Ein Budweiser. Und Selleriesalz, wenn Sie welches haben.»

Asel trinkt das Bier und bestellt noch eins, als sie ihm das Essen bringt. Er streut Salz auf die Fritten und träufelt Essig darauf, und dann dreht er beide Hot dogs vorsichtig so herum, daß die Beilagen in das Brötchen hineinrutschen. Er steckt den Hot dog wieder oben drauf. Er hat herausgefunden, daß dies eine Methode ist, den Bart sauber zu halten, obwohl er immer noch Senf an den Schnurrbart bekommt.

Asel schmeckt das Essen. Phoebe mag keine Hot dogs mit Pommes frites, und deshalb essen sie das zu Haus nur selten. Von seinem Platz aus kann er den Blutspenden-Bus gegenüber immer noch sehen. Als die Kellnerin mit der Rechnung kommt, fragt er sie, ob sie schon Blut gespendet habe. Sie sieht ihn zuerst seltsam an, versteht dann aber, wovon er redet.

«O nein», sagt sie. «Ich mußte Medikamente nehmen, und die stecken noch in mir. Ich glaub aber, daß Sie kein Glück haben werden, nachdem Sie Bier getrunken haben. Oder haben Sie schon gespendet?»

«Nein, noch nicht, aber ich wollte eigentlich.»

«Versuchen Sie's morgen noch mal, Süßer», sagt sie, klopft ihm auf die Schulter und wendet sich dann ab, um sich um einen anderen Gast zu kümmern. Mr. Rogers hat nichts davon gesagt, daß man vorm Blutspenden kein Bier trinken soll. Asel findet, daß sein großer Tag den Bach runtergeht. Kaum etwas hat geklappt. Er trinkt noch ein Bier an der Bar und geht.

An der Ecke ist Mirandas Veranda, ein Geschäft für Damenbekleidung. Asel hält an und schaut durchs Fenster. Er sieht keine Kunden und geht hinein.

«Hi», sagt die Frau hinter der Theke. Asel sieht sie an. Es ist Beverley. Sie trägt eine Bluse mit langen Ärmeln, deren rechter mit einer Sicherheitsnadel zurückgesteckt ist. «Sie sind Phoebes Mann, nicht?»

«Ja, bin ich», sagt Asel, lächelt und nickt, hat aber keine Lust zu erklären, daß sie eigentlich gar nicht verheiratet sind.

«Sie beide sind so ein hübsches Paar. Sie strahlt ja nur so. Das freut mich für Sie beide.»

«Danke», sagt Asel.

«Wie kommt sie mit Tut klar? Redet er mit ihr?»

«Ja. Es geht schon», sagt Asel.

«Das ist schön. Er kann nämlich, unter uns gesagt, ein richtiger Schweinehund sein, wenn er will. Ich kann mich nicht beklagen, weil er mich wie eine Tochter behandelt hat, aber ich sag Ihnen, er kann ein richtiger Schweinehund sein.»

«Manchmal gibt's Ärger, aber der verraucht auch wieder.»

«Also, ich sag Ihnen mal was. Er hat sich ihr gegenüber beschissen verhalten, als ihre Mutter gestorben ist. Aus dem Mann wird man einfach nicht schlau.»

Asel sieht dahin, wo ihr Arm sein sollte. Der Blusenärmel ist in sorgfältigen Falten bis zum Ellbogen hochgesteckt. Sie tut ihm leid, und dann denkt er, daß er nicht so albern sein sollte. Er sieht auf ihren anderen Arm. Gelenk und Hand sind kräftig. Einen Augenblick lang denkt er, daß er gern ihre Hand hielte und sie vielleicht auf die Stirn küßte. Ihm wird klar, daß das von den drei Bieren kommt, die er zum Mittag getrunken hat.

«Mein Sohn macht das morgens für mich. Das ist ihm ziemlich wichtig, Mamas Ärmel zu falten. Er ist mein Baby.»

«Ist Ihr Mann noch in Houston?»

«Ja, und wissen Sie was? Uns geht's besser, viel besser. Ich krieg jeden Monat Schecks, Versicherungsschecks und Regierungsschecks, und er ist nicht da, um sie zu versaufen. Aber das klingt schrecklich. Ich weiß gar nicht, warum ich Ihnen das alles erzähle.»

Asel lächelt und zuckt die Achseln. Er bemüht sich, wie ein kleiner Junge dreinzusehen, und darüber muß sie lachen.

«Ich möchte was für Phoebe kaufen. Irgendwas Besonderes.»

Beverleys Augen leuchten, sie lächelt ihm freundlich zu.

«Ich sag Ihnen mal, was ich gern von Ihnen geschenkt bekäme, wenn Sie mein Mann wären. Kommen Sie mit.»

Sie führt ihn in den hinteren Teil des Ladens, in die Wäscheabteilung. Sie nimmt Teile von den Ständern, hält sie sich vor und gibt sie dann Asel. Sie sagt, sie habe die gleiche Größe wie Phoebe, und all diese Sachen würden ihr passen.

«Ich glaub, wir sind etwas anders um die Brust, aber nicht viel. Das hier ist ein Kamisol, und dies das passende Höschen. Dies ist eine Chemise. Mir gefällt dies Grünblau sehr, und nehmen Sie das hier auch. Ein Hemdhöschen in Seide. Das Muster ist indisch und heißt Paisley. Und dies ist wirklich süß. Es ist ein Bustier. So was ist in Europa sehr modern.»

Asels Hände füllen sich mit Sachen, aber sie wiegen nichts. Er schielt auf die Preisschildchen, und er weiß, daß er die meisten Sachen wieder zurücklegen muß.

«Das wird toll für Phoebe, wenn sie so was unter ihrer Schulgarderobe trägt. Das wird sie richtig in Schwung bringen.»

«Ich hab nicht genug Geld», sagt Asel. «Ich könnte ihr vielleicht eins von diesen hier schenken.»

Beverley legt ihre Hand auf Asels Arm. Sie greift fest zu und sieht ihn an. «Ich will gar nichts», sagt sie. «Ich möchte, daß Sie diese Sachen haben.»

Asel will etwas sagen, aber sie schüttelt seinen Arm. «Es ist viel geschehen. Die Dinge waren lange Zeit beschissen. Was einer tut, wird ihm getan. Ich pack Ihnen das ein.»

Beverley bringt die Sachen zur Theke. Sie schneidet die Preisschildchen ab und legt dann die Sachen mit einer schnellen Bewegung in eine Schachtel; ihre eine Hand arbeitet geschickt und macht ihre Sache besser, als es die meisten Menschen mit zwei Händen könnten. Sie legt den Deckel drauf und klebt ihn zu. Sie gibt Asel das Päckchen, und als er es an sich genommen hat, faßt sie ihn am Hals und zieht ihn so zu sich hinab, daß sie ihn küssen kann, und dann fragt sie ihn, ob er je daran gedacht habe, einen Ohrring zu tragen. Sie sagt ihm, daß er großartig damit aussähe und daß er sich das überlegen solle.

Asel betritt das Schulgebäude. Ein Hausmeister zeigt ihm Phoebes Klassenzimmer. Er geht hin und sieht durch die Tür. Sie liest eine Geschichte vor. Als sie merkt, daß die Schüler über ihre Schultern hinwegsehen, dreht sie sich um und sieht ihn dastehen. Sie sehen ihn alle lange an, bis die Pausenklingel ertönt.

«Das war's», sagt Phoebe. «Ab nach Hause. Und vergeßt nichts. Ich wünsch euch allen schöne Sommerferien.»

Während die Kinder ihre Frühstückstaschen und Jacken holen, geht Phoebe zu ihm.

«Was machst denn du hier?»

«Ich wollte dich überraschen», sagt er, aber er weiß, daß er einen Fehler gemacht hat.

«Du hast ja getrunken», sagt sie.

Asel sieht sie an. Er versteht nicht, warum sie so böse mit ihm ist. Er findet das nicht gerecht. Er dreht sich zu den Kindern um, die heimlich zu ihm hinschauen, während sie Papier, Federtaschen und Bleistifte aus den Bänken räumen.

«Sie wissen, wer du bist», sagt sie. «Sie reden dauernd über dich. Sie reden über den Mann, der in den Wäldern rumläuft.»

«Tut mir leid. Das wußte ich nicht.»

«Hier ist mein Autoschlüssel. Geh bitte zum Wagen und warte auf mich.»

«Das wußte ich nicht.»

Als sie nach Haus kommen, grillt Phoebe Rippchen. Sie macht einen Salat aus dreierlei Sorten Bohnen und brät eine Pfanne Steak-Kartoffeln. Sie läßt sich von Asel nicht helfen.

«Ich muß mich bei dir entschuldigen», sagt sie, als sie essen. «Ich bekomme es immer mit der Angst, wenn Dinge passieren, die nicht alltäglich sind. Ich glaube, ich hatte Angst, daß irgendwas nicht stimmt.»

«Was erzählen sie denn so über mich?»

«Sie sagen, du hättest die Frau im Baum gefunden. Daß du ihr das Leben gerettet hättest. Du seist ein großer Jäger und Fischer. Sie wollen genau erfahren, was du tust. Deine Geschichte wird immer länger, und sie wird von Klasse zu Klasse weitererzählt. Ich hab das lange Zeit ignoriert, aber wenn sie jetzt fragen, dann denk ich mir Geschichten aus und erzähl sie ihnen. Ich sage, daß sie nicht wahr sind, bloß ausgedacht, und natürlich glauben sie deshalb erst recht daran.»

Asel widmet sich wieder seinem Essen, und Phoebe tut das gleiche. Als sie fertig sind, wäscht er ab, während sie saubermacht. Er steht vor dem Spülbecken, und sie greift um ihn herum, um Geschirr und Bestecke ins Wasser gleiten zu lassen. Einmal hält sie inne und preßt sich gegen ihn. Sie sagt: «Ich weiß, du hast es für mich getan, selbst wenn es nicht so war.»

Später, als es dunkel ist, zeigt er ihr die Sachen, die er ihr mitgebracht hat, und ihr wird klar, warum er in Keene vorbeigekommen ist. Sie sagt ihm, wie dumm sie sich vorkommt.

Er sagt, nein, so solle sie sich nicht fühlen, und dann läßt er sie die neuen Sachen anprobieren.

«Du siehst schön aus», sagt er und lächelt. Dann sagt er: «Was meinst du, wie ich mit einem Ohrring aussähe?»

«Ich glaube, du würdest ganz toll damit aussehen, aber wir müssen uns überlegen, welches Ohr. Eins bedeutet etwas, und das andere bedeutet etwas anderes.»

«Oh», sagt Asel. «Das wußte ich nicht. Wir müssen darauf achten, daß es das richtige ist.»

«Das müssen wir», sagt sie, und beide lachen.

17

Phoebe und Lillian stecken die Arme ins heiße Wasser des Stahlbeckens. Mit den Händen schöpfen sie sich das Wasser über die Schultern und spülen den Schmutz vom Melken ab, schwarze und weiße Haare, Scheiße und Pisse, klebrige Milch und braunes Eutersekret, das ihnen über die Handrücken gelaufen ist.

Draußen hören sie das Rattern eines zehn Meter langen Fließbands, das die Heuballen in die Scheuern hochtransportiert. Die Jungen rufen: «Schneller, hoch damit», und im nächsten Moment rufen sie: «Langsamer, du verrückter Hund! Was machst du denn, willst du uns umbringen?»

Die Frauen spritzen ihre Gummischürzen ab und hängen sie an die Tür. Sie treten in die Dämmerung hinaus. Achthundert Meter entfernt sehen sie eine Karawane von Erntemaschinen von der Weide zurückkommen. Vorneweg Tut auf dem großen Ford, der den Mähdrescher und einen halbvollen Heuwagen zieht. Dann kommt Bobby Vachon auf dem 5000er mit einem Rechen, gefolgt von Asel auf dem 7000er mit zwei beladenen Heuwagen, die hinter ihm herschaukeln. Der fallende Tau macht die Reifen feucht und glänzend. Die Nacht kommt schnell. Phoebe spürt sie durch die Feuchtigkeit ihres T-shirts.

Die Jungen, die Heu in die Scheuer stapeln, sind fast fertig. Derjenige, der die Ballen aufpackt, ist der Highway Preacher – jedenfalls steht das auf seinem schwarzen Kombiwagen. Er erschien vor zwei Tagen und fragte nach Arbeit. Er sagte, er wäre aus Keene, aber niemand hatte je von ihm gehört. Tut sagte, er könne ihm Arbeit geben, aber kein Geld. «Arbeit hab ich», sagte er zum Highway Preacher, «aber Geld hab ich nicht.»

Der Highway Preacher sagte zu Tut, das wär ganz in Ordnung, und er nähme das an, wovon es am meisten gäbe. In Tuts Augen war er damit der ideale Lohnarbeiter. Tut erlaubte ihm, den Kombiwagen hinter der Scheune zu parken, und gab ihm eine Pferdedecke. Lillian erklärte sich bereit, ihn mit drei Mahlzeiten am Tag zu versorgen, wofür Tut ihr Extrageld gab.

Das Fließband wird abgestellt. Zwei High-School-Schüler rutschen auf dem Rahmen nach unten.

«Also, Jungs, kommt morgen früh wieder, dann laden wir die letzten drei Fuhren aus», sagt der Highway Preacher.

Einer der Jungen ist Rodney. Sein Vater ist seit langem krank. Er arbeitet, weil die Familie das Geld braucht. Tut gibt ihm immer etwas mehr. Der andere Junge ist einer seiner Klassenkameraden. Der Highway Preacher behandelt sie wie seine Mannschaft, obwohl beide vom Heustapeln mehr Ahnung haben als er.

Rodney sieht Phoebe an und schaut dann mit gesenktem Kopf zur Seite.

«Also, Rodney, warum schaust du mir nie in die Augen?» sagt Phoebe und stemmt die Hände in die Hüften.

«Bin schüchtern, glaub ich», sagt er.

«Jetzt erzähl mir mal, wie's deinem Vater geht. Hast du ihn besucht?»

«Nein, hab ich nicht. Alvin war da, und Gloria auch.»

«Du besuchst ihn besser auch mal. Vielleicht hast du nicht mehr lange die Möglichkeit dazu.»

«Das weiß ich. Wenn ich Pech hab, stirbt er, wenn grad in Cheshire Jahrmarkt ist, und dann können wir da nicht hin.»

Rodneys Freund lacht ihn aus, und Rodney gibt ihm eine Kopfnuß. Sie laufen beide zu ihren Fahrrädern, springen auf und beginnen die Wettfahrt nach Haus.

«Preacher, geh mal ins Haus und wasch dich fürs Abendessen. Wir helfen dabei, die Planen über das Heu zu ziehen», sagt Lillian und gibt ihm einen Schubs, damit er sich auf den Weg macht.

«Geh du auch mal, Lilly, und komm dann zum Abendessen zum Haus zurück», sagt Phoebe zu ihr. «Bring Tomaten mit.»

Lillian zögert ein bißchen. Sie hat noch nie an Tuts Tisch gesessen.

Phoebe sieht ihr nach, wie sie zu ihrem Haus trottet; ihre Brüste sind wie riesige Säcke. Phoebe mag Lillian sehr, vielleicht mehr als jede andere Frau, die sie kennt. Sie war Phoebes Amme, als Phoebe geboren wurde. Sie zog sie in den ersten Jahren auf wie ihr eigenes Kind, aber Tut unterband das an jenem Tag, an dem Phoebe sich aus dem Haus schlich und über die Landstraße zur Scheune ging, um bei Lillian zu sein. Tut bekam einen Wutanfall und verbannte Lillian von der Farm. Er ließ sie erst Jahre später zurückkommen, und dann auch nur deshalb, weil sie einen Sohn hatte, der arbeiten konnte.

Lillian dreht oft durch. Sie ist davon überzeugt, daß Tiere im Wald hinter ihr her sind. Sie behauptet, daß Fischmarder über die Wäscheleine laufen und versuchen, aufs Dach zu springen, um durch den Schornstein hineinzuklettern. Wenn sie merkwürdig wird, schließt sie Türen und Fenster und stellt die Heizung an. Manchmal wird es so heiß, daß man fürchten muß, das Haus könnte plötzlich in Brand geraten und in die Luft gehen. Zum Glück ist sie in letzter Zeit ziemlich gut beieinander. Sie tut nichts Seltsames mehr, außer daß sie ihre Haare in Einkaufstüten sammelt. Bobby Vachon behauptet, sie habe bereits drei. Sie hat sie neben dem Bett stehen.

Phoebe geht wieder ins Milchhaus und findet ein Hemd. Es gehört Asel. Sie zieht es an und rollt die Ärmel hoch. Sie zieht es vorn zusammen und verknotet es vor dem Bauch. Als sie wieder hinaustritt, hört sie nur das Gedonner der Fahrzeugkolonne.

Sie fahren in die Einfahrt und biegen nach rechts ein, so daß sie parallel zur Scheune zum Stehen kommen, Traktor neben Traktor, jeder mit seinen Maschinen im Schlepp. Sie nehmen das Gas weg und schalten die Motoren aus.

Mit Mähen sind sie fertig, und Tut ist froh. Sein Gesicht ist schwarz vor Staub und Schmiere. Auf der Stirn und unter den Augen hat er Wasserspuren. Er sieht Phoebe an und lächelt. Sein Gebiß blitzt weiß, und aus seinen Augen spricht Zufriedenheit.

Bobby Vachon und Asel kommen rüber, um ihm runterzuhelfen. Er streckt die Arme aus, damit sie ihn stützen können, sagt dabei aber, sie sollen ihn zum Teufel noch mal in Frieden lassen, weil er überhaupt keine Hilfe braucht.

Asel geht zu Phoebe und umarmt sie. Sie läßt sich von ihm hochheben. Sein Bart an ihrem Hals fühlt sich weich an. Als er sie wieder abgesetzt hat, läßt sie ihn sich bücken, damit sie die Flocken von Luzernen und Staub aus seinem Haar bürsten kann.

Sie hatten vorgehabt, in diesem Sommer auf Reisen zu gehen, aber Tut bat sie, auf der Farm zu helfen, und sie waren beide einverstanden: eine Entscheidung, die sie nicht bedauert haben.

Bobby Vachon und Tut beginnen sich anzuschreien.

«Mit ein bißchen Geduld hättest du dir deine verdammte Hand nicht verletzt», sagt Tut.

Bobby Vachon versucht etwas zu sagen, schafft es aber nicht. Wut steigt ihm im Bauch hoch, und er kann bloß mit den Händen durch die Luft fuchteln und abgerissene Wörter hervorstoßen.

«Was ist eigentlich los?» fragt Phoebe Asel.

«Der Mähdrescher war verklemmt, und Bobby mußte reinkriechen. Tut ist aus Versehen an den Schalter gekommen, und Bobby wurde ein Stück Haut vom Handrücken gerissen. Er hat Glück, daß er noch lebt.»

Phoebe wendet sich den beiden zu.

«Hört auf», sagt sie.

«Schrei mich nicht an», sagt Tut. «Wenn er wüßte, wie man Heu einbringt, wär das nie passiert.»

Phoebe nimmt Bobbys Hand. Ein Hautstreifen ist vom Gelenk bis zu den Knöcheln abgeschält. Die Stelle ist schwarz von Schmutz und verkrustetem Blut.

«Du wäschst dir das jetzt aus», sagt sie zu ihm, «und dann sollen du und Lillian und der Highway Preacher rüberkommen zum Haus.»

Bobby geht los; er schlurft dicht über den Boden und hat den gleichen schwankenden Gang wie Lillian.

«Ihr beide geht ins Milchhaus und wascht euch, wenn ihr das Heu abgedeckt habt. Lillian und Bobby und der Highway Preacher kommen zum Abendessen.»

Tut will etwas sagen, aber Phoebe hebt die Hand.

«Nein», sagt sie. «Geh dich waschen und komm dann zum Haus.»

Asel und Tut sehen ihr nach. Dann ziehen die beiden Planen über alle Wagen. Asel klettert hinauf und rollt sie aus. Die herunterfallenden Leinen bindet Tut an den Seitenbrettern fest. Asel turnt wieder hinunter, und die beiden Männer gehen ins Milchhaus.

Sie spülen ihre Oberkörper ab und suchen sich trockene Hemden. Tut kontrolliert den Milchzähler und scheint zufrieden zu sein, also gehen sie zum Haus.

Tabletts mit Essen stehen schon auf dem Picknicktisch bereit. Es sind Partytabletts, wie sie das Lebensmittelgeschäft zusammenstellt. Es gibt Aufschnitt, Käse, Gemüse und Kartoffelchips. Daneben stehen ein Korb voll Brötchen und Schüsseln mit Kraut- und Kartoffelsalat.

Tut und Asel setzen sich. Sie machen sich dicke Sandwiches und beschmieren sie mit Mayonnaise und Senf. Sie nehmen sich Chips und Gurken und fangen zu essen an. Phoebe kommt mit einem Krug voll Limonade heraus.

Bobby Vachon, Lillian und der Highway Preacher kommen über die Straße. Phoebe winkt ihnen zu und ruft, sie sollen sich lieber beeilen, bevor alles weg ist. Bobby Vachon hat sein rot-weiß-kariertes Westernhemd mit Perlknöpfen an. Seine Hand ist weiß verbunden. Lillian trägt einen limonengrünen Hosenanzug, und der Highway Preacher hat ein frisches weißes Hemd an, das bis zum Kragen zugeknöpft ist. Jeder trägt einen Sack.

«Lilly, du siehst wunderbar aus», sagt Phoebe. «Setzt euch. Setzt euch und haut rein.»

Lillian gibt Phoebe ihren Sack mit Tomaten.

«Das sind Beefsteak-Tomaten», sagt sie. «Sie sind etwas klein geraten, schmecken aber gut. Ich glaub, mit der Sorte ist es vorbei. Ich muß nächstes Jahr eine neue pflanzen.»

«Mit allem ist es mal vorbei», sagt Tut, den Mund voll Sandwich.

In den anderen beiden Säcken sind Sechserpacks Black Label. Gekühlt. Phoebe reicht die Flaschen herum. Asel zögert, aber Tut sagt, er solle trinken. Er sagt, er glaube, er trinke auch eins.

«Gottverdammt», sagt Tut, «wenn wir schon zusammen essen, dann wollen wir's auch genießen.»

«Ach, sei bloß still», sagt Lillian zu ihm. «Uns gefällt's.»

«Dann ist's ja gut. Beißt bloß nicht auf diesen verdammten Kartoffelchips rum. Wenn's was gibt, was ich nicht ertragen kann, dann ist es der Lärm, den die im Mund machen.»

Sie essen schweigend. Keiner wagt sich an die Tüte mit Kartoffelchips, und die, die sie schon auf den Tellern haben, rühren sie nicht an. Außer dem Highway Preacher: Er scheint den Trick raus zu haben, sie im Mund weich werden zu lassen und dann zu schlucken. Tut steht von der Bank auf und geht zu seinem Liegestuhl. Er streckt sich aus und zündet sich eine Zigarre an. Die anderen lehnen sich zurück und atmen den aufsteigenden Rauch ein.

«Bobby», sagt Tut sanft. «Was macht deine Hand?»

«Wird schon werden.»

«Ich hab eine alte Windel zerschnitten, die ich im Lumpenkasten gefunden hab, und daraus einen Preßverband gemacht», sagt Lillian.

Tut nickt und lächelt. Phoebe greift zum Tablett. Sie nimmt eine Scheibe Schinken und rollt sie zwischen Daumen und Zeigefinger zusammen. Der Highway Preacher gibt jedem ein neues Bier. Das Land draußen ist feucht vom Tau, und Schwaden davon steigen auf und schweben über dem Boden. Glühwürmchen schalten ihre grünen Rücklichter ein und bringen kleine Lichtpunkte in den Abend.

«Ist ja ganz wie früher, Tut», sagt Lillian, aber Tut gibt keine Antwort. Er rollt seine Zigarre zwischen Fingern und Daumen und bewegt sie zwischen den Lippen hin und her.

«Wie war's denn früher so?» fragt der Highway Preacher.

«Ganze Mannschaften», sagt sie. «Riesenportionen, die aus einem Topf kamen. Den ganzen Tag lang kochen und dann Teller auf Planken verteilen, die als Tische dienten. Mengen von Leuten. Wurde ja alles noch mit der Hand gemacht.»

«Da waren vielleicht Prachtstücke bei», sagt Tut.

«Ich kann mich noch an Pearly White erinnern», sagt Phoebe. «Der hatte Angst vor Katzen. Er meinte, sie würden ihn angreifen. Und eines Tages ging ich in der Scheune hinter ihm her, und zwei Katzen sprangen hervor und auf ihn drauf. Das war das Witzigste, was ich je gesehen hab.»

«Pearly White war Lillians Mann», sagt Tut. «Er war Bobbys Vater, nicht, Lillian?»

«Was redest du da? Nein, war er nicht, und wenn du das nicht zurücknimmst, dann geh ich auf der Stelle.»

Phoebe greift nach Lillians Hand. Die Frau dreht sich um und schaut sie an. Phoebe sieht, wie gekränkt sie ist.

«Er meint das nicht so, Lilly. Er sucht bloß Streit.»

«Ich versteh nicht, warum er so gern Leute kränkt», flüstert sie.

«He, Tut, wie war das noch mit diesem Typen, diesem Freddy Chibeault?» sagt Bobby.

«Mein Gott», sagt Tut. «Also, Highway Preacher, das ist 'ne Geschichte für dich. Der Mann war der beste Züchter, den ich kannte. Jedesmal wenn auf der Farm 'ne Kuh ans Kalben kam, schickte man 'nen Haftbefehl raus, um ihn festnehmen zu lassen. Das ist Tatsache. Schließlich ist er total auf den Hund gekommen. Er schnitt 'ner Kuh direkt vorm Freßgitter mit 'ner Kettensäge den Kopf ab.»

«Das wußte ich gar nicht», sagt Bobby Vachon, hält sich die verbundene Hand vors Gesicht und betrachtet sie aufmerksam. «Was für 'ne Kettensäge war's denn?»

«Ich glaub, es war 'ne schwedische Säge, 'ne Husqvarna oder 'ne Jonsered.»

«Mit 'ner Jonsered könnt ich mir's vorstellen, aber ich glaub nicht, daß ich das mit 'ner Husqvarna versuchen würde.»

Tut pafft noch einmal an seinem Zigarrenstummel und wirft ihn dann auf den Rasen. Sie sehen zu, wie das Ende vor ihnen glüht und raucht, bis es von der Feuchtigkeit schwarz wird. Tut zieht mit der linken Hand an seinem Gesicht, reibt sich kräftig von der Stirn zum Kinn.

«Das ist der Rest Heu», sagt er und sieht zu dem schwarzen Berg hinter dem Kälberstall hinüber.

«Dieses Jahr haben wir's gut hingekriegt», sagt Phoebe. Sie sieht Asel an und lächelt. Er greift nach ihrer Hand.

«Das ist der Rest», sagt Tut wieder. «Der letzte Rest.»

Die anderen sind still. Sie wollen ihn fragen, was er mit

«der letzte Rest» meint. Sie drängen ihn aber nicht, weil sie wissen, daß sie nicht mehr aus ihm rausbringen, als er schon gesagt hat, aber sie wissen, daß er mehr damit meinte. Sogar der Highway Preacher weiß, daß er auf eine Bruchstelle im Leben dieser Menschen getreten ist.

«Asel und ich haben im letzten Winter Kurt drüben in Harrisville getroffen. Erinnert ihr euch an den?» sagt Phoebe.

«Aber klar doch», sagt Bobby Vachon. «Der schuldet mir noch siebenundvierzig Dollar.»

«Das war doch der, der in dem Kombiwagen direkt oberhalb vom Eisenkessel wohnte, oder?»

«Ja, genau», sagt Bobby Vachon. «Eines Tages kreuzten sie rußschwarz hier auf. Sie hatten ein Ölventil kaputt geheizt, und das Zeug sprühte sie total ein. Der Karren hatte keine Motorhaube und keine Windschutzscheibe, wißt ihr noch?»

«Ich glaub, das war der, der Zucker in meinen Tank gekippt hat», sagt der Highway Preacher.

«Sie ist ein gutes Mädchen», sagt Tut.

Alle lächeln und lehnen sich zurück. Die Nacht ist da. Die roten Färberbäume sind schwarz geworden, und die einzelnen Äste der Goldruten sind jetzt Schatten neben der Scheune.

Tut spricht mit so leiser, hohler Stimme, daß sie ihn kaum verstehen.

«Kurty und ein anderer Junge sind letzten Winter ertrunken, als ihre Eishütte im Silver Lake unterging. Ich schätze, sie waren ziemlich besoffen.» Tut schweigt einen Moment und setzt sich dann auf. «Ich geh ins Bett, aber ihr könnt noch bleiben, wenn ihr wollt.»

18

Einen Monat später erscheint Bobby Vachon an der Tür und fragt nach Phoebe. Es ist spät, alle liegen längst im Bett. Sie steht auf, und sie gehen vor die Tür.

«Es geht um den Alten», sagt er zu ihr. «Er ist heut nacht auf und weint. Er rührt sich nicht aus dem Sessel. Er sagt, er kann sich nicht bewegen, und er will, daß du kommst.»

Phoebe sieht zu Asel hin. Er steht mit einem Buch in der Hand, das er gegen die Brust drückt, im Türrahmen.

«Geh schon. Er braucht dich.»

Sie lächelt ihm zu und greift dann nach ihrer Jacke. Sie geht zur Tür hinaus und steigt in ihr Auto. Sie läßt die beiden Männer auf den Stufen stehen. Das Motorgeräusch verschwindet, als sie über den Hügel ist, aber sie können die Lichter noch durch die Nacht huschen sehen. Als sie nicht mehr zu sehen sind, geht Asel hinein, und Bobby Vachon folgt ihm.

«Solltest du nicht lieber auch gehen?»

«Sollte ich wahrscheinlich, aber Lillian ist da, und zusammen werden sie schon mit ihm fertig werden. Wenn ich da bin, läßt er nur alles wieder an mir aus.»

«Ist das schon oft passiert?»

«Zuletzt ungefähr zweimal die Woche, aber jetzt ist es das erste Mal, daß er nach ihr fragt.»

Bobby Vachon geht wieder zur Tür. Er stößt die Fliegengittertür auf und sieht auf die Straße hinaus.

«Jetzt kriegt er mich am Arsch», sagt er.

«Was ist denn los?»

«Er wollte, daß ich ihr sage, sie sei ein Pfirsich, und ich hab's vergessen.»

«Was soll das heißen, ein Pfirsich?»

«Ich weiß nicht. Er wollte bloß, daß ich es ihr sage. Er sagte, vergiß das bloß nicht.»

Bobby Vachon setzt sich an den Tisch. Er greift nach Phoebes Kassettenrecorder. Er dreht ihn in den Händen, schaut angestrengt die Knöpfe und die kleinen Aufschriften daneben an. Dann stellt er ihn wieder hin. «Er muß ihr das selber sagen. Wahrscheinlich macht er es auch, wenn er sie sieht.»

«Was ist denn los mit ihm?»

«Nichts. Er kann nur nicht mehr das machen, was er sonst immer gemacht hat. Er ist plötzlich gelähmt und kann sich nicht bewegen. Das stört ihn. Er mag's nicht, wenn er einem unterlegen ist, besonders mir.»

Asel geht zum Wasserhahn. Er läßt Wasser in die Kanne der Kaffeemaschine laufen. Dann gießt er es in die Maschine und füllt den Einsatz mit Maxwell House.

«Willst du Kaffee?» sagt er.

«Nein. Ich hab grad welchen getrunken.»

Asel nickt und setzt sich dorthin, wo normalerweise Phoebe sitzt. Er stützt die Ellbogen auf ihre Zeitschriften und starrt Bobby an. Es ist schwierig, sein Alter zu schätzen. Seine Augen sind die eines jungen Manns, aber sein Gesicht ist ständig von Wind, Sonne und Kälte gegerbt.

Die beiden Männer sitzen wortlos da, und Bobby greift wieder nach dem Kassettenrecorder. Asel weiß, daß Bobby ihn ausprobieren möchte, sagt aber nichts. Die Kaffeemaschine fängt an zu zischen und zu gurgeln, drückt heißes Wasser durch die Röhre und läßt es durch den Einsatz tropfen. Ein gleichmäßiger Strahl fließt in die Kanne. Der Kaffee ist schwarz, und sein Aroma vermischt sich in der Luft mit dem durchdringenden Geruch nach Kuhscheiße und Silofutter, der aus Bobby Vachons Kleidern kommt.

Als der Kaffee fertig ist, schenkt Asel zwei Tassen ein. Er stellt eine vor Bobby und nimmt sich die andere. Sie trinken langsam und halten die Tassen dabei nicht an den Henkeln, sondern umschließen sie mit den Händen, eine Gewohnheit, die Männer annehmen, die viel draußen sind. Die Tassen in ihren Händen sind warm. Sie halten sie sogar fest, wenn sie die Tassen auf dem Tisch abstellen, unter ihrem Kinn, damit der Dampf an ihrem Gesicht aufsteigt.

«Ich fürchte, daß er sich umbringt, wenn er das nicht los wird.»

«Menschen bringen sich um», sagt Asel und versucht, es wie eine Frage klingen zu lassen, aber am Ende weiß er, daß es so nicht klingt, weil Bobby zu ihm aufschaut und dann einen Schluck Kaffee trinkt.

«Na klar. Menschen bringen sich andauernd um.»

«Was meinst du, warum sie das tun?»

«Ich glaub, das geht mich nichts an.»

Asel füllt die Tassen nach. Er denkt an die Frau, die er im Baum fand. Er versucht mit aller Kraft, sie sich nicht als schön vorzustellen, aber es gelingt ihm nicht. Er setzt sich Bobby gegenüber. Er hält die Tasse in der linken Hand, umklammert das Handgelenk mit der anderen Hand und hofft, das Seilarmband dort zu finden, das er doch schon längst verloren hat.

Der Knoten löste sich in den Wäldern, und es fiel ab. Daß es weg war, merkte er erst, als er nach Haus kam, und er ging nicht zurück, um es zu suchen.

Jetzt hält er sein Handgelenk, bis er wieder weiß, wie das Armband sich angefühlt hat, und dann läßt er los. Er denkt an Rodney, den Jungen, der es für ihn gemacht hat. Er denkt daran, wie oft Phoebe die leere Stelle über der Arterie mit der Fingerspitze gestreichelt hat.

«Ich bin ihr Bruder, weißt du», sagt Bobby Vachon und sieht in seine Tasse.

«Nein, wußte ich nicht. Wie geht das denn?»

«Tut verleugnet mich, aber ich weiß, daß er mein Vater ist.»

«Seit wann bist du ihr Bruder?»

Bobby Vachon sieht zur Decke. Er schüttelt den Kopf und kneift ein Auge zu. Asel sieht, wie er die Lippen bewegt, während er versucht, die Jahre zusammenzuzählen. Schließlich sieht er Asel an.

«Erst seit ich es weiß», sagt er.

«Wie lange ist das her?»

«Seitdem mein Vater starb. Nicht daß ich's damals schon wußte, aber als er starb, kam Tut öfter zu uns nach Haus. Er war gut zu meiner Mutter und zu uns Kindern. Das war, nachdem Tuts Frau gestorben war. Sie schickten uns ins Bett und saßen in der Küche zusammen. Wir konnten sie vom Treppenhaus sehen. Wir hockten da wie ein Vogelschwarm und beobachteten sie. Wir konnten nicht hören, was sie sagten, aber wir konnten sehen, wie ihre Münder sich bewegten, und er hat sie über den Tisch hinweg berührt, bis ihr Kopf nach hinten fiel und ihr Mund offenstand. Ihre Augenlider sahen weich aus, als ob man die Hand hätte ausstrecken können, und sie hätten sich angefühlt wie die von einem Tier, wenn man sie berührt hätte.»

«Und wieso ist er dann dein Vater?»

«Einmal konnten wir sie hören, und er fragte, wie es seinem Jungen ginge. Alle haben mich angesehen, weil ich anders war als sie. Das war das letzte Mal, daß ich sie beobachtet habe, und später, als meine Mutter wegzog, hat sie mich zurückgelassen. Sie sagte, er würde mich holen.»

Asel hört sich die Geschichte an. Er weiß nicht warum, aber er hält sie für wahr. Er will diesen Ort verlassen, an dem die Leute versuchen, ein bißchen voranzukommen. Er denkt, daß er Phoebe hier bei ihrer Familie lassen wird, daß er das, was ihn irgendwo am Ende erwartet, in einer anderen Stadt austragen sollte, und wenn es dann vorbei ist, wird er, wenn er kann, zurückkommen. Es wäre für alle besser so. Er lacht in sich hinein, und das macht ihm Mut. Er sieht zu Bobby auf. Bobby hat den Kopfhörer auf und hört das Lied «Easy from Now On». Er lächelt mit geschlossenen Augen.

TUT sitzt auf einem Gartenstuhl im Getreidezimmer. Das Gewicht hat er auf eine Hüfte verlagert. Sein Gesicht ist rot und aufgedunsen. Es ist feucht, und die Unterlippe ragt über die Oberlippe. Phoebe steht neben ihm, eine Hand auf seiner Schulter. Sie sieht zur Tür hinaus, in den roten Schein von Rücklichtern, denn Lillian fährt gerade den Kleinlaster rückwärts heran.

«Sie ist da», sagt Phoebe sanft, faßt unter seinen Arm und hebt ihn an.

Tut zieht sich hoch und steht. Er bewegt sich erst, als er merkt, daß Lillian ihn am anderen Arm hält. Sie führen ihn zur offenen Ladefläche, wo er ein Bein anhebt und die Kante der Ladefläche unter den Hintern bekommt. Dann gehen beide Frauen auf seine andere Seite und heben ihn hinauf. Er hat die Augen so fest geschlossen, daß seine Wangen fast bis zu den Augenbrauen hochgezogen sind. Phoebe springt neben ihm auf. Mit einer Hand hält sie die Kette der Ladeklappe fest, und mit der anderen zieht sie ihn zu sich heran. Lillian steigt in die Kabine und fährt zum Haus. Sie setzt rückwärts über den Rasen bis zur Haustür und stellt dann den Motor ab.

Sie helfen Tut auf die Veranda, wo ein Bett für ihn steht. Lillian erklärt Phoebe, daß Tut diese Veranda mit Fliegengittern hat ausstatten lassen, damit er nachts nicht die Treppe hinauf muß. Seine Augen sind noch immer geschlossen.

Phoebe tritt einen Schritt zurück und sieht ihn an. Lillian dreht ihn auf den Bauch und schiebt ihm ein Kissen unter den Magen.

«Ist sie noch da?»

«Sie ist hier», sagt Lillian zu ihm.

Das scheint ihm Erleichterung zu verschaffen, aber die Augen öffnet er nicht. Er hebt den Kopf und schiebt einen Arm darunter.

«Ich mach Tee», sagt Phoebe zu Lillian.

«Mach das, Liebling, und ich schaff ihn ins Bett.»

Phoebe geht durchs Haus und schaltet im Vorbeigehen Lichter an. Schonbezüge liegen auf den Sesseln, gelbfleckig von den Köpfen schlafender Männer, die darin saßen. Sie kommt in die Küche und findet den Tee dort, wo er immer war. Sie setzt Wasser auf und hält dann einen Moment inne, um zu lauschen. Lillian muß die Gegensprechanlage eingeschaltet haben. Das Haus füllt sich mit Geräuschen aus dem Stall. Sie hört Wasser in Eimer laufen. Eine Kuh hustet, und eine andere steht auf. Sie kann sogar das Peitschen der Schwänze hören, die nach Fliegen schlagen.

Im Spülbecken liegt Geschirr. Die Tassen und Untertassen sind dieselben, die sie benutzt haben, als sie klein war und noch zu Haus wohnte. Eine Pfanne mit Teigresten an den Ecken liegt da und ein sirupverschmierter Teller. Phoebe läßt Wasser ins Spülbecken laufen und wäscht das Geschirr ab. In dieser Nacht überrascht es sie, wie niedrig das Becken ist und wie leicht sie alles erreichen kann.

Als sie fertig ist, steht sie da und läßt die Wärme des Wassers von den Händen bis zu den Ellbogen steigen. Der Kessel auf dem Herd pfeift; sie nimmt die Pfeife ab und läßt das Spülwasser auslaufen. Sie sieht zu, wie es sich nach rechts dreht und denkt, daß sie ihren Schülern erzählt, daß Wasser das diesseits des Äquators immer tut. Bevor sie zur Teekanne greift, langt sie ins Becken und wirbelt das Wasser gegen die Strömung, ändert die Richtung des Strudels. Die neue Richtung setzt sich durch, und das Wasser verschwindet auf ungewöhnliche Weise im Ausguß.

Phoebe trägt die Teekanne und Tassen zur Veranda. Als sie die Tür erreicht, hält sie an und beobachtet Tut und Lillian. Er liegt jetzt auf dem Rücken, nackt von der Hüfte abwärts. Seine Beine sind gespreizt, und dazwischen ist fast nichts mehr. Die Haut ist rot und grau gesprenkelt. Lillian streicht Salbe von den Knien zu den Hoden und von dort zu den Hüften. Sein Kopf liegt tief, und die Augen sind noch immer geschlossen. Der Duft von Menthol und Eukalyptus hängt in der Luft. Lillian singt ihm ein Lied, das Phoebe nicht erkennt. Sie wiegt den Kopf im Rhythmus ihrer Hand, im Hintergrund sind die Geräusche der Kühe zu hören.

«Ist sie da?» sagt Tut.

«Ja, sie ist hier. Es ist deine Phoebe», sagt Lillian.

«Frag sie für mich.»

Lillian sieht Phoebe an und lächelt ihr zu.

«Keine Angst», sagt sie. «Er ist alt und wird jeden Tag älter. Er liebt dich, und er respektiert deinen Mann.»

«Was will er?»

«Er will dein Haar sehen. Er redet ziemlich viel darüber. Er hat es nicht mehr gesehen, seit du von hier fortgegangen bist.»

Phoebe geht in die Mitte der Veranda. Sie stellt das Tablett auf einem Stuhl ab. Sie schaut durch die Fliegengitter in jene Richtung, von der sie weiß, daß dort Asel ist. Motten flattern und schlagen gegen das dichte Gewebe aus Stahlfäden. Sie bildet sich ein, irgendwo in der Nacht das phosphoreszierende Leuchten eines Glühwürmchens zu sehen. Dessen Leuchtkraft nimmt zu, als sie nach der Schmetterlingsspange am Hinterkopf faßt, die alles zusammenhält. Phoebe drückt auf die Federn, zieht die Spange heraus, und ihr Haar fließt zu Boden.

«Es ist unten, nicht?» sagt Tut mit noch immer geschlossenen Augen.

«Ja», sagt Lillian.

Tut liegt unbeweglich da. Er atmet langsam und gleichmäßig, sein weißer Bauch bewegt sich unter den Schößen seines Hemds. Er hat nun den Unterarm über die Augen gelegt.

«Es ist schön, nicht?»

«Ja, sehr schön. Es ist das schönste Haar, das du dir vorstellen kannst», sagt Lillian und betrachtet es von oben bis unten; ihr Mund steht offen, und ihre Augen sind fast geschlossen.

Phoebe lächelt ihnen zu und rafft dann ihr Haar mit den Armen. Sie wiegt es und beginnt zu glauben, was ihr Vater ihr vor Jahren erzählt hat – daß ihre Mutter ihn Monate vor ihrer Geburt verlassen hat.

Im Zimmer ist es dunkel. Asel sitzt in seinem Sessel am Bett, und Phoebe steht neben ihm. In dem Licht, das durchs Fenster fällt, sieht ihr Körper blau aus.

«Ich brauche deine Liebe», sagt sie.

«Ich liebe dich», sagt er. «Wirklich.»

«Ich möchte eigene Kinder haben. Ich möchte sie mit dir haben.»

«Die werden wir haben», sagt er ihr. «Bald.»

19

PHOEBE wird vom schrillen Geräusch der Zikaden geweckt, das schon die Morgenluft durchbebt. Der Tau hebt sich von den Weiden und hängt schwer über dem ganzen Tal. Sie riecht das Heu, das jemand unten am Fluß gestern gemäht hat und das in ein paar Stunden eingebracht sein müßte. Phoebe zieht einen Morgenrock an und sucht Asel. Er sitzt in der Küche und spannt Lederstreifen über den Rahmen eines Schneeschuhs. Einer, den er während der Nacht bespannt hat, liegt auf dem Küchentisch. Am anderen macht er gerade die Kante fertig.

Seine Hände sind orangefarben und riechen nach Tierhaut. Phoebe zieht eine Hand an ihr Gesicht und küßt die Innenfläche.

«Was gibt's zum Frühstück?» sagt sie.

«Ich weiß nicht. Kaffee und noch was.»

«Ich back dir Pfannkuchen», sagt sie und geht zum Schrank, um den Teig zu mischen.

Asel sieht von seiner Arbeit auf. Wenn sie so im Licht steht, sieht er sie sich in ihrem Morgenrock bewegen, und er lächelt, weil er weiß, daß er sie so schon einmal gesehen hat. Seine Hände weben die Lederstreifen zu Dreiecksmustern, während er zusieht, wie Phoebe den Teig anrührt.

«Worauf starrst du so?» sagt sie.

«Auf dich. Glaubst du, daß Tut durchkommt? Vielleicht sollten wir heute den ganzen Tag dort bleiben. Bobby Vachon hat wieder angefangen zu mähen.»

«Heute nicht. Der Highway Preacher und die Jungs helfen ihm. Wir sind oft genug da gewesen. Und außerdem haben wir beide heute eine Verabredung.»

Asel versucht sich zu erinnern, in was er eingewilligt hat, kann es aber nicht. Es ist ein langer Sommer für sie gewesen. Die meiste Zeit haben sie auf der Farm verbracht und dort den ganzen Tag gearbeitet, und nachts sind sie dann durch den Wald nach Sheep Rock gegangen, haben sich ausgezogen und sich ins Wasser des Bachs gleiten lassen, das so kalt war, daß ihre gebräunten Körper rosa anliefen.

Asel zupft an Bart und Augenbrauen herum. Phoebe dreht sich um und sieht ihn an.

«Heute ist Old Home Day, und da gehen wir hin. Wir haben das Feuerwehr-Grillfest und das Erdbeer-Festival verpaßt. Aber Old Home Day verpassen wir nicht.»

«Was ist Old Home Day?»

Phoebe erklärt ihm, daß die Stadt jedes Jahr an einem bestimmten Tag ihre Söhne und Töchter von einst mit einem Fest willkommen heißt.

«Wir waren noch nie da, seid wir hergezogen sind, und ich möchte hin. Und ich möchte, daß du mitkommst.»

SEIT 1900 kommen die Söhne und Töchter der Stadt am dritten Samstag im August zurück. Phoebe und Asel verbringen dort den ganzen Tag. Morgens gehen sie zur Pferdeschau und zum Tontaubenschießen. Dann zur Parade und zum Baseballspiel, das die verheirateten Männer gegen die Junggesellen austragen. Die Männer spielen Hardball, aber ein paar der jüngeren Leute wollen zu Softball wechseln, und einige wollen das Ganze abblasen und lieber mit Feuerwehrschläuchen Wasserfußball spielen. Einer hat sogar vorgeschlagen, die Frauen mitspielen zu lassen, aber gemäßigtere Köpfe setzen sich durch, und es bleibt bei Hardball, verheiratete Männer gegen Junggesellen.

Ein Bursche erscheint mit einem Aluminiumschläger. Die Männer stehen um ihn herum und bewundern den Schläger, aber dann bringen sie ihn dazu, ihn wieder im Auto verschwinden zu lassen. Der Höhepunkt des Spiels kommt, als der linke Läufer der verheirateten Männer nach einem Ball taucht und sich die Schulter verrenkt. Die Verletzung wird auf Nüchternheit zurückgeführt, ein Zustand, der behoben werden muß, weil der Mann in dem Stück, das an diesem Abend gespielt wird, Mortimer darstellen soll. Alle bieten ihm ihre Hilfe an.

Am Spätnachmittag versammeln sich die alten Hasen unter der Eiche neben der Kirche aus rotem Klinker. Sie erzählen Geschichten von den Old Home Day-Paraden von 1932, 1941 und 1952. Drei von ihnen waren einmal George Washington, und zwei waren Martha. Einer war ein Neger-Lakai, und mehrere waren Abenaki-Indianer. Einige waren Soldaten, und andere haben die neun Kilometer vom Depot bis zur Stadt Menuett tanzend zurückgelegt. Der Neger-Lakai hat seit über fünfzig Jahren nichts als Scheiße erlebt.

Um halb acht nehmen Phoebe und Asel auf der Empore der Stadthalle Platz, um den ersten Einakter zu sehen. Die Leute fächeln sich mit den Programmen Kühlung zu, aber das hält den Schweiß nicht auf, der die Hemden hinten und vorn durchnäßt. Asel legt die Hand auf die Tasche seiner Jeans, in der er eine kleine 9-mm-Iver-and-Johnson trägt, sein Modell für heiße Tage. Zwischen ihm und der Wand liegen sechs Reihen. Sie sind mit jungen Leuten gefüllt; einige sitzen steif da, einige halten Schweißhändchen, und einige knutschen. Die Mutigeren sind immer noch am Baseballfeld, trinken heimlich Bier und rauchen Joints.

Das erste Stück handelt von Mortimer und Evangeline. Der Baseballspieler tritt im Nachthemd auf, Arm und

Schulter eng gegen den Körper gepreßt. Evangeline ist wegen des Gewitters besorgt, das hinter den Kulissen produziert wird. Sie sagt zu Mortimer, er solle sich schämen, wenn er ihre Sorge nicht teile. Als er von ihr wissen will, wie ein Mann sich schämen könne, wenn er schlafe, lachen alle; die Männer nicken, weil sie die Frage gutheißen, die Frauen schütteln die Köpfe, weil sie doch allzu absurd ist. Ein Bauerntölpel tritt auf und möchte erfahren, was der Lärm soll. Er sagt, er wolle nur relevante Details und verläßliche Fakten hören, verhaspelt sich aber im Text, und wieder lacht das Publikum. Als das Gelächter erstirbt, erklärt er Mortimer – der in seinen Galoschen auf einem Stuhl steht und sich einen Regenschirm über den Kopf hält –, es handle sich nur um die Kanonenschüsse, die den hundertsten Geburtstag des Landes feiern. Evangeline hat das letzte Wort, aber keiner hört es, weil alle so laut lachen.

Asel strafft sich, als er eine Hand auf der Schulter spürt. Er riecht den süßlichen Geruch von Whiskey und Desinfektionsmittel.

«Asel», flüstert eine Stimme, zentimeterdicht an seinem Ohr. «Beweg dich nicht. Hör mir zu.»

Asel spürt, wie die Hand erst fester drückt und dann weich wird. Sie bleibt dort und drückt die Fingerspitzen gegen sein Schulterblatt, damit er sich nicht umdreht.

«Wenn ich weg bin, bleib noch zehn Minuten sitzen und triff mich dann hinter der Stadthalle, neben der Feuerwehr.»

Asel sitzt zurückgelehnt im Stuhl. Er weiß, daß es Averell ist. Etwas stimmt nicht, doch er spürt, wie ihn Zufriedenheit überkommt. Zu wissen, daß Averell lebt, vermindert den Schrecken, der ihn schon so lange gefangenhält.

Er wartet zehn Minuten und sagt Phoebe dann, daß er pinkeln muß. Er küßt sie auf die Wange und läßt die Hand an ihrem Bein hinaufgleiten. Sie stößt ihn lächelnd weg.

«Beeil dich», sagt sie, «das nächste handelt von zwei Zwillingspaaren, eine Verwechslungskomödie.»

Asel geht die Hintertreppe hinunter und in die Nacht hinaus. Er steht neben einer der mächtigen Säulen, auf denen die mehr als zehn Meter hohe Decke der Vorhalle ruht. Auf der anderen Straßenseite sieht er die alten Leute, die immer noch auf Gartenstühlen im Park sitzen. In der Nähe des Kriegerdenkmals hält ein Paar Händchen, und einige der Männer, die beim Tontaubenschießen und Ballspiel mitgemacht haben, stehen biertrinkend außerhalb des Lichtkreises. Er würde gern zu ihnen gehen, ihre Namen erfahren und etwas über ihre Familien hören. Er möchte den Pitcher fragen, wie er es schafft, den Ball mit soviel Effet zu werfen. Er weiß, daß er in diesem Moment nichts von alldem tun kann, aber irgendwann, bald.

Er geht zu den geparkten Autos und Lastwagen. Er springt über den kanalisierten Bach und stellt sich mit dem Rücken zur Hohlziegelwand der Feuerwache. Stimmen werden durch die Nacht zu ihm herübergetragen, Fetzen von Gelächter und Gesprächen. Rechts neben sich erkennt er das von einer Hand abgeschirmte Glühen einer Zigarette. Es ist Averell, der neben einem Baum steht, einen grünen Filzhut tief ins Gesicht gezogen. Asel geht auf die andere Seite und stellt sich mit dem Rücken gegen den Baum.

«Wo hast du gesteckt?» sagt Asel.

«Das ist 'ne lange Geschichte, Junge. Um's einfach zu machen, ich kam eines Tages vom Treffen nach Haus, und da stand ein großer Laster, der meine ganze Ausrüstung und meine Möbel einlud. Scheint, daß die Rechnungen nicht bezahlt worden waren. Der Buchhalter hat mein ganzes Geld verjuxt. Der Sheriff war auch hinter mir her.»

«Warum bist du mich nicht holen gekommen?»

«Wir hatten es mal mit ein paar Sportsfreunden zu tun,

Roddy und Blaze, zwei Iren, die meinten, daß wir was hätten, was ihnen gehört. Ich schätze, das stimmt auch. Die tauchten auf, als der Sheriff wieder weg war. Ich hab sie aber abblitzen lassen. Wie ich gehört hab, sind sie schließlich versorgt worden.»

Asel macht eine Bewegung um den Baum herum. Averell versucht, auf die andere Seite zu kommen, stolpert aber über eine Wurzel und stürzt auf den Boden ins Licht, das von der Straße herüberfällt. Sein Gesicht ist geschwollen und voll schwarzer Blutergüsse. Eine Hand ist verbunden, und die andere geschient und bandagiert.

«Bleib weg», sagt er. «Bleib, wo du bist.»

Asel geht aber weiter. Er bückt sich und faßt ihm vorn ans Hemd. Er hilft ihm auf die Beine und zieht ihn aus dem Licht dicht an den Baum.

«Die Jungs haben mich vor einer Woche in Worcester erwischt. Nicht sie, sondern ihre Söhne. Ich hab in einer Velcro-Fabrik gearbeitet. Sie wollen das, was du hast, und wahrscheinlich wollen sie dich dazu. Sie haben mich hierhergeschickt, um dich aufzuscheuchen. Sie wissen, wo du bist.»

Asel hält seinen Bruder hoch. Er sieht sich um und sieht ihm dann ins Gesicht. Er erkennt, daß dort, wo er sich nicht rasieren konnte, weiße Stoppeln wachsen. Asel weiß, daß er sofort verschwinden muß.

«Was ist mit dir?» sagt Asel und schlingt den Arm um Averells Mitte, so daß er stöhnt und keine Luft mehr bekommt.

«Locker, Junge. Meine Rippen haben ganz schön was mitgemacht. Laß mich sitzen.»

Averell kniet sich hin. Er legt die Hände auf die Schenkel, fingert dann nach einer Zigarette und hält sie zwischen den Fingerspitzen. Als er daran zieht, bleibt die Zigarette jedoch an seinen trockenen Lippen kleben, und seine Finger rutschen zur Glut. Dort bleiben sie einen

Moment, bis er merkt, daß er sich verbrennt. Er stöhnt und schnippt mit den Fingern, so daß sie durch die Reibung noch mehr schmerzen.

«Ich muß weg», sagt er. «Ich hoffe, ich war kein Judas, als ich herkam, aber du mußtest gewarnt werden.»

«Averell, warte.»

«Was soll das, Junge. Kapierst du nicht, wo wir drinhängen?»

«Du kannst heut nacht bei uns bleiben.»

«Bist du denn blöd? Das geht nicht. Du riskierst alles, was du hast. Das könnte alles den Bach runtergehen. Du hast hier doch was. Du hast 'ne Frau und 'ne gute Familie. Eines Tages wird alles, was dem alten Tut gehört, dir und ihr gehören.»

«Woher weißt du das alles?»

«Hab mich erkundigt, und diese Jungs werden das auch tun. Verdrück dich 'ne Zeitlang. Die sind nicht an diesen Leuten hier interessiert, aber andererseits lassen sie sich nichts in die Quere kommen.»

«Ich wußte, daß du kommst. Ich hab's seit langem gerochen.»

«Du weißt überhaupt nichts. Du bist 'n verdammter Idiot.»

«Das meinst du nicht so. Ich weiß, daß du's nicht so meinst», sagt Asel, richtet sich auf und zieht Averell hoch, wobei er auf dessen gebrochene Rippen achtgibt. «Ich kenn dich nicht. Du bist mein Bruder, und ich kenn dich nicht. Du gehst nicht weg, bevor ich gehe.»

«Wir sind alle gleich», sagt Averell zu seinem Bruder. «Unsere Mutter, sie sah aus wie deine Frau. Als ich euch beide gesehen hab, hat's mir den Atem verschlagen. Im Profil, den Hals runter bis zu den Schultern, sieht sie genauso aus wie unsere Mutter.»

Asel will etwas sagen, aber Averell legt seinem Bruder die Hand auf den Mund. Er hält sie über seine Lippen, und dann, nach einer langen Weile, zupft er Asel am Bart und streichelt seine Wange.

«Du holst sie jetzt und bringst das Auto her. Ich komm raus, wenn du das Licht anschaltest.»

Asel hilft ihm zur Ecke der Feuerwache, lehnt ihn gegen die Wand, tritt zurück und sieht in sein Gesicht, das in die Glut der kleinen roten Notbeleuchtung getaucht ist, die stets über dem Seiteneingang brennt. Die Augen unter der niedrigen Krempe des grünen Filzhuts sind schwarz und violett. Die Bartstoppeln ragen wie Federn aus den eingesunkenen Wangen, die raffiniert rot und rosa und schwarz getönt sind. Bei jedem Atemzug verziehen sich Averells Mundwinkel vom Schmerz in seinen Rippen.

«Warte», sagt Averell. Er knöpft sein Hemd auf, und aus den Verbänden, die er um seinen Leib trägt, zieht er einen in Tuch verpackten Gegenstand. «Nimm das. Das brauchst du vielleicht.» Er drückt Asel das Bündel in die Hand und schubst ihn dann fort.

Asel dreht sich um, springt über den Bach und läuft den Hügel hinauf. Er geht leise in die Halle, die Hintertreppe hinauf und setzt sich wieder neben Phoebe. Einer der Schauspieler hat seinen Text vergessen, und die Zuschauer lachen. Asel sieht, daß keiner der Zwillinge dem anderen ähnlich sieht. Er fragt sich, wie die Leute so etwas glauben können. Einer der Männer ist viel älter als sein Zwilling, und eine der Frauen ist nicht nur jünger, sondern hat auch braune Haare und wiegt doppelt soviel wie die andere.

Asel tippt Phoebe auf die Schulter. Sie greift nach seiner Hand und sieht ihn an. Er weiß, daß sie erschrocken ist, und er sieht weg, weil er weiß, daß sich sonst die Angst in ihrem Kopf festsetzen wird.

Sie steht leise auf und folgt ihm zum Auto. Sie gibt ihm die Schlüssel und steigt auf der anderen Seite ein. Asel läßt den Motor an und fährt auf die Straße. Er fährt im Bogen den Hügel zur Feuerwache hinunter und schaltet das Licht ein, läßt es einmal aufblitzen und wartet, aber Averell kommt nicht. Er legt den Leerlauf ein, steigt aus und geht hinter die Feuerwache. Auf der Erde ist ein Fleck von Schleim und Blut. Tief im Herzen weiß er, daß sein Bruder ihn verschachert hat, und er hat Angst, nicht um sich selbst, sondern um Averell, weil er weiß, daß das Geschäft platzen wird.

20

In dieser Nacht nimmt Asel Phoebes Wagen und fährt über Seitenstraßen nach Norden, durch die Weißen Berge und weiter, stößt auf Errol und überquert die Staatsgrenze am Zusammenfluß von Swift Diamond und Dead Diamond.

Auf dem Beifahrersitz liegen eine Thermoskanne mit Kaffee und das Bündel, das Averell ihm gegeben hat. Mit der rechten Hand wickelt er es langsam aus, Lage um Lage. Es ist ein geladener, doppelläufiger Redhawk, Kaliber .44. In den unteren Falten des Tuchs liegen ein Dutzend Patronen. Er streicht mit den Fingern den Kolben entlang, und dort, wo die Seriennummer sein müßte, fühlt er nur die Mulde, die ein Schleifstein hinterlassen hat. Er zieht den Revolver, den er all die Jahre getragen hat, aus dem Halfter und ersetzt ihn durch den besseren.

Während der Wagen über die Hügel zieht und seine Scheinwerfer an jeder Kurve die Bäume streifen, fällt der Nebel wie ein Vorhang. Die Straßen sind noch bucklig vom Frost längst vergangener Winter. Der Nebel umhüllt die Scheinwerfer, macht sie gelb und stumpf in der grauen Dunkelheit. Unter den Reifen läuft die Straße fort, und die Zweige der Bäume säumen hoch oben den Nachthimmel. Bäume, Wasser und Orte strömen stumm an ihm vorbei. Er denkt an die Leute in den Häusern, die in einsamen Traumseen schwimmen und nicht ahnen, daß er an ihnen vorbeifährt, verfolgt von der Gefahr irgendwo hinter ihm.

Durchs Fenster hört er das hohe Schrillen von Heuschrecken in den Weiden. Im Radio wünscht sich jemand aus Bristol, Vermont, einen Song. Die Färberbäume sind rot, und weiter nördlich sind die Bäume schon orange, dunkelrot und gelb gesprenkelt. Er durchfährt Nebelbänke, die sich in die Talmulden und Niederungen schieben, über dem Boden dahintreiben und als lange, gleichmäßige Schleier über den Flüssen schweben.

Im Norden, wieder in den Wäldern, greifen die Reifen in den Split, mit dem Straßenarbeiter die Schlaglöcher aufgefüllt haben. Er spritzt auf die gelbe Linie, welche die Straße teilt, die ihn weiter in den Norden führt.

In der Nacht dringt er ostwärts ins Kennebec County vor und prescht dann auf der 201 hinauf nach Jackman. Vierhundert Meter von Beechers Haus entfernt parkt er neben einem Holz-Sattelschlepper, auf dem «Der olle Rauhreif» geschrieben steht und der aussieht, als wäre während der letzten fünfzig Jahre kein einziger Stamm mehr mit ihm transportiert worden. Asel schließt die Wagentür ab und nimmt sich vor, seine verdammten fünf Sinne beisammenzuhalten. Dann schultert er seine Ausrüstung und streicht querfeldein, bis er die Rückseite des Hauses erreicht. Eben geht hinter ihm die Sonne auf. Er läßt sich in einer Gruppe von Kiefern nieder, die wie Minarette zum Himmel deuten, und wartet wachsam im Schutz der nadeligen Äste. Es ist Sonntag morgen. Er wird noch ein paar Stunden bleiben, wo er ist, und dann wird er kurz feststellen, wer jetzt dort wohnt, bevor er sich auf den Marsch ins Hinterland macht.

DAMPF steigt von dem schwarzen Schindeldach auf, als er ums Haus herumgeht und den Hof überquert. Er geht zwischen einem neuen Kleinlaster und einem Kombiwagen hindurch, die in der Einfahrt abgestellt sind, und steigt die

Stufen zur Veranda hinauf. Er hört, wie ein Kessel auf einen Herd gestellt wird und Teller auf dem Tisch verteilt werden.

Er klopft einmal an die Tür und drückt im gleichen Moment die Klinke nieder, so daß bei seinem zweiten Klopfen die Tür nach innen schwingt und er die rechte Hand wieder an der Brusttasche hat. Cutler und Big George sitzen am Tisch. Ellie und Malvine sind in der Küche, und über die Treppe hört man das Geplapper von Kindern. Asel steht auf der Schwelle und sieht sie an, erfüllt von dem Wunsch, er wäre nie hergekommen. Er greift nach der Tür und tut einen Schritt rückwärts; es fährt ihm durch den Kopf, wie leicht es wäre, sich umzudrehen und zu gehen, wenn sie sich nur nicht rühren würden, kein Wort sagen würden.

«Ace», brüllt Big George. «Bei Gott, es ist Ace.»

Asel betritt das Haus, in dem er seit Jahren nicht mehr war. Big George steht vom Kopfende des Tisches auf und geht ihm entgegen. Asel streckt ihm die Hand hin, aber Big George nimmt sie nicht. Statt dessen legt er die Arme um ihn und hebt ihn hoch, drückt ihm die Luft aus den Lungen. Er spürt die Redhawk unter Asels Jacke.

«Wir haben was zu besprechen», sagt Asel ruhig, sein Mund nur Zentimeter von Georges Kopf entfernt. «Wir müssen es gleich tun. Es ist wichtig.»

«Erst mal frühstücken, Ace. Willkommen in der großen, glücklichen Familie.»

Dann ist Cutler dran. Er hebt die Fäuste und fängt mit Schattenboxen an. Seine Schläge kommen so nah, daß sie Asels Kleidung streifen.

«Wie siehst du denn aus?» sagt er. «Fett und wabblig. Du hast deine Reflexe verloren. Der alte Cutler schlägt dich noch k. o. und tänzelt über dich weg.»

Malvine und Ellie stehen in der Küchentür. Malvines Haar ist anders. Sie hat es nicht mehr auf dem Kopf zusammengesteckt, sondern trägt einen Pferdeschwanz. Sie sieht jünger aus als zu der Zeit, als Asel sie das letzte Mal sah. Ellie lächelt. Asel weiß, daß es ein Fehler war, hierherzukommen.

Cutler umkreist ihn immer noch und schwafelt was davon, daß er eine ordentliche Tracht Prügel verdient hätte. Asels Rechte schießt vor. Er ergreift Cutlers Rechte mitten im Schlag und hält sie fest. Er hält Cutlers Faust in der Hand, und ohne zu lächeln sagt er ruhig: «Laß uns frühstücken, und dann kannst du mich fertigmachen.»

Big George schmettert seine Hand auf die von Asel und Cutler. Es ist seine rechte Hand, diejenige, mit der er den Vorschlaghammer schwingt. Asels Hand, die Cutlers Hand umschließt, ist nicht mehr zu sehen, als Big Georges Pranke sich darüberlegt.

«Wir frühstücken immer erst», sagt er. «Was geschafft ist, ist geschafft. Ein Mann kann nichts anpacken ohne Frühstück.»

Die drei Männer lächeln sich zu und setzen sich dann an den Tisch.

Malvine und Ellie bringen Schüsseln mit Bratkartoffeln, Schweinekrusten und Soße. Dann bringen sie Hörnchen, Milch und Kaffee.

Cutler füllt sich den Teller und schlingt alles hinunter, bevor Big George und Asel auch nur zur Hälfte fertig sind. Dann bricht er ein Hörnchen und tunkt die Soße auf. Als er damit fertig ist, füllt er sich den Teller noch einmal.

Ellie geht nach oben zu den Kindern. Malvine kommt ins Eßzimmer und stellt sich hinter Cutler. Sie legt die Hände auf seine Schultern und schaut Asel an. Asel erwidert ihren Blick, und in ihren Augen sieht er die Angst, die er mitgebracht hat. Sie öffnet den Mund, als ob sie sprechen wolle, aber sie kann es nicht. Asel will ihr sagen, daß es Phoebe gutgeht und daß auch sonst alles in Ordnung ist, aber er bringt es nicht über sich.

Cutler stupst seinen Kopf nach hinten gegen ihren Bauch. Er verdreht die Augen, um sie anzusehen, und schaut dann Asel an. Er lächelt, und Asel sieht, daß er keine Zähne mehr hat. Er erinnert sich an den alten Mann aus den Wäldern, der auf dem Weg nach Mexiko starb, und es ist, als wäre er wieder lebendig geworden und säße im Zimmer.

«Parodontose», sagt Cutler. «Vom zu vielen schmutzigen Reden, sagt Malvine. Mein ganzer Mund ging zum Teufel, da hab ich sie mir alle rausreißen lassen.»

Cutlers Grinsen wird noch breiter, er zieht die Lippen hoch, so daß Asel das rosa Zahnfleisch sehen kann. Sein Mund sieht so neu aus wie der Mund eines Babys.

«Weißt du, was ich gemacht hab, Ace? Ich hab meine Zähne poliert, schön weiß, mit 'ner Poliermaschine. Dann hab ich sie alle durchbohrt und für meine Frau auf 'ner Silberkette aufgereiht. Sie trägt sie manchmal, aber sie sagt, das alte Elfenbein kitzelt sie.»

Cutler wischt über den Tisch. Malvine macht Handbewegungen, und Cutler sagt: «Sie sagt, daß sie und Ellie die Kinder für die Kirche anziehen müssen und daß es schön ist, dich wiederzusehen, Asel.»

Asel nickt und sieht zu, wie sie nach oben geht. Cutler fängt wieder zu essen an, matscht das Essen mit der Gabel klein und tunkt es in die Soße. Big George sagt nichts. Er ißt ruhig, und als er fertig ist, lehnt er sich mit seinem Kaffee zurück.

«Wir haben hier ein gutes Leben, Ace», sagt Cutler, den Mund voll Hörnchen und Soße. «Es ist wirklich 'ne nette Familie. Mit dem, was der Pfarrer Malvine hinterlassen hat, als er sich zum Zölibat berufen fühlte, mit Beechers angelegtem Vermögen und mit dem, was George und ich reinbringen, sind die beiden Kinder gut versorgt. Du weißt doch, was Zölibat ist, oder? Es ist kein Ort. Big George hat's mir erklärt.»

Asel hört das Schlagen einer Autotür. Sein Kopf fährt scharf nach links, und im gleichen Moment greift er mit der rechten Hand in seine Jacke und läßt die Hand dort.

«Das sind die Frauen mit den Kindern», sagt Big George. «Sie sind zur Hintertür raus. Sie gehen zur Kirche. Wird Zeit, daß wir miteinander reden.»

Asel erzählt Big George, daß in New Hampshire alles gut gelaufen ist. Er erzählt ihnen, daß er Körbe und Schneeschuhe gemacht und ein bißchen auf der Farm gearbeitet hat. Dann sagt er, daß er lediglich auf der Durchreise ist und nicht lange bleiben will.

Big George und Cutler sehen sich an. Cutler stößt seinen Stuhl zurück und steht auf.

«Zum Teufel», sagt er. «Ich bin ja so ziemlich das blödste Arschloch, was es je gab, aber du, Mr. Asel, bist ein verlogener Sack voll Scheiße. Also, du erzählst uns jetzt, was los ist, oder ich prügel es aus dir raus. Und wenn ich das nicht kann, dann kenn ich einen, der's kann. Ganz nebenbei, wenn ich mich nicht irre, gibt's da noch eine offene Rechnung vom letztenmal, als du in der Gegend warst.»

Asel steht auch auf und sieht Cutler an. «Das ist nicht euer Kampf», sagt er ruhig.

Big George schlägt mit der Faust auf den Tisch, daß die Teller, Tassen und Platten klirren.

«Ihr setzt euch beide hin. Und du sagst uns jetzt die Wahrheit, damit wir selber entscheiden können.»

Asel und Cutler setzen sich. George schenkt allen Kaffee nach. «Das ist guter Kaffee», sagt er. «Das Wasser ist hart. Es macht den Kaffee gut.»

Asel trinkt, und dann erzählt er den Männern, wie sein Bruder Averell aufgetaucht ist. Er erzählt ihnen von den Söhnen zweier Sportsfreunde, die hinter ihm her sind, und daß sie ihn und das wollen, was er vor Jahren in den Wäldern versteckt hat.

«Und was war mit Beecher?» sagt Cutler.

«Die Sportsfreunde sind die, die ihn umgebracht haben, als er versucht hat, sie abzuwimmeln.»

«Und das sind die, die du umgebracht hast, bevor du abgehauen bist.»

«Das sind die, die ich umgebracht habe», sagt Asel und nickt, als er die Worte zum erstenmal laut ausgesprochen hört.

«Ellie sagt, daß er einfach verschwunden ist. Er war im Laden, und im nächsten Moment war er einfach weg», sagt Big George und starrt auf die schwarze Oberfläche, die in seiner Kaffeetasse schwappt. Er hält die Tasse mit beiden Händen fest. «Klingt mir so, als ob das auch unser Kampf ist.»

Cutler springt auf und geht zum Gewehrschrank. Er holt lange Flinten, Gewehre und Munition heraus.

«Moment mal, Mr. Cutler», sagt Big George. «Erst mal lassen wir uns Zeit. Du hast 'nen Fehler gemacht, Ace, daß du so weggerannt bist. Wenn du wegrennst, kannst du nicht sehen, was in deinem Rücken passiert. Wir müssen's langsam angehen lassen und Geduld haben. Du wirst diese Woche mit mir und Cutler arbeiten, und Freitag gehen wir dann in die Wälder rauf. Früher oder später werden sie sich ja sehen lassen. Wenn die Frauen und die Kinder von der Kirche zurück sind, schicken wir sie für die Woche nach Old Orchard. Du rufst Phoebe an und sagst ihr, wo du bist. Erzähl ihr, daß du campen gehst und daß du Ende des Monats wieder zurück bist.»

«Ich hab nie damit gerechnet, euch hier anzutreffen», sagt Asel. «Ich wollte sie weglocken, und jetzt hab ich sie zu euch geführt.»

«Hast du vielleicht, aber vielleicht auch nicht», sagt Big George zu ihm.

Asel will noch etwas sagen, aber Big George greift über den Tisch und faßt mit den Händen nach Asels Gesicht. Asel versucht zur Seite auszuweichen, aber Big George hält ihn fest. Er spürt, wie Big Georges Hände ihm die Kraft rauben, ihn müde und schläfrig machen. Schließlich läßt Big George los, und Asel legt sich auf die Couch, einen Arm über den Augen. Er schläft ein, warm und traumlos.

ASEL wacht erst auf, als es dunkel ist. Big George und Cutler sitzen in zwei Zimmerecken. Das Fernsehgerät läuft, und die Männer haben halbautomatische Jagdgewehre auf dem Schoß liegen. Sie trinken Kaffee, sehen zum Fernsehgerät, dann zu Asel, dann aus den Fenstern.

Asel dreht sich zum Fernsehgerät um. Zwei riesige nackte Männer gehen aufeinander los, die kurzen, dicken Beine pumpen unter ihren Körpern. In der Mitte des Rings prallen sie zusammen, umschlingen einander und versuchen dann, einander zu Boden zu werfen.

«Das ist Sumo-Ringen aus Japan», sagt Cutler. «Ich hab im Hinterhof 'ne Satellitenantenne aufgestellt. Ich find das gut, wenn diese Jungs loslegen. Ich dreh den Ton ab, weil man sowieso kein Wort von dem versteht, was die da sabbeln. Auf dem Tisch ist kaltes Hühnchen und Kartoffelsalat.»

Asel steht langsam auf. Weil er den ganzen Tag verschlafen hat, fühlt er sich müde und schlapp. Er spannt die Muskeln und beugt den Rücken, wie eine Katze, die sich vom Fensterbrett erhebt, wenn die Kälte eindringt.

Im Zimmer ist außer dem blauen Schimmer des Fernsehgeräts nur noch ein Licht an. Es ist eine kleine Lampe, die an der Wand hängt und ein Gemälde beleuchtet. Asel geht hinüber. Es zeigt einen Jungen mit Locken, das Gesicht erleuchtet und die blauen Augen wie Funken. Am Bilderrahmen klebt ein Metallschild mit den Worten BILDNIS CHRISTI MIT ZWÖLF. Asel fragt sich, wer zum Teufel so etwas hat wissen können.

Er nimmt sich einen Hühnerschenkel vom Tisch. Als er

ihn in den Mund schiebt, riecht er die Gewürze, Zitrone, Oregano und Salbei. Seine Gedanken wandern zurück auf die Veranda in Skowhegan; Phoebe kommt mit einem Huhn heraus, das so gebraten ist, wie Malvine es ihr beigebracht hat. Ihr Haar ist noch naß, und Tropfen fallen zu ihren Füßen auf den Boden. Das Haar befeuchtet die Rückseite ihres T-shirts, und ihr Körper erwärmt die Feuchtigkeit, so daß er später, als er sie zum erstenmal in die Arme nimmt, ihr Rückgrat und die Schwellungen der Rippen spüren kann, als hätte sie überhaupt nichts an.

Asel legt den Hühnerschenkel wieder hin, ohne davon gegessen zu haben. Er nimmt den Teller und bringt ihn George, aber Big George schüttelt den Kopf. Er hat eine Brille auf und schreibt etwas auf ein Blatt Papier. Asel trägt den Teller zu Cutler und stellt ihn neben ihm ab.

«Averell hat gesagt, daß er in einer Velcro-Fabrik gearbeitet hat», flüstert Asel.

«Wirklich? Ob er wohl die kleinen Haken oder die kleinen Pelzteilchen gemacht hat?»

«Ich weiß nicht. Hat er nicht gesagt.»

Asel und Cutler nehmen sich beide Hühnerschenkel vom Teller. Sie beißen in das Fleisch und ziehen es vom Knochen ab.

«Im Unterland hat mir ein Mann eine Geschichte erzählt, von einem Mann, der einer Kuh direkt vor dem Futtergitter den Kopf mit der Kettensäge abgeschnitten hat. Glaubst du, daß das stimmt?»

«Weiß ich nicht», sagt Cutler. «Er hat nicht zufällig erwähnt, was für ein Sägemodell das war, oder?»

«Nein. Wußte er offenbar nicht.»

«Sieh dir das an, Ace. Der starke alte Knabe da ist aus Hawaii. Es macht die Japsen wahnsinnig, wenn er sie fertigmacht. Er ist der Beste.»

«Cutler. Wie kommt es, daß du und die Frau des Pfarrers euch zusammengetan habt?»

«Er hat sie allein gelassen und ist nie wiedergekommen. Ich und Big George sind hier raufgezogen, und eines Tages stand sie da. Komm mal mit. Ich will dir was zeigen.»

Asel und Cutler gehen durch das dunkle Haus, bis sie zu einem der hinteren Schlafzimmer kommen. Cutler öffnet die Tür und schaltet das Licht ein. Die Wände sind mit riesigen Bildern des Abendmahls bedeckt. Asel zählt mindestens zwanzig.

«Was hältst du davon? Malvine hat mich draufgebracht. Man malt die nach Nummern. Guck dir mal die hier an. Ich hab damit angefangen, die Farben und Nummern zu ändern. Sie einfach ein bißchen über die Linien schwappen zu lassen.»

«Sie sind ganz schön», sagt Asel.

«Das kommt von ihr, Ace. Sie ist diejenige, die für Wunder in der Familie sorgt. Sie ist ein Traum, der wahr geworden ist.»

Als sie wieder im Wohnzimmer sind, setzt sich Cutler neben die Hähnchen, und Asel geht zu Big George, um sich anzusehen, was er macht.

«Das ist für Cutler», sagt er. «Er will, daß ich diesem Burschen namens Percy Ross einen Brief schreibe. Der hat in der Zeitung eine Kolumne, in der er Geld an bedürftige Leute verteilt. Er hat einem Typ zweihundertfünfzig Dollar gegeben, damit er sich einen Sicherheitsgurt kaufen konnte, um Fensterputzer zu werden. Eine andere Person hat er abgewiesen. Die wollte siebzigtausend Dollar, um Medizin zu studieren. Cutler behauptet, es hängt nur davon ab, wie man's im Brief ausdrückt. Er glaubt, daß Percy Ross uns helfen könnte, nicht mit Geld, sondern mit guten Ratschlägen.»

«Und vergiß nicht, mir elektrisch beheizte Socken und eine Stirnlampe zu bestellen», sagt Cutler. «Die hatte ich oben in den Bergen, bevor wir ausbrannten, und die sind verdammt praktisch.»

Cutler beginnt zu keuchen. Sein Gesicht verfärbt sich erst rot, dann violett. Big George und Asel gehen zu ihm, aber er stößt sie weg. Er fällt auf die Knie, die Augen quellen ihm hervor. Er wirft den Kopf in den Nacken und schiebt sich die Hand in den Mund. Es sieht aus, als ob er sich tief in den Hals greift. Schließlich zieht er die Hand wieder heraus und hält zwischen den Fingern einen Hühnerknochen hoch. Mit Tränen auf den Wangen sieht er Asel und Big George an, und er lächelt zahnlos.

«Ruf besser mal Phoebe an», sagt er kaum hörbar. «Das hast du noch nicht gemacht.»

21

Am nächsten Tag geht Asel mit Big George und Cutler arbeiten. Sie haben einen Job am Moosehead-See, wo sie eine Jagdhütte für eine Gruppe Rechtsanwälte aus Boston bauen. Die meisten Bauarbeiter wollen nicht für Anwälte arbeiten, aber Big George und Cutler lassen sich von solchen Kleinigkeiten nicht abschrecken, besonders deshalb, weil sie bar und im voraus bezahlt werden und keine Unterschriften notwendig sind.

Ihre Waffen nehmen sie mit.

Gelegentlich vergißt Asel, warum er gekommen ist. Die Arbeit vor Augen und die Gesellschaft seiner Freunde beschäftigen ihn genug. Jedes kleine Detail hat seinen eigenen Rhythmus, wie es sich eben ergibt, wenn gute Männer, Werkzeug und Material zusammentreffen.

Am Mittwoch bereiten die Männer kurz vor der Kaffeepause Verschalungen vor. Sie reden in Satzfetzen und Anweisungen miteinander, Big George bis zur Hüfte im Seewasser, Cutler auf der Stahlbewehrung, die den Beton verstärken wird, und Asel auf einem acht Zentimeter breiten Balken, einen Fuß vor den andern setzend.

Wenn sie fertig ist, wird die Kaimauer auf der einen Seite einen zehn Meter langen Bootssteg stützen und auf der anderen das Fundament.

Cutler stößt mit dem Schienbein gegen den Stahl und flucht vor sich hin. Big George hört es auf der anderen Seite der Sperrholzwand.

«Mr. Cutler», dröhnt seine Stimme, «ich müßte ein Loch in das Holz und den Stahl hier sprengen, wenn ich machen wollte, was du da vorschlägst, oder?»

Asel fängt zu lachen an. Er sieht zu Cutler hinunter, der sich die Hosenbeine hochgerollt hat. Die Haut auf seinem weißen Schienbein ist die halbe Länge vom Knie bis zum Knöchel abgeschürft. Er sieht zu Asel hoch und lächelt. Der Anblick seines rosa Zahnfleischs bringt Asel noch mehr zum Lachen, und um die Balance nicht zu verlieren, vollführt er einen Tanz wie ein Betrunkener, bis er sich schließlich nicht mehr halten kann und in den See fällt. Big George versucht ihn aufzufangen und wird dabei selber runtergezogen.

Die beiden Männer kommen wieder hoch und spucken Wasser; Big George prustet wie ein Wal; Asel verspürt von dem Wasser in seiner Nase ein leichtes Stechen in der Stirn.

«Bei Gott dem Allmächtigen», bellt George. «Wenn du das nächste Mal vorhast, aus heiterem Himmel zu fallen, dann versuch's doch mal mit Mr. Cutler und dem kalten Stahl.»

George grapscht nach ihm, aber Asel tritt schon Wasser, um an Land zu kommen, immer noch hustend und spukkend. George pflügt mit schäumender Bugwelle hinter ihm her. Auf dem Anleger greift Asel sich die Thermosflasche und droht damit, sie in den See zu werfen, wenn Big George nicht zurückbleibt. Er weiß, daß George um punkt zehn Uhr seinen Maxwell House-Kaffee über alles schätzt.

Asel steht lachend vor George, die Thermosflasche so hinterm Ohr haltend, daß er sie wie einen Football wegschleudern kann. Aber George lacht nicht; er sieht an ihm vorbei. Asel dreht sich um und erblickt zwei Männer, einer so klein, daß er wie ein Junge aussieht, und der andere so groß wie George, aber eckig, mit breiten Schultern.

«Dein Bruder läßt grüßen», sagt der kleine Mann, der neben ihren Gewehren steht. Dann greift er unter die Jacke und zieht einen grünen Filzhut hervor. Er beugt den Arm, läßt ihn vorschnellen und dreht im letzten Moment das Handgelenk so, daß der Hut durch die Luft segelt und Asel vor die Füße fällt.

Big George duckt sich, aber der kleine Mann blickt die Böschung hinauf und zeigt dorthin. Zwischen den Bäumen steht ein weiterer Mann in rot-schwarz-karierter Jacke, eine Hirschflinte in der Hand. Doch bevor sich der kleine Mann noch wieder umgedreht hat, ist Big George schon im Sprung, reißt den kleinen Mann um, und alle vier rollen über die Böschungskante zur Wasserlinie herunter.

Asel drückt den kleinen Mann zu Boden, greift in dessen Jacke und findet den 9-mm-Revolver, den der Mann noch unterm Arm trägt. Er hält ihn dem Mann an den Kopf, dreht sich dann um und sieht, daß der eckige Mann auf George liegt und ihm ein Messer an die Kehle drückt.

«Laß Tommy los», sagt der eckige Mann, mit entblößten weißen Zähnen grinsend.

Asel lockert seinen Griff, drückt aber immer noch den Kopf des kleinen Mannes zu Boden und den Revolver in seine Seite. Er sieht, wie Cutler hinter dem eckigen Mann aus dem Stahlnetz auftaucht und ihm den Zylinder der Nagelpistole über den Schädel schlägt. Der Kopf des eckigen Manns kippt nach vorn und stößt mit Big Georges Stirn zusammen.

«Mach dein Gebet», sagt Cutler, drückt den Abzug und läßt die .22er Ladung los, die ein kreisrundes, zehncentstückgroßes Loch ins Gehirn des eckigen Manns reißt. Er hält sich noch Sekunden über Big George in der Schwebe und fällt dann, längst tot, bevor er stürzt, auf ihn.

Der Mann in der rot-schwarz-karierten Jacke erreicht die Böschungskante gerade rechtzeitig, um zu sehen, daß Asel den 9-mm-Revolver gegen Tommys Kopf drückt. Er zielt mit dem Gewehr auf Cutler, bereit, ihn sofort zu töten.

«Wir haben eine Pattsituation», sagt Tommy mit einer Stimme, die von der Erde gedämpft wird.

«Knall ihn ab», sagt Cutler und sieht auf die Trommel der .30–06. «Knall den kleinen Schweinehund ab, solang es noch geht. Ich versuch hier mein Glück.»

Asel tritt einen Schritt zurück, zielt aber immer noch auf Tommys Kopf.

«Mach 'nen Rückzieher, Michael», schreit Tommy, setzt sich auf und staubt sich mit den Handrücken die Ärmel ab. «Ich glaub, wir können mit diesen Herrschaften 'ne Übereinkunft erzielen.»

Der Mann namens Michael läßt die .30–06 an die Hüfte sinken. Der kleine Mann steht auf und klopft sich die Hose ab. Er reckt den Kopf wie ein Vogel. Er bringt die Hände in eine merkwürdige Stellung vor seinem Körper und fängt an, Atemübungen zu machen. Das tut er so lange, bis er offenbar eine Art innerer Balance erreicht hat, und dann fängt er an, auf und ab zu gehen und zu sprechen.

«Wir alle hier sind jetzt quitt. Michael geht rauf zum Jeep und holt Erfrischungen, und dann verhandeln wir.»

Michael steigt den Hang hinauf, und Tommy folgt ihm bis zum Anleger. Asel und Cutler helfen Big George auf die Beine und gehen dann hinterher. Michael, jetzt unbewaffnet, kommt mit einer Thermosflasche aus Stahl und Styropor Bechern schon wieder herunter.

«Meinetwegen», sagt Cutler und holt die Thermosflasche, die Big George mitgebracht hat. Er nimmt drei Becher von Michael und schenkt Asel, George und sich selbst Kaffee ein. Michael und Tommy zünden sich Zigaretten an und rauchen, während sie an dem Kaffee nippen, den Michael eingeschenkt hat.

«Saubere Arbeit macht ihr hier», sagt Michael.

«Ja, wirklich», sagt Tommy. «Die Teilhaber werden beeindruckt sein. Ich hoffe, ihr macht weiter, wenn wir den Mist hier geklärt haben.»

«Wir arbeiten für euch?» sagt Cutler.

«Für die Firma, nicht für uns persönlich.»

«Also, Gott verdamm mich», sagt Cutler und sieht dann George und Asel an.

«Woran arbeitet ihr denn gerade so?» sagt Michael.

Cutler zuckt die Achseln und fängt dann an, ihm das Projekt zu erklären. Er erklärt die Komplexität des Fundamentsystems, das Big George entworfen hat. Michael bewundert dessen Raffinesse und macht dann mehrere Vorschläge, wie man die Betonlagen effizienter miteinander verbinden kann.

Tommy und Asel werfen sich von Zeit zu Zeit verstohlene Blicke zu und sehen dann wieder weg. Big George hält eine Hand am Hals und blickt immer wieder über die Schulter. Der Kampf mit dem eckigen Mann hat ihn Nerven gekostet. So ist er noch nie überwältigt worden. Er trinkt seinen Kaffee aus und faßt sich noch einmal an den Hals, um sich zu vergewissern, daß er noch funktioniert.

«Schluß mit der Scheiße», sagt er und zerdrückt den Becher in der Faust.

«Ja, Mr. Big George. Ganz recht. Da alles jetzt im Gleichstand ist, können wir verhandeln», sagt Tommy und streckt zur Versöhnung die Hand aus.

«Das sagen Sie ständig, aber was zum Teufel meinen Sie damit?» Big George steht rasch auf, beginnt umherzulaufen und schlägt sich dabei mit der Hand gegen die Brust.

«Wir haben unsere Väter verloren, und Sie haben einen Bruder und einen Vetter verloren», sagt Tommy.

Auch Cutler steht auf und lächelt. «Ich weiß nicht, wo Sie Kopfrechnen gelernt haben, aber wenn ich mir das so ansehe, dann steht es drei für uns und zwei für Sie», sagt er und deutet auf den eckigen Mann. Es befriedigt ihn, einen mehr zu haben.

«Bezahlte Kraft», sagt Michael. «Nur 'ne bezahlte Kraft. Wir wußten, daß wir jemanden brauchen würden, der es mit Ihrem Big George hier aufnehmen konnte, drum haben wir ihn mitgebracht. Niemand wird ihn vermissen.»

«Bitte, setzen Sie sich», sagt Tommy. «Bitte, lassen Sie uns diese Angelegenheit abschließen, damit wir uns mit anderen, dringlicheren Fragen befassen können.»

Michael bringt die große Thermosflache aus Metall zu Asel, George und Cutler. Er gibt ihnen neue Becher aus dem Plastikbeutel und füllt sie; die letzten Tropfen fängt er mit einem Taschentuch auf. Seine Hände sind weiß. Sie erinnern Cutler an die Hände des Pfarrers, deren weiße Haut auch so von blauen Venen durchzogen war.

«Danke», sagt Cutler. Er sieht zu Tommy hinüber, der jetzt ebenfalls aufgestanden ist. Selbst stehend ist er nicht größer als der sitzende Big George. Cutler will ihn fragen, wo er Kleidung kaufen kann, die ihm so gut paßt. Vor allem will er wissen, wo er seine Schuhe gekauft hat. Er kann sich nicht vorstellen, daß so kleine Schuhe für erwachsene Männer hergestellt werden. Statt dessen schaut er Michael an.

«Das ist wirklich 'ne scharfe Jacke, die Sie da anhaben. Ich hab meine bei einem Brand verloren. Wußte gar nicht, daß die immer noch hergestellt werden. Macht's Ihnen was aus, mir zu verraten, wo Sie die gekauft haben?»

«Die gehörte meinem Vater», sagt Michael und sieht Asel an. «Es war die Jacke meines Vaters.»

«Tja, die ist wirklich gut», sagt Cutler und zeigt sein rosa Zahnfleisch.

«Meine Herren», sagt Tommy und stellt sich zwischen Asel und Michael. «Vor vielen Jahren pflegten unsere Väter beträchtliche Anstrengungen zu unternehmen, ihr Vaterland wiederzuvereinigen, den Norden und den Süden zusammenzubringen. Unsere Väter, arme Männer vom alten Schlag, sammelten auf verschiedene Weise Geld. Sie veranstalteten Corned Beef-und-Kohl-Essen, Tombolas, und sie bekamen Anteile von dem, was die Diözese zusammenbrachte. Sie zweigten von allen Einnahmen ein Zehntel ab und setzten es entsprechend ein. Und als wir jünger und noch auf dem College waren, kamen sie hierher und verschwanden in diesen Wäldern.»

Asel denkt daran, die Sache richtigzustellen und ihnen zu sagen, daß es nicht in den Wäldern, sondern in einem Zedernbruch war. Er läßt es aber sein und erinnert sich statt dessen daran, wie er sie im Visier hatte und daß er ihnen dann, als sie tot waren, nicht mehr ins Gesicht sehen wollte.

«Also übernahmen Michael und ich die verschiedenen Unternehmen, die die beiden aufgebaut hatten. Vor ein paar Jahren wurden wir darauf aufmerksam, daß in den Büchern noch ein Posten von gut zweihundert Waffen offen war, saubere Waffen. Michael und ich würden die Bücher gern schließen. Es wird auch ein ansehnlicher Gewinn abfallen, den wir natürlich zu teilen bereit wären.»

«Und was meinen Sie mit Bücher schließen?» sagt Cutler.

«Nun, mein Herr, in Anbetracht der gegenwärtigen Verschiebung von, wenn man so sagen kann, Einflußsphären, sind Interessenten aus dem Norden, aus Belfast, um genau zu sein, an uns herangetreten, die jetzt die Bürde auf sich genommen haben, den Status quo zu erhalten.»

«Sie können mich ja für blöd halten», sagt Cutler, «aber ich versteh kein einziges Scheißwort von dem, was Sie sagen.»

«Sie haben im Geschichtsunterricht nicht aufgepaßt, Mr. Cutler. Die Premierministerin hat das Machtspiel geändert. Wir wollen das mal so formulieren, daß unsere Herzen in Dublin sind, daß aber unser Geld im Norden verdient werden muß. Geschäfte, Mr. Cutler, Geschäfte. Wir engagieren uns in einem uralten Gewerbe. Wir handeln mit Waffen.»

Tommy lächelt und setzt sich. Er schlägt die Beine an

den Knöcheln übereinander und hält seine gefalteten Hände zwischen den Knien. Er wirkt zufrieden so.

«Was schlagen Sie also vor?» fragt Asel. Big George und Cutler sehen zu ihm hinüber. Es ist das erste Mal, daß er seit dem Kampf gesprochen hat.

«Sie und ich werden die Pistolen aus dem Wald holen, während Michael bei Ihren beiden Freunden bleibt. Eine einfache Transaktion. In ein paar Tagen sollten wir wieder hier sein. Ihre Familien werden dann auch wieder zurücksein, aber sie brauchen nichts davon zu erfahren.»

«Fairer Vorschlag», sagt Asel, schnallt sich sein Halfter um und reicht Cutler dann den Revolver und George das Gewehr. «Fairer Vorschlag», sagt er noch einmal, sieht George an, der langsam nickt, und erst dann gibt Asel den 9-mm-Revolver zurück.

«Und was ist mit dem hier?» sagt Cutler und deutet mit dem Daumen auf den toten Mann.

«Um ein Uhr kommt hier ein Lastwagen mit acht Kubikmetern Beton an», sagt Michael. «Euch wird schon was einfallen.»

22

In der Hütte ist es dunkel; nur das Feuer dringt in glühenden Linien durch die Ritzen des gußeisernen Ofens. Die beiden Männer sitzen sich gegenüber, Asel schweigt, innerlich wieder so eingestellt wie zu der Zeit, als das Wachbleiben das einzig Wichtige war. Er hat es früher geschafft, und er glaubt nicht, daß es diesmal schwieriger sein wird. Er sieht Tommy gegenüber sitzen, und wenn manchmal ein Holzscheit im Ofen Feuer fängt, ist es so, als hätte jemand im Raum ein Streichholz angerissen, und er kann Gesicht und Hände ausmachen, aber nur für einen Moment.

In diesen Momenten wird das Licht blutrot wie das Lodern eines Hochofens hinter einer kleinen schwarzen Klappe. Und dann flackert ein anderes Scheit auf, sein Harz fängt Feuer, und Asel sieht, daß Tommy eine Pistole flach gegen sein Bein gedrückt hat und sie mit der Hand abschirmt.

«Sie sind ein Gesetzloser», sagt Tommy; seine Stimme kommt freundlich und weich aus der Dunkelheit. «Sie haben keine Geburtsurkunde, keinen Wehrpaß, keinen Ausweis, keinen Führerschein.»

Asel denkt an die Jahre, die er in dieser Hütte verbrachte und den Geschichten zuhörte, die die Sportsfreunde erzählten. Er erinnert sich an Tommys Vater. Er stellt sich vor, daß er und Tommys Vater vor Jahren genauso dagesessen haben. Es war Tommys Vater, der ihm die .44er

Blackhawk geschenkt hat, als er das zweite Mal in die Wälder kam. Er war ein trauriger Trinker und nuckelte an Whiskeyflaschen, die *Mist and Breeze* oder so ähnlich hießen. Er ödete Asel mit Geschichten aus seiner Heimat an. Seine Worte kamen zäh, doch unter Druck, wie Sirup, der aus einem Trichter oder einem Schlauch fließt.

Wieder flammt ein Kiefernscheit auf und knackt im Ofen. Asel sieht, daß Tommy die Beine übereinandergeschlagen hat, um an Höhe zu gewinnen; der siebeneinhalb Zentimeter lange Lauf ist auf Asels Unterleib gerichtet.

Wieder redet der kleine Mann. «Sie sind ein Gesetzloser. Ich weiß das, weil ich Anwalt bin. Wie denken Sie darüber?»

Asel antwortet nicht. Er weiß, daß der Mann reden will. Vor langer Zeit hat er gelernt, daß die Leute das Bedürfnis haben zu reden, nur um zu reden, und daß sie neben dem Geräusch, das sie machen, nichts haben. Wenn du dich beteiligst, gehörst du ihnen. Dann können sie die Regeln bestimmen und, wenn sie besonders freundlich sind, fortgehen und dich für einen Dummkopf halten.

«Michael ist ebenfalls Anwalt. Wir sind Partner in der gleichen Anwaltskanzlei. Wir sind die zweite Generation. Unsere Väter haben das Geld verdient, wir vermehren es, und wenn wir mal Kinder haben sollten, werden sie es ausgeben. Aber Sie haben das kaputtgemacht. Sie haben die Kette durchbrochen. Ich habe den Verdacht, daß Sie es waren, der sie daran gehindert hat, ihre Enkel kennenzulernen.»

Jetzt sieht Asel auch Michaels Vater wieder vor sich. Er kam beide Male mit Tommys Vater. Nie wirkte er irgendwie betrunken, obwohl auch er sein Quantum trank. Das Feuer knistert und flackert, und Asel erinnert sich, daß er einmal als Junge zusammen mit Michaels Vater früh aufstand, um eine frische Hirschfährte zu verfolgen, während Tommys Vater noch den Rausch der letzten Nacht ausschlief. Und als er sich an jenen Tag erinnert, weiß er, daß er so schnell wie möglich zu Cutler und Big George zurück muß, oder er wird sie für immer verlieren.

Die zweite Woche im November 1969 war für zwei Jäger reserviert, die schon im Jahr zuvor im Norden gewesen waren. Asel nannte sie bei sich die Charboneau-Brüder, weil sie viel logen und er sich vage an eine Familie namens Charboneau erinnerte, die er einmal gekannt hatte; die Kinder dieser Familie erfanden Geschichten, nur um etwas zu tun zu haben. Sie fingen jede Geschichte an mit «Ihr werdet glauben, daß es gelogen ist», und die anderen Kinder verstanden dann «Es ist gelogen».

Die Charboneau-Brüder waren gute Kunden. Abgesehen von ihren offenkundigen Lügen hatte Asel nichts dagegen, mit ihnen zusammenzusein. Sie brachten ihm immer etwas Nettes mit – neben den Kisten, die er nicht anfassen sollte.

Die beiden Brüder spielten ein Spiel, bei dem sie sich füreinander Namen ausdachten. Asel hielt die Namen für solche von wirklichen Leuten, weil jeder neue Name offenbar wiedererkannt wurde und Freude, Erleichterung, Ängstlichkeit, Schmerz oder Haß hervorrief.

«Ich kann dir sagen, Ace, das Kneipengeschäft ist ein Sumpf. Stimmt doch, Wolfy, oder?» Das kam von dem Mann, der zu der Zeit gerade Brian genannt wurde.

«Stimmt genau. Ich hab da einen Burschen, der klaut immer die Duftsteine aus den Pißbecken.»

«In meine hab ich Eisblöcke getan. Ich sag, zum Teufel mit ihnen. Die sagen zu mir, hier stinkt's, und ich sag, ‹Es stinkt. Lieber Gott, ich glaub, es stinkt wirklich. Was soll ich denn bloß dagegen tun?›»

Asel hörte in ihren Stimmen den einschläfernden Ton, der ihr Klagen in Geschichten verwandelte und umgekehrt. Jeder der Männer schien darauf zu bestehen, daß er mehr Ärger mit sich herumschleppte, als er dem anderen zugestand. Die Geschichten gingen an die Grenze dessen, was man noch für plausibel hätte halten können, aber Asel war es egal, weil er von Pißbecken noch nie etwas gehört, geschweige denn je eins gesehen hatte.

«Und warum haben Sie Eis reingetan?» fragte er durch den dunklen Raum.

«Himmel, Charlie, er will wissen, warum ich Eis in die Pißbecken gelegt hab. Ich sag's dir, mein Junge. Ich hab's aus zwei Gründen getan. Der erste ist, daß der heiße Gestank von ausgepißtem Bier nicht alles vollstinken soll. Der zweite ist, daß dann all diese verlorenen Söhne sich einbilden können, daß ihre kleinen Pimmel Maschinengewehre sind, die Migs vom Porzellanhimmel schießen.»

Darüber lachten die Männer, und auch Asel lächelte. Er war nicht glücklich darüber, daß sich die Sportsfreunde betranken, aber so waren sie ihm immer noch lieber als die Ruhigen, die allein kamen und nie etwas sagten. Ihm gefiel es, wie sie ihre Namen änderten und mit jedem neuen Namen Rollen spielten. Er versuchte nicht, sie nüchtern zu halten. Vielmehr hatte er Spaß an den vielen Leuten, die in jener Nacht das Lager bevölkerten, und gelegentlich vergewisserte er sich, daß einer der Männer klein und schmal war, während der andere größer war, mit einem Körper, der von langen, wohlgestalten Knochen getragen wurde. Der größere gestikulierte beim Reden mit sauberen, blaugeäderten Händen, und der kleinere fuchtelte in der Luft herum, als wollte er sich Stücke davon herausreißen.

«Wissen Sie, Mr. Blaze, ich hab dann mit diesem Burschen, der die Duftsteine aus meinen Pißbecken nahm, gesprochen, und ich sag zu ihm: ‹Was machen Sie denn damit?› Und er sagt zu mir, daß er die mit nach Haus nimmt und in sein Klo legt. Er sagt, seine Frau verläßt sich darauf. Also sag ich: ‹Wie zum Teufel machen Sie's denn mit Klopapier?›, und er sagt: ‹Das krieg ich in dem Laden, in dem ich arbeite.› Na ja, Sie wissen schon, was ich sagen wollte. Ich wollte sagen, daß er sich sein Klopapier woanders organisiert, und warum zum Teufel nicht auch seine Duftsteine? Sie wissen ja, was ich meine, diese blauen, die nach Lilien riechen. Er hat gar nicht kapiert, wovon ich redete, ob Sie's glauben oder nicht.»

«Ich weiß, was Sie meinen. Die Öffentlichkeit hat keine Ahnung, worum es geht.»

«Wissen Sie, Mr. Blaze, ich hab mich gerade gefragt, warum nicht einer von diesen Flipper-Königen, von denen man soviel hört, ein Spiel erfindet, wo sich diese Jungs dran hochziehen und für einen Vierteldollar mit ihren Pimmeln Eisfiguren schießen können.»

Die beiden Männer lachten wieder. Sie schütteten sich Wassergläser mit Irish Mist voll und lehnten sich zurück. Sie faßten die Gläser ziemlich weit oben an und spreizten die kleinen Finger ab. Asel stutzte den Docht der Kerosinlampe und ließ das goldene Licht von seiner Hand auf alles fließen, was sich im Raum befand.

«Mein Gott, ist das schön», sagte der kleine Mann mit schwerer Zunge. Er hielt das Glas zwischen sich und die Lampe, bewegte es vor und zurück und ließ den Schatten über sein Gesicht und seinen Hals gleiten, als wollte er das Licht auf dem Weg zu seiner Haut kühlen. «Ich möchte gern einen Flug Gänse sehen. Wie groß ist die Chance, einen Flug Gänse zu sichten, Ace?»

Asel zuckte die Achseln und behielt sie oben, um wie ein Idiot auszusehen. «Sie sind aus dieser Gegend schon seit langer Zeit verschwunden. Wir sehen vielleicht ein paar späte Enten, aber die Gänse sind weg.»

«Dann Schwäne, Ace. Ich will Schwäne sehen. Ich will einen Flug langhalsiger Schwäne sehen, die den Kanal überfliegen, direkt in die weißen Arme der guten Mutter hinein.»

Der große Mann setzte sich auf und rutschte ganz nah an die Stuhlkante.

«Du bist ganz schön alt und närrisch. Halt den Mund und hör auf, von Vögeln zu quatschen. Der Junge sagt, sie sind weg, und das heißt, sie sind bloß Gespenster in deinem Kopf.»

Der kleine Mann fing an zu weinen. Er wischte sich über die Augen und die geröteten Wangen. Sein Freund zog ein Taschentuch hervor, entfaltete es auf dem Schoß und reichte es ihm. Er schnalzte mit der Zunge und wiegte den Kopf.

«Also, Roddy, sei ein braver Junge und wein nicht mehr.»

«Meine Mutter hatte zehn Kinder, und acht davon sind gestorben. Eins von ihnen blieb am Leben, und dann bin noch ich da. Ich hab einen Bruder in Neuseeland, den ich nie sehen werde. Ich hab von ihm durch jemand anderen erfahren, durch eine Frau, die sagte, sie würde ihn kennen, aber es war bloß ein Zufall, weil ich weiß, daß es gar nicht stimmt, aber ich ließ sie reden und fütterte sie mit Informationen, weil ich hoffte, sie würde nicht aufhören, mit dem Kopf zu nicken. Ich erzählte ihr genau, wie ich ihn mir wünschte, und sie sagte ständig, genauso wäre er. Sie hat eine ganze Flasche getrunken.»

«O Roddy, das ist aber eine gute Geschichte», sagte sein Freund. Der kleine Mann setzte sich auf. Sein Gesicht war naß und rot. Er schaute ins Licht, als bemühe er sich, etwas zu sehen.

«Ich sag Ihnen, Mr. Blaze, der Mann, der Ihre Duftsteine geklaut hat, wär mir immer noch lieber als die wirrköpfigen Typen, mit denen ich mich rumschlagen muß. Warum lassen die sich nicht mal die Haare schneiden? Ziehen sich wie Männer an? Und wo wir schon von Gestank reden: Ich sag Ihnen, diese Männer stinken. Und ihre Frauen auch. Sie war eine von denen. Sie war dort unten auf einer Schaffarm gewesen. Stank wie Schafpisse im August. Sie stank zum Himmel, wie ein alter Hund stinkt, wenn er von innen verreckt. Sie haben Läuse und Flöhe. Warum rasieren die sich nicht und lassen sich die Haare schneiden? Diese Frau hatte lange Haare aus den Achselhöhlen raushängen. Die wissen von gar nichts. Von Drogen und freier Liebe ist ihnen das Hirn geschrumpft.»

«Ich weiß, was du meinst, Roddy. Sie taugen nichts.»

Die Männer füllten wieder ihre Gläser und lehnten sich zurück. Asel hoffte, daß dies für den Abend ihr letzter großer Ausbruch gewesen war. Er seufzte und lehnte sich ebenfalls zurück. Er spürte seinen Revolver nah an den Rippen. Er wollte ihn nicht ständig tragen, aber die Männer bestanden darauf.

«Was hast du uns denn dieses Jahr zu bieten?» sagte Roddy.

«Es gibt sechshundert Meter von hier eine Gruppe von Laubbäumen, da ist gutes Futter zu finden. Sie werden ganz in der Nähe sein, weil sie sich für den Winter eindekken.»

«Du bist ein guter Junge», sagte Roddy und starrte zu den Dachbalken hinauf. «Was ich da von Bärten und verfilztem Haar gesagt hab – also, du sollst wissen, daß ich damit nicht dich gemeint hab. Du bist ein guter Junge. Und sauber. Du hast bloß Pech gehabt. Beziehungsweise, die ganze Welt hat Pech gehabt.»

Asel lächelte und sah zu Mr. Blaze hinüber. Er hatte den Kopf umgewandt und starrte Asel an.

«Kümmer dich nicht um ihn», sagte Roddy. «Manchmal schläft er mit offenen Augen ein.» Roddy stand auf und ging zu Mr. Blaze. Er mußte sich an den Stuhllehnen festhalten, um nicht auf seinen Freund zu plumpsen. Als er schließlich seine Vorwärtsbewegung gebremst hatte, streckte er vorsichtig die Finger aus und schob Mr. Blaze die Augenlider zu. Er legte ihm eine Decke über, setzte sich dann wieder, zog seine eigene Decke bis zum Hals über sich und hielt sie dort fest. Seine Fingerspitzen waren außen auf dem Deckenrand sichtbar.

Asel drehte den Docht herunter, und es wirkte, als rufe er das Licht wieder zurück, das hin und wieder durch den Raum geflossen war. Es wurde zu einem kleinen Punkt auf seiner rechten Hand, und er hätte die Hand darum schließen können, wenn er gewollt hätte.

Kleine Mäuse mit weißen Füßen und Fledermausohren kamen aus der Wand und huschten über den Boden.

Mr. Blaze begann zu atmen wie ein Mann, der schläft, und endlich fühlte sich Asel, allein mit den Männern, wohl in der Hütte. Er warf den Mäusen eine Brotkruste zu und scheuchte sie damit an Stellen zurück, von wo aus sie die Kruste beobachten konnten, bevor sie sich darüber hermachten. Dann machte er es sich auf seinem Sessel bequem, um die Nacht zu durchwachen; die Gerüche von Kerosin, Irish Mist und Holzrauch vermengten sich in der Luft.

Er spielte für sich wieder den letzten Tag durch, den er mit Lion und Sal verbracht hatte; er spürte, wie der Boden unter ihren Hufen erbebte, roch die Erde, die sie aufwarfen, wenn sie sich ins Geschirr legten. Er blieb bei ihnen, bis der rollende Donner aus Borsts Gewehr sie niederstreckte, wo sie standen, und in diesem Moment drehte er sich schnell um und sah, daß Mr. Blaze ihn im schwachen Licht der Lampe beobachtete, ihn noch ein paar Sekunden länger beobachtete und dann die Augen schloß.

Am nächsten Morgen blieb Roddy auf seinem Stuhl sitzen, eine jungfräuliche Flasche Old Bushmill in den Armen. Wenn er nicht daraus trank, drückte er sie an die Brust, streichelte sie und redete in einer Sprache, die Asel nicht verstand. Es war kalt an diesem Morgen, und eine

Schneeschicht würde es leichtmachen, eine Blutspur zu verfolgen, falls es erforderlich wäre. Jetzt sah man die Sonne, die vom Ozean aufgestiegen war, vom Cadillac Mountain aus. Sehr bald würde ihr Licht bis zu ihnen nach Westen dringen.

Asel schabte Bärenfett aus einer Dose, die er neben der Tür stehen hatte. Er rieb es sich auf Hände und Handgelenke. Es hielt sie warm und trocken. Er bot auch Mr. Blaze davon an, aber der wandte sich nur ab und ging zur Tür hinaus. Roddy war wieder eingeschlafen. Speichel hing ihm an der Lippe und lief ihm über das Kinn. Während der Nacht hatte er mit den Zähnen geknirscht, woran sich Asel nicht gewöhnen konnte.

Draußen hatte Mr. Blaze die Hose unten und zog einen breiten Gürtel zurecht, der er hoch um das Becken gewikkelt trug.

«Ich hab einen Leistenbruch», sagte er. Asel sah weg, griff in die Tasche und spielte mit ein paar Patronen.

«Wenn du's genau wissen willst, hab ich ihn mir zugezogen, als ich ein Bierfaß hochgehoben hab. Manchmal fühlt sich das an, als würden mir die ganzen Eingeweide rausflutschen.»

«Wir lassen's locker angehen», sagte Asel. «Nach hundert Metern stoßen wir auf einen Wechsel. Dem folgen Sie, und ich geh zwanzig Meter rechts von Ihnen. Wenn Sie Glück haben, laufen sie geradewegs in einen rein, der aus dem Sumpf kommt. Wenn nicht, warten wir da, bis sie am Nachmittag wieder zurückkommen. Gehen Sie langsam. Gehen Sie nicht vor mir.»

Es war kein guter Plan, aber Asel sah keinen Grund, den Sportsfreunden schon so früh in der Woche Wild vor die Flinte zu liefern. Er würde bis Donnerstag oder Freitag warten, und dann würde er ihnen eine sichere Beute bieten. Es war eine Lektion, die er bei seiner ersten Führung gelernt hatte, als ein Mann vier Hirsche in einer Woche geschossen hatte und dann die geköpften, in der Nachmittagssonne faulenden Kadaver bei Asel ließ.

Gegen elf stiegen sie in den Fichten- und Zedernsumpf hinunter. Er erstreckte sich über Hunderte von Hektar, und in ihm entsprang ein namenloser Seitenarm des Penobscot. Im Sommer gediehen darauf Farne, Fiedelhölzer und Mantelblumen, aber jetzt waren sie braun und trocken und zerbröckelten unter den Stiefeln der Männer.

Es hätte länger dauern sollen, den Sumpf zu erreichen. Asel mußte Mr. Blaze immer wieder Zeichen geben, er solle langsamer gehen. Aber er war zu ungeduldig. Asel wußte, daß sie unterwegs mehrere Male an Wild vorbeigekommen waren, aber er ließ es laufen.

Fünfzig Meter tief im Sumpf lag eine Insel aus Eichen und Buchen. Sie bot gutes Futter. Die Rinde war abgerieben, wo die Böcke ihre Geweihe gewetzt hatten, und das Gras zertrampelt, wo die Rehe geäst hatten.

«Bleiben Sie hier», sagte Asel und gab Mr. Blaze ein Päckchen mit Käse und Knäckebrot. «Es wird 'ne Weile dauern, aber sie kommen abends wieder her, um zu lagern.»

«Wo gehst du hin?»

«Ich geh da rüber», sagte Asel und zeigte auf eine Anhöhe, die etwa hundert Meter entfernt war. «So können wir sie in die Zange nehmen.»

Mr. Blaze nickte und zog eine flache silberne Flasche aus der Jacke. Er setzte sich auf den Boden. Sein Gesicht war von der morgendlichen Wanderung verschwitzt und gerötet. Auch Asel spürte die Wärme. Das Wetter war hier unten anders. Das Wasser des Sumpfes speicherte alle Wärme, die zu haben war.

«Laß uns zusammen zu Mittag essen», sagte Mr. Blaze.

«Würd ich nicht empfehlen. Jetzt könnte jederzeit einer zum Trinken runterkommen.»

«Nein, ich bestehe darauf.»

Asel zuckte die Achseln. Er kniete sich vor Mr. Blaze auf den Boden und hielt seine .35-Kaliber-Remington auf den Knien. Der Mann schien Schmerzen zu haben. Er rutschte herum und hielt die Finger auf dem Unterleib, bis er schließlich bequem saß. Als er das erledigt hatte, schraubte er die Kappe von der Flasche und nahm einen Schluck. Er hielt sie Asel hin, aber der schüttelte den Kopf.

«Also, wie kommt das eigentlich, daß jemand wie du sich davor drückt, seinem Land zu dienen?»

Asel wußte nicht, wovon Mr. Blaze redete. Er mochte es nicht, wenn die Sportsfreunde persönlich werden wollten. Das kam selten vor, aber dann erschreckte es ihn. Meist waren sie betrunken, wenn es passierte, und dann störte es ihn wenig. Sie fragten dann irgendwas, und wenn er keine Antwort gab, machten sie einen Rückzieher und entschuldigten sich, indem sie ihm etwas schenkten. Diesmal war es jedoch anders. Mr. Blaze sah ihn an und wartete. Er lächelte und tastete auf seinem Unterleib herum, als würde er den Schmerz genießen.

«Ich und Averell betreiben dies Geschäft hier, und da gibt's viel zu tun», sagte Asel.

«Viel zu tun haben 'ne Menge Jungs, aber sie nehmen sich die Zeit, für ihr Land zu kämpfen.»

«Ich glaub, ich würd mich auch beteiligen, wenn es was zu kämpfen gäb.»

«Es gibt mehr als genug zu kämpfen, oder hältst du etwa nichts von diesem Krieg, in dem mein Sohn seinen Kopf riskiert, damit er gewonnen wird?»

«Um ehrlich zu sein, Mr. Blaze, von einem Krieg weiß ich gar nichts.»

«Willst du damit vielleicht sagen, daß du noch nie was vom Vietnam-Krieg gehört hast? Ich dachte, ich hätte jede Ausrede schon mal gehört. Ich wär gern dabei, wenn du das der Musterungsbehörde erzählst.»

«Was ist der Vietnam-Krieg?»

«Laß gut sein», sagte Mr. Blaze und starrte in den Sumpf hinaus. «Du kümmerst dich um deinen Kram, und ich kümmer mich um meinen. So wird's gehalten, hab ich gehört.»

Mr. Blaze sah Asel nicht mehr an. Er starrte immer noch nach Westen, wo der Sumpf sich öffnete und wieder schloß wie hundert Türen an einem meilenlangen Flur. Dankbar dafür, daß das Gespräch beendet war, stand Asel auf und verließ die Insel; er sprang von einem Grashügel zum nächsten und balancierte über umgefallene Baumstämme auf festen Boden zurück. Dann ging er um den Sumpf herum und erstieg die Anhöhe. Unter den Bäumen gefiel es ihm besser. Unten im Sumpf drehte häufig der Wind. Er mochte Stellen nicht, an denen der Wind aus verschiedenen Richtungen kommen konnte. Er kroch ins Unterholz eines Windbruchs, wo niemand ihn finden konnte, und schlief das erste Mal seit dem Treffen, bei dem er geholfen hatte, den zweiten Schub von fünfzig Pfund schweren Kisten zu verladen, zusammen mit den Männern, die einander mit verschiedenen Namen anredeten.

Irgendwann später am Tag träumte Asel von Männern, die Turbane und Helme trugen. Sie transportierten auf Elefanten Mörsergeschütze. Einige der Männer trugen Röcke und Kniegamaschen. Er sollte gerade die Namen all dieser Leute erfahren, als etwas an seinem Stiefel zerrte und er aufwachte. Er sah an sich herunter und ins stumpfe Gesicht eines Stachelschweins, das zwischen seinen Füßen saß und ihn anglotzte. Es hatte am ledernen Schnürsenkel des rechten Schuhs genagt und wollte sich nun über den Rest des Schuhs hermachen. Asel lächelte und stieß es weg, als unten im Sumpf ein Schuß fiel.

Von dem Krach erschreckt, watschelte das Stachelschwein ins Unterholz. Asel knotete das, was von seinem Schnürsenkel übrig war, zusammen und kroch aus dem Windbruch. Er klopfte sich sauber und ging hinunter.

Über Kanada ging die Sonne unter. Die Luft war wieder kalt. In einzelnen, voneinander getrennten Säulen stieg Dampf aus dem Sumpf auf. Am Ufer sah er Mr. Blaze neben einem Hirsch, der noch auf den Beinen stand, mit gesenktem Kopf und schwer atmend; mit der Luft, die aus seinen Nüstern kam, blies er Blätter in die Luft. Es war ein stämmiger Zehnender, gut über zweihundert Pfund schwer.

«Machen Sie bloß, daß Sie da wegkommen und erledigen Sie ihn», schrie Asel aus zwanzig Meter Entfernung.

Mr. Blaze schaute zu ihm hin. Asel sah, wie hart und rot sein Gesicht geworden war, nachdem er den ganzen Tag auf der Insel getrunken hatte. Hinter ihm begannen die Dunstsäulen zu einer Decke aus weißer Luft zu verschmelzen, die ohne Absicht und Ziel höher trieben.

«Schießen Sie, sag ich», schrie Asel wieder, aber Mr. Blaze lächelte nur. Er neigte den Kopf zur Seite und winkte Asel langsam zu sich heran.

«Guck mal», sagte er. «Das Licht brennt, aber niemand ist zu Hause.»

Asel sah, daß die Kugel direkt unter dem Geweihansatz in den Schädel gedrungen war. Ein feiner Blutstrahl schoß jetzt aus dem Loch. Mr. Blaze zog sein weißes Leinentaschentuch aus der Tasche. Er zerriß es in zwei Stücke. Eins warf er auf den Boden, und mit dem anderen verstopfte er das Loch. Dann zog er ein Stück Seil aus Asels Jagdtasche und knüpfte eine Leine. Er schlang sie ums Geweih, über das Nasenbein und unter dem Kiefer des Tiers hindurch. Als er damit fertig war, schulterte er seine Flinte und stapfte aus dem Sumpf und führte den Hirsch hinter sich her. Asel folgte ihnen.

Als sie ins Lager zurückkamen, schlug Mr. Blaze gegen die Tür und brüllte, Roddy solle herauskommen. Bei dem Krach taumelte der Hirsch zur Seite und fiel auf die Knie.

Der Leinenknoten war mit Blut getränkt, das an den Rändern schwarz geworden, in der Mitte aber noch dunkelrot war.

«Roddy, mein Junge. Komm und sieh dir an, was ich dir mitgebracht hab.»

Roddy kam aus der Tür, stolperte über die Schwelle und fiel auf die Knie, so daß er dem Hirsch direkt ins Gesicht sah.

«Lieber Gott», sagte er, «was hast du gemacht?»

«Ich hab dir 'nen Hirsch zum Erlegen mitgebracht. Er war so zuvorkommend, nicht zu sterben, sonst hätten wir ihn ja ausweiden müssen, und das mit meinem Bruch und so. Ich dachte mir, ich führ ihn nach Haus, damit mein guter Freund Roddy ihn erlegen kann. Auf die Weise schlag ich zwei Fliegen mit einer Klappe.»

«Erschieß ihn doch selbst», sagte Roddy, das Gesicht nur Zentimeter vom Gesicht des Hirsches entfernt. «Erlös das arme Vieh von seinem Elend.»

Mr. Blaze drehte sich um und sah Asel an.

«Nein, Roddy, du gehst jetzt rein und holst dein Gewehr, und dann kommst du wieder raus und erschießt diesen Hirsch.»

Roddy sah zu seinem Freund auf, der ihm nun die Hand entgegenstreckte, um ihm auf die Beine zu helfen. Ohne die Hand zu ergreifen, stand er auf und ging hinein. Sekunden später kam er mit seiner neuen Hirschflinte wieder heraus. Er hielt den Lauf an den Kopf des Hirsches und drückte ab. Der Abzugshahn schnappte gegen eine leere Kammer.

«Lad das verdammte Gewehr», schrie Mr. Blaze so dicht an Roddys Ohr, daß der Mann wie von einer Faust getroffen zurückfuhr.

Roddy lud durch und legte wieder an. Als er abdrückte, blitzte das Mündungsfeuer aus dem Lauf und hüllte den Kopf des Bocks in eine Explosion von Licht, brannte die braunen Haare von seinem Kopf und versengte das Geweih. Das Tier fiel auf die Hinterläufe und brach dann zusammen.

Roddy und Mr. Blaze sahen auf das tote Tier hinab und lächelten einander warm an. Mr. Blaze klopfte seinem Freund auf den Rücken, und die beiden gingen auf eine neue Flasche Whiskey ins Haus und überließen es Asel, aufzuhängen und auszuweiden, was sie hinterlassen hatten. Als er in dieser Nacht in die Hütte kam, schliefen sie.

Am nächsten Morgen packten sie ihre Ausrüstung zusammen und marschierten ab; die drei Kisten, gestapelt auf die anderen drei, die sie im ersten Jahr in die Wälder mitgebracht hatten, ließen sie da. Asel schenkten sie noch einmal fünfhundert Magazine Munition für die Blackhawk, und der Hirsch hing im Baum, kopflos, ausgeweidet und offen für jeden, der hineinsehen wollte.

Sieben Jahre später, als die Sommerrehe ihre Kitze warfen und die Böcke noch Bast trugen, gab es einen Morgen, an dem am Himmel noch der Bogen eines Kometen zu sehen war und Asel die beiden Männer erschoß, die ihre Namen zu wechseln pflegten. Er warf die Leichen mit Steinen beschwert ins schwarze Brackwasser eines sumpfigen Tümpels und sah sie unter die Oberfläche sinken; er war der letzte Mensch, der sie tot oder lebendig sah.

ASEL steht vom Stuhl auf. Er sieht, wie Tommy mit einer hastigen Bewegung seine Pistole verstecken will, zugleich aber die Mündung weiterhin in Asels Richtung hält.

«Das Feuer braucht Holz», sagt Asel und schiebt sich zwischen Tommy und den Ofen. Er bückt sich und spürt, als er die Eisentür öffnet, den Hitzeschwall auf Gesicht und Hals. Er sieht in den Ofen und kann den Punkt erkennen, an dem Feuer zu Licht wird. Er läßt sich auf die Knie nieder, greift mit der linken Hand nach einem Stock und stochert damit an dem Scheit herum, wodurch dieser in Stücke zerfällt, die in dem Luftzug, der durch die offene Tür kommt, pulsierend aufglühen.

«Sie waren im letzten Krieg», sagt er, aber Tommy sagt nichts. Hinter sich hört er die Stuhlbeine knirschen, als Tommy den Stuhl verrückt.

«Ja», sagt Tommy. «Michael und ich waren beide im Krieg. Wir sind beide ausgezeichnet worden. Es war ein guter Krieg. Wirklich zu schade, daß du ihn nicht erlebt hast, aber andererseits existierst du gar nicht, so daß du ihn gar nicht hättest mitmachen können, selbst wenn du gewollt hättest.»

Mit der rechten Hand greift Asel in seine Jacke. Er zieht am Griff seines Revolvers, kippt den Lauf aufwärts und ein paar Zentimeter von seinem Körper weg.

«Du bist kein Amerikaner. Du bist überhaupt nichts. Du hast keine Geschichte», sagt Tommy, und seine Worte kommen so lustig daher wie ein Lied.

«Manchmal funktioniert es so, und manchmal funktioniert es nicht. Und das tut mir leid», sagt Asel und drückt den Abzug der Redhawk durch, die den Rücken seiner Jacke wegbläst und zweihundertvierzig gehärtete Bleikügelchen durch das Herz des kleinen Mannes jagt. Es ist eine Lektion darüber, wie die Dinge funktionieren, und die nimmt der Mann lange vor Tagesanbruch mit in sein sumpfiges Grab.

23

Nach Jackman zurückgekehrt, sitzt Asel auf der gegenüberliegenden Straßenseite im Dunkeln und sieht zu, wie Beechers Haus abbrennt. Unter Laken liegen vier Leichen, und die Freiwillige Feuerwehr hält Leute zurück, die wissen, daß noch Kinder oben im Haus sind. Die Pumpe röhrt, und aus den Schläuchen regnet Wasser aufs Dach. Fensterscheiben zerplatzen, und Flammen schießen in den Himmel. Ein paar Leute weinen, aber die meisten sehen nur zu, und in ihren Augen spiegelt sich die Farbe des Feuers.

Asel bewegt sich von Schatten zu Schatten näher an die Leichen heran, näher an die Notärzte, einen Mann und eine Frau in fluoreszierenden Nylonjacken. Sie sprechen mit dem Feuerwehr-Einsatzleiter. Asel hört, daß sie auf die Staatspolizei warten, und er weiß, daß er verschwinden muß.

«Das ist das gemeinste daran», sagt die Frau. «Es war nicht das Feuer. Es sieht nach einem Erschütterungszünder aus.» Sie geht weg und setzt sich hin. Sie schlägt die Hände vors Gesicht und bewegt sich nicht.

«Meint sie, daß man ihnen eine Kugel in den Kopf gejagt hat?» sagt der Einsatzleiter zu dem Mann.

«Nein, sie meint, es war eine Bombe. Sie sagt, daß sie das schon früher gesehen hat. In der Armee.»

«Ich vergeß immer, daß sie drüben war», sagt der Einsatzleiter. «Wie so vieles andere, schätze ich.»

Er schiebt den Helm zurück und reibt sich über die geschwärzte Stirn. Er sagt die Namen von Asels Freunden her. Asel hört zu, er starrt nach vorn und weicht nicht zurück, als kleinere Explosionen losgehen, Munition, Aerosolkanister, und dann noch eine größere, die vom Schießpulver gewesen sein muß. Er denkt daran, sich den Revolver ans Herz zu setzen und auf der Stelle, neben der Straße, Schluß zu machen, aber dann fällt ihm Mr. Blazes Sohn ein, Michael. Angst und Haß erfüllen ihn. Er reckt sich und blickt über die Menschenmenge hinweg. Er sucht den neuen Kleinlaster in der Einfahrt und stellt fest, daß er weg ist. Er weiß, daß Michael ihn genommen hat und auf dem Weg nach New Hampshire ist.

Ein letztes Mal sieht er in die Gesichter im Schein der Notlichter in den Kabinen der Feuerwehrautos, die nur dreißig Meter entfernt stehen. Er will zu einem dieser Wagen gehen und seine Geschichte erzählen. Ihnen sagen, daß die Kinder im Schlaf starben und daß man sie niemals vergessen darf. Er will, daß seine Worte ihren Schmerz lindern. Aber er weiß, daß es töricht ist. Er weiß, daß er diesen Ort verlassen muß und daß so oder so niemand je die Wahrheit erfahren wird.

PHOEBE spült das Geschirr, und Lillian trocknet ab. Wieder haben sie lange gearbeitet. Seit Asel weg ist, hat Tut davon geredet, daß sein Tod kurz bevorstehe, und wenn die Farm weiter bestehen solle, müßten alle mit zupacken, weil Phoebe es allein nicht schaffe. Sie brauche ihre Hilfe. Auch er hat mit erneuerter Kraft mitgearbeitet. Dinge getan, für die er zu alt ist, ob nun gesund oder nicht. Er sagt, er habe gedacht, auf seine letzten Tage werde er sich ausruhen können, aber jetzt wisse er, daß er das nicht könne.

Die Gegensprechanlage steht neben ihnen auf dem Küchentresen. Eine Färse ist zum erstenmal läufig geworden, und die Männer im Stall versuchen, sie von einem Bullen decken zu lassen. Während Phoebe und Lillian das Geschirr fertig spülen, hören sie zu.

«Verdammt», schreit Tut; seine Stimme krächzt durch den Lautsprecher. «Asel, dieser Junge, war zweimal soviel wert wie ihr beide zusammen. Halt sie fest, Bobby. Halt sie. Preacher, greif da rein und hilf ihm, das Loch zu finden. Führ ihn in sie rein.»

Phoebe und Lillian lassen ihre Arbeit liegen. Sie lauschen angestrengt auf die Geräusche, die aus der Scheune kommen, das dunkle, kehlige Muhen der Färse und das Schnauben des Bullen.

«Großer Gott», schreit Tut, «was macht er denn, hast du alles über die Hand gekriegt? Recht so, wisch es an deiner Hose ab! Auf deiner Hose nutzt es erst richtig was, Preacher.»

Die Frauen hören, daß Bobby Vachon zu lachen anfängt, womit er Tut in Rage bringt.

«Du lachst, du Blödmann. Du lachst. Und ich verreck hier, versuch diese Färse gedeckt zu kriegen und weiß haargenau, daß ich das Kalb nicht mehr sehen werd, und dir fällt nichts Besseres ein, als zu lachen! Was zum Teufel glaubst du eigentlich, was es heißt, 'ne Farm zu betreiben? Durch die Felder streifen und ‹tuck tuck tuck meine Hühnchen› sagen? Du könntest genausogut in 'ner Fabrik arbeiten. Haut ab hier, zum Teufel, beide raus. Ich mach es selber.»

«Warum hältst du dich nicht ran und stirbst, bevor du uns umbringst?» sagt Bobby.

Lillian läßt das Handtuch fallen und geht zum Sprechgerät. Sie nimmt es hoch und ruft hinein.

«Komm ihm nicht mit Frechheiten! Verstehst du mich? Du tust, was Tut dir sagt.»

Sie sagt es noch einmal, und dann hört sie, wie gegen einen Eimer getreten wird und Türen zuschlagen.

«Bin froh, daß ihr weg seid», schreit Tut ihnen hinterher, und dann hört man nur noch das Geräusch, das die Färsen machen, die aus den Krippen fressen und Wasser aus den Trögen saufen. Lillian legt das Gerät wieder hin und beugt sich dann über die Arbeitsplatte, stützt die Ellbogen auf und hält den Kopf dicht an das Gerät. Sie lauscht. Sie kann hören, wie Tut mit den Färsen spricht. Er sagt ihnen freundliche Dinge, sogar über Bobby und den Highway Preacher. Sie denkt daran, wie lange es her ist, seit Tut zu irgendeinem Mann ein freundliches Wort gesagt hat.

«Ein Bier wird sie abkühlen», sagt sie und wendet sich Phoebe zu, aber sie ist nicht mehr da. Sie steht am Fenster und sieht durch die Dunkelheit über den Wiesen hinaus.

«Da ist er», sagt sie. «Er ist wieder da.»

Lillian kommt ans Fenster. Sie sieht die Scheinwerfer eines Fahrzeugs, das die Straße zu Phoebes Haus hinunterfährt.

«Jetzt ganz ruhig», sagt Lillian. «Frag ihn nicht, wo er gewesen ist. Schrei ihn nicht an. Sag ihm nur, daß du froh bist, daß er wieder zu Haus ist.»

Phoebe nimmt die Schürze ab und geht zur Hintertür hinaus. Sie klettert über den Zaun und läuft quer über die Wiesen. Sie sieht, daß in allen Räumen ihres Hauses das Licht angeht, und dann ist sie im Maisfeld und kann nichts mehr erkennen außer den Sternen oben, Stecknadelköpfe aus Licht zwischen den grünen Blättern, die ihr das Gesicht zerkratzen, als sie sich von einer Reihe zur nächsten durchschlängelt. Als sie es zur anderen Seite des Felds geschafft hat, sieht sie, daß die Haustür offensteht und die Einfahrt leer ist. Sie blickt gerade noch rechtzeitig die Straße hoch, um Rücklichter hinter dem Maisfeld verschwinden zu sehen.

Sie will weinen, tut es aber nicht. Sie fällt auf die Knie; das Herz hämmert ihr in der Brust, die Lungen ringen nach

Luft. So bleibt sie, nimmt eine Handvoll Erde auf und zerreibt sie auf der Handfläche, bis ihr Atem gleichmäßiger wird. Sie beruhigt sich selbst. Sie sagt: «Immer langsam. Schon gut so. Freu dich doch, daß er wieder da ist. Ab jetzt wird alles besser. Wir werden viel Zeit haben, über alles zu reden. Ein ganzes Leben lang.»

Als sie sich schließlich beruhigt hat, geht sie langsam über die Straße zu Tuts Haus zurück; sie genießt die Nacht, die kühlen Luftströme und die Dunstgebilde, die vom Boden aufsteigen.

Neben der Scheune parkt ein Kleinlaster, den Phoebe noch nie gesehen hat. Sie geht durchs Milchhaus in den Färsenstall. Sie faßt den Griff der drei Meter breiten Schiebetür mit beiden Händen, öffnet sie einen Spalt und schiebt eine Schulter hinein.

Sie zwängt sich durch die Tür, und in dem gelben Licht, das hinter ihr hereinfällt, sieht sie ihren Vater ausgestreckt auf dem Betonboden liegen; Blut, hell und glänzend, kommt aus seiner Stirn, ein Arm liegt unter ihm und der andere über seiner Brust.

Sie tut zwei Schritte nach vorn, und von hinten wird sie an den Haaren hochgezogen, bis ihre Füße keinen Bodenkontakt mehr haben. Es ist eine einzige schnelle Bewegung, und sie weiß, daß es genau so geschieht, aber es scheint ewig zu dauern, bis jedes einzelne Haar auf ihrer Kopfhaut sich spannt. Der Schmerz nimmt ihr die Stimme, raubt ihr den Atem, und sie hängt steif in der Luft, mit so verdrehtem Hals, daß er jeden Moment brechen kann.

«Ich glaube, wir warten auf den gleichen Mann», hört sie in ihrem Nacken sagen, und dann wird sie fallen gelassen und hat gerade noch genug Zeit, den Kopf abzuwenden, damit ihr Gesicht nicht auf den Betonboden prallt.

24

ASEL nimmt die Route 2 durch Lancaster und biegt hinter Saint Johnsbury, wo er Benzin und Öl nachfüllt, auf die 91. Er stellt sich Phoebe schlafend im Bett vor, mit dem Kopf auf dem Kissen und bis zum Fußboden fallendem Haar. Er sagt sich, daß er einen Wagen stehlen wird, falls dieser es nicht mehr bis nach Haus schafft. Unter einem vollen Mond fährt er durch die Nacht südwärts, an Wells River und Thetford vorbei. Kurz hinter White River hört er ihre Stimme. Sie sagt seinen Namen und fängt zu sprechen an; ihre Worte klingen so klar in seinem Kopf, daß er einen Moment lang glaubt, sie sitze neben ihm im Wagen.

«Ich dachte, ich wüßte alles, aber das stimmt nicht. Du weißt es, oder? Es ist noch nicht vorbei, oder?»

Asel greift neben sich und legt die Hand auf das Gewehr. Der Rahmen ist kühl und trocken, das Visier stimmt exakt.

«Bleib hier und hasse mich», sagt sie. «Du kannst nicht fort. Ich laß dich nicht fort. Ich sterbe, wenn du gehst.»

Er bewegt den Mund, wie um nein zu sagen, kann aber das Wort nicht laut aussprechen. Er tritt das Gaspedal noch weiter durch.

Als er die Ausfahrt Bellows Falls nimmt, New Hampshire erreicht und auf die Route 12 einbiegt, ist der Motor überhitzt und fängt an zu stottern. Dennoch fährt er weiter und nimmt die Abfahrt von der Route 12 Richtung Route 63 so schnell, daß sein Kopf gegen das Dach stößt.

Als er an Tuts Farm vorbeifährt, sieht er, daß die Lichter aus sind, und fährt weiter zu seinem eigenen Haus auf der Weide. Als er ankommt, knackt es, und der Motor ist hinüber. Er geht über die Veranda, schnell, leise, das Gewehr in der Hand. Die Haustür steht offen, und Teile des Schlosses liegen zerbrochen auf dem Küchenboden. Das Bett ist umgekippt worden, und auf dem Schreibtisch steht ein Wasserglas, auf dessen Boden ein Eiswürfel schmilzt. Er verläßt das Haus und geht durchs Maisfeld; mit gesenktem Kopf und vorgestreckten Schultern bahnt er sich einen Pfad zur Scheune.

Die Gebäude sind dunkel. Nur ein schwacher Schimmer dringt unter der Tür des Maschinenschuppens hervor und durch die Säcke, die jemand vor die Fenster gehängt hat. Asel geht dicht heran und lauscht. Drinnen hört er den Fleischwolf mahlen. Er wird langsamer und dann wieder schneller, langsamer und wieder schneller. Er hält das Gewehr an der Seite und arbeitet sich an der Mauer des Gebäudes entlang. Dahinter sieht er den Kühler eines Kleinlasters.

Er schaut durch die nicht verhängte Ecke eines Fensters hinein. Bobby Vachon und der Highway Preacher sitzen Pall Mall rauchend auf Melkschemeln, während Lillian am Fleischwolf steht, Fleisch von Knochen befreit und in den Trichter wirft. Er stellt das Gewehr ab und schlüpft durch die Seitentür.

«Bei Gott dem Allmächtigen», ruft Bobby Vachon. «Wo zum Teufel hast du gesteckt? Ausgerechnet in der Nacht, in der man dich braucht, bist du im Norden.»

«Mr. Vachon, du hältst das Maul», sagt Lillian und zeigt mit dem Messer auf ihn.

«Wessen Wagen ist das, der da hinter dem Schuppen steht?» sagt Asel ruhig.

Lillian sieht ihn an. Sie kneift die Augen zusammen und reibt mit dem Daumen über ihre Lippen. Sie sieht zu

Bobby Vachon und dem Highway Preacher hinüber, die gerade versuchen, mit einem einzigen Streichholz zwei neue Zigaretten anzuzünden. Sie bedeutet Asel mit dem Finger, er solle näher kommen.

«Ich war im Haus und hab saubergemacht, als ich über die Gegensprechanlage hörte, wie Tut und ein anderer Mann sich anschrien. Er hat gesagt, daß er dich sucht, aber Tut wollte ihm nichts verraten, und da fingen sie zu kämpfen an.»

Sie sieht Asels Miene.

«Tut sagte, er soll zum Teufel noch mal von seinem Grundstück verschwinden, aber der Mann gab ihm eins über den Kopf. Deine Phoebe ist jetzt bei Tut im Haus. Ihr geht's gut. Beiden geht's gut. Mein Mann und der Highway Preacher waren überhaupt nicht hier. Es blieb also nur noch ich, und als er aus der Scheune kam, hab ich ihn schon erwartet», sagt sie, blickt auf das Messer, das sie in der Hand hält, und legt es dann hin. «So, jetzt kennst du die ganze Geschichte.»

«Und was ist mit ihm?» sagt Asel.

«Oh, er ist weg, und er wird sich hier nie wieder blicken lassen. Du und ich, wir beide wissen, was läuft, oder?»

Lillian lächelt. Sie hat ihr Gebiß nicht eingesetzt. Ihr Mund öffnet sich groß und schwarz in ihrem Gesicht. Sie sieht über ihre breite Schulter in die hinterste Ecke des Raums, wo Asel den Ärmel einer rot-schwarz-karierten Jacke über den Rand des Eingeweidefasses hängen sieht.

«Es ist doch wirklich verrückt», sagt sie und lacht so laut, daß der Schall sich auf die kalten Stahlträger überträgt und dort noch lange nachhallt, lange nachdem sie aufgehört hat, nachdem Asel schon in den aufsteigenden Dunst hinausgegangen ist und sieht, wie Phoebe leise aus dem Haus kommt und in seine Arme stürzt; ihr langes Haar fällt ihr über die Schultern.

Asel hält sie fest, faßt dann hinunter und schiebt sanft ihr

Haar beiseite. Auf dieser Seite ist ihr Gesicht zerkratzt und geschwollen. Er flüstert ihren Namen, und sie legt die Hände auf seine Schultern und drückt kräftiger zu, als sie es seiner Erinnerung nach je getan hat. Dann lockert sie ihren Griff und läßt die Hände dort liegen.

«Tut geht's gut», sagt sie an seiner Brust. «Er schläft.»

Er flüstert wieder ihren Namen, und ihre Hände fassen wieder kräftiger zu und bleiben so.

«Ich möchte, daß es so bleibt», sagt sie mit sanfter und entfernter Stimme. «Ringsum ist Dunkelheit, und es ist gut so. Ich habe gelernt, das Dunkel zu lieben.»

«Es war im Norden», sagt Asel zu ihr. «Jetzt wird es anders. Das weiß ich.»

«Nein, es wird nicht anders sein», sagt sie, «aber wir werden so tun, als ob. Wir werden so tun, als wäre es nie geschehen.»

Rowohlts Amerika

Paul Auster
Die New York-Trilogie *Stadt aus Glas / Schlagschatten / Hinter verschlossenen Türen*
(rororo 12548)
Jeder der drei Romane wirkt zunächst wie ein klassische Kriminalgeschichte, aber bald stimmen die vordergründig logischen Zusammenhänge nicht mehr. Schritt für Schritt wird der Leser in ein Spiel mit seinen eigenen Erwartungen verstrickt. «Eine literarische Sensation!» *Sunday Times*

Nicholson Baker
Vox *Roman*
Deutsch von Eike Schönfeld
192 Seiten. Gebunden
Zwei Menschen sprechen über Sex - am Telefon. «Vox» ist ein erotischer Roman im besten Sinne und eine kunstvoll, lebensfrohe, ebenso ungehemmte wie vorurteilsfreie Auseinandersetzung mit Sexualität heute.

William Boyd
Stars und Bars *Roman*
(rororo 12803)
Mit himmelschreiender Komik erzählt William Boyd die Geschichte von einem feinsinnigen Briten, der nach Amerika kommt und sein blaues Wunder erlebt. «Eine Farce – aber eine raffinierte!» *Nürnberger Nachrichten*

Robert Olmstedt
Jagdsaison *Roman*
Deutsch von Klaus Modick
288 Seiten. Gebunden
«Ein bemerkenswerter Roman, der die prekäre Balance zwischen spannendem Thriller und lyrischer Fabel hält.»
The New York Times Book Review

3292/2

rororo Literatur

Luanne Rice
Ein Leben für Nick *Roman*
(rororo 12632)
Alles zu haben heißt auch, alles wieder verlieren zu können. Dieser Gedanke beschäftigt Georgina Swift, die in scheinbar behüteten Verhältnissen lebt und ihren Mann Nick, den scheinbar tadellosen, erfolgreichen Wall Street-Anwalt, abgöttisch liebt...

John Irving
Garp und wie er die Welt sah
Roman
(rororo 5042)
«Diese Geschichte ist so absurd, so komisch, so tränentreibend, so kühl und sachlich, so wirklich und genau, daß man das Buch nicht wieder los wird.»
Nürnberger Nachrichten

Tom Robbins
Salomons siebter Schleier
Roman
Deutsch von Pociao
540 Seiten. Gebunden
Der Altmeister des Underground-Romans, läßt die verrücktesten Typen, die schärfsten Sprüche und provokantesten Gedanken über die Seiten tanzen.

Rowohlt im Kino

John Updike
Die Hexen von Eastwick
(rororo 12366)
Updikes amüsanten Roman über Schwarze Magie, eine amerikanische Kleinstadt und drei geschiedene Frauen hat George Miller mit Cher, Susan Sarandron, Michelle Pfeiffer und Jack Nicholson verfilmt.

Hubert Selby
Letzte Ausfahrt Brooklyn
(rororo 1469)
Produzent: Bernd Eichinger
Regie: Uli Edel
Musik: Mark Knopfler

Alberto Moravia
Ich und Er
(rororo 1666)
Ein Mann in den Fallstricken seines übermächtigen Sexuallebens – erfolgreich verfilmt von Doris Doerrie.

Paul Bowles
Himmel über der Wüste
(rororo 5789)
«Ein erstklassiger Abenteuerroman von einem wirklich erstklassigen Schriftsteller.»
Tennessee Williams
Ein grandioser Film von Bernardo Bertolucci mit John Malkovich und Debra Winger

John Irving
Garp und wie er die Welt sah
(rororo 5042)
Irvings Bestseller in der Verfilmung von George Roy Hill.

Alice Walker
Die Farbe Lila
(rororo neue frau 5427)
Ein Steven Spielberg-Film mit der überragenden Whoopi Goldberg.

rororo Unterhaltung

Henry Miller
Stille Tage in Clichy
(rororo 5161)
Claude Chabrol hat diesen Klassiker in ein Filmkunstwerk verwandelt.

Oliver Sacks
Awakenings – Zeit des Erwachens
(rororo 8878)
Ein fesselndes Buch – ein mitreißender Film mit Robert de Niro.

Ruth Rendell
Dämon hinter Spitzenstores
(rororo thriller 2677)
Rendells atemberaubender Thriller wurde jetzt unter dem Titel «Der Mann nebenan» mit Anthony Perkins in der Hauptrolle verfilmt.

Marti Leimbach
Wen die Götter lieben
(rororo 13000)
Das Buch zum Film «Entscheidung aus Liebe» mit Julia Roberts und Campbell Scott in den Hauptrollen.